Elisa Rimpach ist das Pseudonym des Autors Matthias Ernst, der 1980 in Ulm geboren wurde. Er arbeitet tagsüber als Psychologe mit Vorschulkindern und schreibt abends Krimis, Thriller und historische Romane. Im dp Verlag erschienen zuletzt die Thriller *Der Therapeut*, *Die Professorin* und *Die Headhunterin*. Matthias Ernst lebt mit seiner Familie, einer betagten Schildkröte und einer neurotischen Hunde-dame in Oberschwaben.

Schritte ins Glück

Die große München Saga: Neue Zeiten

Erstausgabe Juni 2025

Copyright © 2025 dp Verlag, ein Imprint der
dp DIGITAL PUBLISHERS GmbH
Made in Stuttgart with ♥
Alle Rechte vorbehalten

Schritte ins Glück

ISBN 978-3-69090-185-7
E-Book-ISBN 978-3-98778-910-6

Covergestaltung: Anne Gebhardt
Umschlaggestaltung: ArtC.ore Design

Unter Verwendung von Abbildungen von
shutterstock.com: © FooTToo
https://de.wikipedia.org/wiki/Datei:Festsaal_Building,_
Munich,_Bavaria,_Germany-LCCN2002696136.jpg:
Festsaal Building, Munich, Bavaria, Germany
Dieses Bild ist unter der digitalen ID ppmsca.00063
in der Abteilung für Drucke und Fotografien der
US-amerikanischen Library of Congress abrufbar.
Inventarnummer: ppmsca.00063
elements.envato.com: © alit_design, © ukraine_studio
trevillion.com: © Lee Avison / Trevillion Images

Lektorat: The Write Spirit

Satz: dp DIGITAL PUBLISHERS GmbH
Druck und Bindung: Books on Demand GmbH, Norderstedt

Das Werk darf –auch teilweise –nur mit
Genehmigung des Verlages wiedergegeben werden.

Sämtliche Personen und Ereignisse dieses Werks sind frei erfunden. Etwaige Ähnlichkeiten mit real existierenden Personen, ob lebend oder tot, wären rein zufällig.

KAPITEL 1

Weimar und München, Karsamstag, 31. März 1923

„Dadenhaus."

Paulchen zeigte mit dem kleinen Finger auf das zweistöckige Gebäude am Fuß des Horns auf der gegenüberliegenden Seite des Ilmparks.

Hilde schmunzelte. „Sehr schön, wie gut du dich daran erinnerst. Und wem hat das Haus früher gehört?"

„Döde"

„Ausgezeichnet, ja, das ist Goethes Gartenhaus."

Sie tauschte einen Blick mit Tante Isolde, die ihr zulächelte.

„Du hast ein sehr schlaues Kind", sagte sie. „Aber bei der Mutter hatte ich mir nichts anderes erwartet."

Hilde schluckte. Sie sah ihren Sohn an: das ernste, ein wenig bleiche Gesicht, die braune Haarlocke auf seiner Stirn, die so gut zu seinen Augen passte. Er war das Ebenbild seines Vaters. Und der war ebenfalls ein kluger Kopf gewesen.

„Wie gefällt es euch in Weimar?", fragte Isolde.

„Doll", sagte Paulchen. Hilde und ihre Tante wechselten einen Blick und brachen dann in ein herzliches Lachen aus.

„Du hast ihn gehört. Er mag es hier. Und auch ich bin froh, dass ich mich entschieden habe, München den Rücken zu kehren. Zumindest für eine gewisse Zeit."

„Wie läuft es an der Hochschule?", fragte Isolde.

„Das kann ich noch nicht so recht beurteilen. Momentan belege ich den Vorkurs. Er dient dazu, die Schüler an die künstlerischen Techniken und den Grundgedanken des Bauhauses heranzuführen. Aber bald steht die Wahl einer Werkstatt an."

„Die Wahl einer Werkstatt? Das klingt aber nicht nach studieren, oder?"

Hilde lachte. „Nein, das ist hier keine klassische Universität oder Kunstakademie. Das Bauhaus ist dem Gedanken verpflichtet, dass alle Künste zusammen an einem gemeinsamen Werk arbeiten. So wie früher im Mittelalter in den Dombauhütten. Die praktische Tätigkeit und das Ergebnis stehen im Vordergrund. Aber natürlich ist die Beschäftigung mit den Grundlagen der Kunst eine wichtige Voraussetzung dafür. Professor Itten, der den Vorkurs leitet, hat beispielsweise eine eigene Farbenlehre entwickelt."

Isolde hob die Hand. „Du musst einer alten, naturwissenschaftlich ausgebildeten Medizinerin nachsehen, wenn sie über dieses Lehrkonzept zum einen überrascht, zum anderen aber auch sehr erfreut ist. Das klingt großartig. Alle arbeiten zusammen an einem Werk. Wenn ich mir die Welt so anschaue, ist das eher die Ausnahme als die Regel."

Hilde seufzte. „Ja, da hast du sicher recht. Ich hatte so sehr gehofft, dass Deutschland und dass wir alle nach der gescheiterten Revolution zur Ruhe kommen würden. Aber ich habe das Gefühl, dass es immer nur noch schlimmer wird. Alles bricht auseinander. Die Franzosen haben das Rheinland besetzt, weil sie die Regierung dazu zwingen wollen, die Kriegsentschädigungen zu bezahlen. Die Bevölkerung dort leistet passiven Widerstand und streikt. Aber ich befürchte, es ist nur eine Frage der Zeit, bis es zu Kämpfen kommen wird, bis Menschen sterben, so wie damals bei uns in München. Und gleichzeitig schlittert die Wirtschaft immer tiefer in die Krise und die Mark verliert Tag für Tag an Kaufkraft. Heute Morgen habe ich 400 Mark für einen Laib Brot bezahlt. 400 Mark! Das ist doch Wahnsinn!"

„Ja, das ist es. Kommst du zurecht?", fragte Isolde.

Hilde nickte. „Mama ist sehr großzügig. Die Beträge, die sie mir wöchentlich auf mein Konto überweist, passt sie schon im Voraus an die zu erwartende Teuerungsrate an. Ich kann nicht klagen. Im Vergleich zu vielen meiner Mitstudentinnen könnte ich in Saus und Braus leben. Auch wenn der größte Luxus, den ich mir gönne, die Gouvernante für Paulchen ist."

Hilde wandte den Kopf und lächelte Frau Gerwig zu, einer hochgewachsenen, hageren Frau in einem schlichten, grauen Leinenkleid. Diese antwortete mit einem Nicken.

„Ich finde es bewundernswert, wie du beides unter einen Hut bringst. Paulchen und das Studium", sagte Isolde.

Hilde schüttelte den Kopf. „Das ist nicht bewundernswert. Ich bin nicht die einzige Studentin mit einem kleinen Kind. Aber keine meiner Kommilitoninnen hat eine Gouvernante, die sich tagsüber um das Kind kümmert. Diese Mütter leisten Übermenschliches, ich nicht. Ich weiß, dass Paulchen gut versorgt ist, und trotzdem habe ich oft ein schlechtes Gewissen, dass ich an das Bauhaus gehe, anstatt mich um meinen Sohn zu kümmern."

„Das ist wohl das Dilemma jeder berufstätigen Frau mit Kindern. Für mich war das ja nie ein Thema", sagte Tante Isolde.

Hilde warf ihr einen Seitenblick zu. „Wie geht es Lotte?", fragte sie.

„Wir sind zu unserem Leben von vor dem Krieg zurückgekehrt. Sie in Berlin, ich in München. Lotte ist wieder in ihrem Element. In Berlin agitiert sie für die Kommunistische Partei. Ich bin jedes Mal dankbar, wenn sie mich heil und unversehrt in München besucht. Aber sie kann nicht anders. Das habe ich inzwischen akzeptiert. Und jetzt habe ich mir ein paar Wochen frei geschaufelt und werde sie besuchen. Darauf freue ich mich schon seit Monaten."

„Und sonst? Gibt es Neuigkeiten aus München?", fragte Hilde und versuchte dabei, möglichst neutral zu klingen, auch wenn sie sich ein wenig Sorgen um die Antwort machte.

„Deine Mutter vermisst dich, das ist ja nichts Neues. Jedes Mal, wenn ich sie besuche, muss ich mir erst einmal eine Klage über ihr Schicksal als einsamer Vogel in einem leeren Nest anhören. Aber sie beruhigt sich dann rasch wieder. Und sie hat genügend Aufgaben, die ihre volle Aufmerksamkeit fordern. Zum einen hat sie viel Arbeit mit der Leitung ihres Betriebes, zum anderen kommt Hermann regelmäßig mit seiner Erika zu Besuch. Du solltest deine Mutter sehen, wie ihr das Herz aufgeht, wenn sie mit ihrer Enkelin spielt."

„Und wie geht es Hermann?"

Isolde seufzte. „Hermann macht mir Sorgen. Er ist unglücklich. Aber ich habe das Gefühl, dass er sich nicht helfen lassen will, und das bereitet mir Kopfzerbrechen."

„Die Ilm, die Ilm." Die Kinderstimme riss Hilde aus ihren sorgenvollen Gedanken heraus. Sie sah ihren Sohn an, der mit Begeisterung auf das langsam vor sich hin plätschernde Gewässer zeigte. Und auf ihrem Gesicht breitete sich ein Lächeln aus.

***

Hermann rieb sich die Augen. Er spürte wieder diesen leichten Schmerz hinter der linken Schläfe. Wenn er nichts dagegen unternahm, würde sich dieser immer weiter verschlimmern und er würde den Abend in seinem abgedunkelten Zimmer verbringen und hoffen, dass ein gnädiger Schlaf die Pein linderte. Der Tag in der Bank war anstrengend gewesen. Inzwischen stand mindestens dreimal pro Woche eine Krisensitzung mit dem Vorstand auf der Tagesordnung. Die politischen Entwicklungen wurden immer dramatischer und die Wirtschaft lag am Boden. An diesem Tag war die Nachricht in die Vorstandssitzung geplatzt, dass bei einem Protest gegen die französische Besatzungsmacht in Essen mindestens dreizehn Arbeiter der Krupp-Werke ums Leben gekommen waren. Hermann fürchtete, dass die Aufgabe, die Bank durch diese stürmischen Zeiten zu führen, seine Kräfte und Fähigkeiten überstieg.

Der Wagen hielt an. Der Chauffeur stieg aus und öffnete Hermanns Tür. Er trat auf das feucht schimmernde Trottoir und ging die Treppenstufen hinauf zum Eingang des Lampeckschen Palais. Dort erwartete ihn schon Karl, der glatzköpfige Leibdiener mit dem schlohweißen Backenbart, der ihm den Mantel abnahm. Die Salontür stand offen. Hermann spürte ein Gefühl der Vorfreude. Hier wartete etwas auf ihn, das seine Kopfschmerzen zwar nicht vertreiben, ihm aber ein wenig Linderung verschaffen konnte. Er lenkte seine Schritte in Richtung des Salons, doch dann hörte er eine Stimme.

„Papa, Papa", rief ein kleines Mädchen.

Er wandte seinen Blick und sah ein Kind auf sich zu rennen. Sie strahlte ihn mit einem zahnlückengefüllten Lächeln an, ihre großen, blauen Augen glänzten.

„Papa, Papa", rief Erika noch einmal und warf sich in Hermanns inzwischen ausgebreitete Arme. Er drückte seine Tochter fest an sich, fühlte ihre Wärme und genoss ganz besonders den frischen Geruch nach Mandeln, der von der Seife herrührte, mit der die Gouvernante das Mädchen wusch.

„Ich dachte, du wärst schon im Bett", sagte Hermann. Er sah auf die Uhr. Es war kurz vor acht.

„Gutenachtlied", rief seine Tochter.

Hermann richtete den Blick auf die Gouvernante, eine unscheinbare Frau Mitte 40, deren Haare komplett grau waren und die ihren Arbeitgeber mit einem entschuldigenden Lächeln ansah.

„Die Tochter der Herrschaft hat darauf bestanden, dass Sie ihr ein Gutenachtlied spielen sollen. Vorher wollte sie nicht ins Bett gehen", erwiderte die Frau.

Hermann schmunzelte. „Ich sehe, du hast alles im Griff, Erika", sagte er. „Nun, geh in dein Zimmer und leg dich in dein Bettchen, ich hole die Klarinette und komme gleich nach."

Er stellte seine Tochter auf den Boden, die Kinderfrau nahm sie an der Hand und führte sie in den rückwärtigen Flügel des Palais, wo sich Erikas Kinderzimmer befand. Hermann ging in den Salon. Sein Blick fiel unwillkürlich auf das Schränkchen in der Ecke. Konnte er es wagen? Wenn er einen Schluck Cognac trank, wäre seine Hand vielleicht ein wenig ruhiger. Aber Erika würde es riechen. Sie hatte eine feine Nase und mochte den Geruch des Weinbrands nicht. Seufzend wandte er sich der anderen Ecke des Raums zu und nahm die Klarinette von ihrem Ständer. Aus dem Gefäß auf dem Beistelltisch holte er ein Blatt und spannte es mit geübten Bewegungen auf das Mundstück. Dann verließ er den Salon.

Erika lag in einem Himmelbettchen. Der Stoff über ihrem Kopf war dunkelblau und mit silbernen Sternen und einem Vollmond bestickt. Sie sah ihn mit ihren großen, leuchtenden Augen an.

„Irgendwelche besonderen Wünsche?", fragte er.

„Guten Abend, gute Nacht", sagte sie.

Hermann nickte. Das Lied hatte ihr die Gouvernante schon von klein auf vorgesungen. Er hatte den Text stets etwas gruselig gefunden. Dieses: *Morgen früh, wenn Gott will, wirst du wieder geweckt*, musste Kindern in Erikas Alter doch furchtbare Angst machen. Er war froh, dass er sich mit den Worten nicht auseinandersetzen musste, denn er spielte nur die Melodie und die mochte er sehr gerne.

Hermann umschloss das Blatt mit den Lippen und blies einen Probeton. Das hörte sich nicht richtig an, weshalb er die Verschraubung der Klarinette noch einmal kontrollierte und nach einer kleinen Korrektur klang es, wie es sollte. Er holte tief Luft und als die Töne aus ihm heraus zu fließen begannen und die einfache, aber doch so schöne Melodie bildeten, fühlte er, wie seine Kopfschmerzen nachließen und wie ein Gefühl des Friedens und der Ruhe sich in ihm ausbreitete. Sein Blick fand Erika, die mit einem seligen Lächeln zuhörte. Waren ihre Augen bereits ein wenig kleiner geworden? Ja, tatsächlich, sie fielen zu. Er war an das Ende der ersten Strophe gelangt und begann mit der zweiten. Nun sank ihr Kopf zur Seite. Die Gouvernante strich ihr übers Haar und lächelte Hermann zu, so als ob sie ihn auffordern würde, aufzuhören, da er seiner Pflicht genüge getan habe. Doch er dachte gar nicht daran. Er spielte eine dritte Strophe, dann ließ er den letzten Ton leise verklingen, setzte die Klarinette ab und ging zu seiner Tochter. Das Lächeln war noch immer auf ihren kleinen Lippen. Er küsste sie auf die Stirn, dann nickte er der Kinderfrau zu und trat in den Flur.

Er blickte sich rasch um. Wie nicht anders zu erwarten, war von seiner Frau in diesem Teil des Palais nichts zu sehen. Sie zeigte wenig Interesse an Erika, vermutlich, weil sie ein Mädchen und nicht der ersehnte Stammhalter geworden war. Er ging in den Salon und begann damit, das Blatt der Klarinette zu lösen und das Instrument ordentlich zu putzen. Vorsichtig stellte er es zurück auf den Ständer. Ein Gefühl der Zufriedenheit breitete sich in ihm aus, doch es war keine Empfindung, die ihn lange Zeit erfüllen konnte. Es war eher wie eine kleine Welle, die kurz durch seinen Körper wusch und dann im Sand versickerte. Das Pochen hinter seiner Schläfe meldete sich. Das war unausweichlich gewesen. Die Musik hatte es nur kurz vertreiben können. Sein Blick fiel auf das Behältnis in der Ecke. Was sich darin befand, war keine Medizin, es war ein Gift, das war ihm durchaus bewusst. Aber es war zugleich ein Mittel, das die Schmerzen und die Verzweiflung in seinem Innern wenigstens für einen Moment mildern konnte. Er ging zu dem Schränkchen, nahm die Karaffe heraus und goss einen Schwall Cognac in das Kristallglas. Und als er den ersten Schluck trank, und ihm der Alkohol beinahe sofort in den Kopf stieg, fühlte er, wie alle Sorgen und Nöte weit in den Hintergrund traten, ebenso wie das Pochen an seiner Schläfe. Er setzte sich in den Ohrensessel, lehnte sich zurück, schloss die Augen und atmete tief aus.

KAPITEL 2

Weimar und München,
9. April 1923

Hilde war spät dran. Der Abschied von Paulchen hatte heute wieder etwas länger gedauert und wie so oft war sie hin- und hergerissen. Der enttäuschte Blick ihres Sohnes, als sie das gemeinsame Spiel beenden musste, brach ihr jedes Mal von Neuem das Herz. Doch gleichzeitig freute sie sich auf diesen Tag und war gespannt, welche Aufgaben sie im Vorkurs erwarten würden.

Sie betrat die Hochschule. Die Zeiger auf dem großen Zifferblatt bildeten 8:12 Uhr. Noch zwei Minuten später war es, als sie den Klassenraum erreichte. Johannes Itten, der Meister, der den Vorkurs leitete, saß in der Mitte auf einem Kissen. Er trug eine violette Kutte, hatte die Füße im Schneidersitz untergeschlagen und den Rücken kerzengerade aufgerichtet. Sein Schädel war vollkommen kahl. Die Form erinnerte Hilde an ein Ei. Doch in diesem Kopf, das war ihr in den letzten Monaten bewusst geworden, lebte ein künstlerisches Genie.

Der Blick des Meisters traf sie. Sie sah Missbilligung darin, dass sie zu spät dran war. Die Atem- und Bewegungsübungen, die er zu Beginn anzuleiten pflegte, hatte sie wohl verpasst. Itten unterließ es, sie zu tadeln, vermutlich um die anderen Studenten nicht bei ihren

Übungen zu stören. Sie eilte zu dem Tischchen, das noch frei war und kramte rasch Papier und die Bleistifte, die sie immer mit sich führte, aus ihrer Tasche.

„Wir sollen die Zitronen subjektiv erleben und objektiv erkennen", hörte sie eine Stimme flüstern. Sie wandte den Kopf und sah zu der jungen Frau, die neben ihr saß. Fanny. Sie hatten sich einmal kurz unterhalten, vor einer Feier war das gewesen, zu der sie aber nicht hatte gehen können, weil sie nach Hause musste, um sich um Paulchen zu kümmern. Hilde nickte ihr zu und widmete ihre Aufmerksamkeit der Vorlage, die auf einem Tischchen neben dem meditierenden Meister platziert worden war. Zwei gelbe Zitronen auf einem weißen Teller und daneben ein Buch mit grünem Deckel bildeten ein farbenprächtiges Stillleben. Sie nahm einen mittelharten Bleistift und begann, die räumliche Struktur der Früchte zu skizzieren. Ein Hüsteln riss sie aus ihrer Konzentration. Sie schreckte auf. Irritiert sah sie Itten an, der plötzlich nicht mehr auf seinem Kissen saß, sondern vor ihr aufragte. Er musterte ihre Skizze und die dichte Wolke aus Knoblaucharomen, die ihn stets umgab, nahm ihr kurz den Atem.

„Was machen Sie da?", fragte er.

Hilde schluckte. „Ich dachte, die Aufgabe bestünde darin, die Zitronen abzuzeichnen", sagte sie.

„Wären Sie rechtzeitig gekommen, dann wüssten Sie, dass die Aufgabe eine wesentlich schwierigere ist."

Hilde sah auf das Blatt Papier hinab. So schwierig war ihr das gar nicht vorgekommen. Sie war sehr zufrieden mit dem, was sie produziert hatte. Es sah ziemlich genauso aus wie das Stillleben auf dem Teller, nur die Farben fehlten.

„Ich habe die Zitronen gezeichnet", sagte sie.

„Ja, das haben Sie", erwiderte Itten. „Das Bild sieht aus, als ob sie eine Fotografie davon gemacht hätten. Rein technisch ist das ausgezeichnet. Aber darum ging es mir nicht. Sie sollten Ihr Erlebnis von der Frucht zu Papier bringen. Versuchen Sie es erneut."

Er drehte sich um und ging davon. Hilde spürte, wie ihr Mund trocken wurde. Da war sie einmal zufrieden mit ihrer Arbeit gewesen und dann erwartete der Meister etwas anderes. Was wollte Itten von ihr?

„Die Kunst ist eben nicht jedem gegeben", hörte sie eine Stimme, die ihr nun aus der anderen Richtung etwas zuraunte. Sie wandte den Blick und erkannte, dass Markus die Worte gesprochen hatte. Sie hatten sich einmal beim Mittagessen kurz unterhalten. Seitdem schien er sie irgendwie auf dem Kieker zu haben. Neulich hatte sie ihn zu einem anderen Studenten sagen hören, dass es doch ein Unding sei, wenn Mütter ihre Kinder vernachlässigten, nur um einem Traum nachzuhängen, der unrealistisch sei. Sie hatte sofort verstanden, dass das auf sie gemünzt gewesen war, auch wenn sie nicht wusste, woher er sich das Recht nahm, ein Urteil über ihre Lebenssituation zu fällen. Nun grinste er sie überheblich an. Sie wandte den Blick ab und hörte nun von der anderen Seite ein Flüstern.

„Es geht darum, die Essenz des Bildes einzufangen, nicht die äußeren Details", hörte sie Fanny sagen.

Die Essenz des Bildes. Was hatte das zu bedeuten? Sie lehnte sich zurück und sah ein weiteres Mal zu den Zitronen hin. Mit einem Mal erschien eine Szene vor ihrem inneren Auge. Sie sah sich an einem festlich geschmückten Tisch im Garten der Villa ihrer Mutter.

Alle waren sie dort versammelt: Tante Isolde und Lotte, Elsa und Hermann. Sogar Onkel Anton war da gewesen. Sie waren glücklich gewesen, eine Familie mit einer goldenen Zukunft. Es hatte Zitronenlimonade gegeben, aber die war so sauer gewesen, dass Hilde das Gesicht verzogen hatte, als sie davon gekostet hatte. Sie schlug sich gegen die Stirn. Das war es.

Hilde nahm einen harten Bleistift und begann, auf einem neuen Bogen Papier einen zweiten Entwurf zu zeichnen. Als sie fertig war, besah sie sich das Bild und schmunzelte. Itten trat zu ihr und sah ihr über die Schulter. Sie roch den Knoblauch und zu ihrer Verwunderung hörte sie den Meister leise kichern.

„Sehr gut", sagte er. „Jetzt haben Sie die Aufgabenstellung erfasst."

Fanny linste zu Hilde herüber. „Was hast du gezeichnet?", fragte sie. Hilde zeigte ihr das Gesicht. Ein Selbstporträt, dessen Miene grotesk verzogen war.

Fanny lachte. „Das müssen aber saure Zitronen gewesen sein."

***

Hermann rieb sich die Schläfen. Er spürte, wie ein Gähnen in ihm aufstieg und spannte die Kiefermuskulatur an, um es zu unterdrücken. Er wollte nicht, dass die anwesenden Herren einen noch schlechteren Eindruck von ihm bekamen, und hoffte, dass sie unter der Wolke von Parfüm, mit der er sich am Morgen eingesprüht hatte, den Cognac nicht rochen. Aber die wissenden Blicke, die sie sich zugeworfen hatten, als er vor nunmehr zwei Stunden auf seinem Stuhl Platz genommen hatte, ließen ihn vermuten, dass dieses Täuschungsmanöver vergebens gewesen war. Sie wussten, dass er trank. Aber sie waren zu höflich oder zu feige, um etwas zu sagen. Hermann sah zu Krötzinger hin. Der stellvertretende Vorstand der Bank war mitten in seinen Ausführungen.

„Es ist zu erwarten, dass die Teuerungsrate weiter steigt. Die Regierung tut nichts dagegen, sie lässt der Inflation mehr oder weniger ihren Lauf. Der Zentralbankchef hat den Trend in der vergangenen Woche durch den Einsatz von Goldreserven zwar etwas abbremsen können, aber nach meiner Einschätzung, ist das nur ein Tropfen auf den heißen Stein. Die Goldvorräte der Reichsbank sind endlich. Die Besetzung des Rheinlands und die damit verbundenen Kosten für die Regierung, die den streikenden Arbeitern weiterhin ihr Gehalt zahlt, sind enorm. Das bedeutet, dass gleichzeitig der Bargeldbedarf enorm ist, weswegen die Reichsbank immer mehr Banknoten drucken lässt. Und das wird dazu führen, dass die Inflation weiter steigt."

Herr Bauer, der erst im vergangenen Herbst in den Vorstand aufgestiegen war, nachdem er einige Jahre lang die Filiale der Bank in Stuttgart geleitet hatte, schüttelte den Kopf. „Die Fachleute des Finanzministeriums sind sich doch einig darin, dass die negative Außenhandelsbilanz für die Teuerung verantwortlich ist. Und nicht die Finanzpolitik der Regierung."

„Das würde ich anstelle der Regierung auch behaupten", sagte Hermann, der einen Blick mit Krötzinger tauschte. Dieser nickte ihm zu, wie ein Lehrer, der seinen Schüler ermutigen will, einen Vortrag zu halten.

Hermann war froh darüber, etwas beisteuern zu können, denn es fiel ihm immer schwerer, den Ausführungen passiv zu folgen. „Die Reichsregierung versucht, die Alliierten zu zwingen, uns in der Frage der Reparationen entgegenzukommen. Durch die Inflation soll das Zeichen gegeben werden, dass Deutschland niemals in der Lage sein wird, die Schadensersatzforderungen zu begleichen. Dass stattdessen Entgegenkommen notwendig ist, eine Reduktion oder gar eine Streichung der Kriegsentschädigungen. Deshalb lässt die Reichsbank immer mehr Geld drucken, um den Bedarf der Regierung zu decken, anstatt dass diese das einzig Richtige täte: Sparen."

„Aber das muss in einer wirtschaftlichen Katastrophe münden", sagte Bauer.

Hermann nickte. „Die Reichsregierung ist wohl eher bereit dazu, eine wirtschaftliche Katastrophe zu riskieren als einen neuen Krieg. Und das kann ich ihr nicht übelnehmen."

Mehrere der anwesenden Herren tauschten Blicke aus. Hermann war das gleichgültig. Sollten Sie doch denken, was sie wollten. Keiner der Vorstände hatte gedient und die meisten waren wahrscheinlich der Überzeugung, man müsse es noch einmal wagen, müsse den Alliierten zeigen, dass Deutschland eine Macht sei, mit der international zu rechnen sei, die sich auflehnen könne gegen die Reparationen. Aber das war Unsinn. Die Republik lag am Boden, militärisch, wirtschaftlich und politisch. Es waren düstere Zeiten.

„Nun, jedenfalls schlage ich vor, dass wir weiterhin in Devisen und Gold investieren, um den Grundstock des

Bankvermögens unabhängig von den Entwicklungen der Währung zu halten", sagte Krötzinger.

Hermann nickte. „Dann versuchen Sie mal Ihr Glück. Ich vermute, dass andere Banken ebenfalls auf diese Idee kommen und dass die Märkte deswegen überhitzt sein werden. Zudem hat die Regierung die Spekulation mit Devisen verboten."

Auf Krötzingers Lippen erschien ein Lächeln. „Man muss nur wissen, mit wem man Geschäfte macht. Und welcher Art diese Geschäfte sind."

Hermann beendete die Vorstandssitzung und erhob sich. Während die Herren nun in kleinen Grüppchen ihre Gespräche fortsetzten, ging er in sein Büro. Er atmete tief durch und trat zu dem Schränkchen in der Ecke, schenkte sich einen Cognac ein und trank ihn in einem Zug leer. Es tat so gut. Er schloss die Augen und spürte, wie der Rausch sich beinahe unmittelbar bemerkbar machte. Da klopfte es an die Tür. Er fluchte leise vor sich hin und suchte das Fläschchen mit dem Parfüm. Doch er konnte es nirgendwo entdecken. Verdammt, das hatte er wohl zu Hause vergessen. Die Tür öffnete sich und der Bankdiener sah herein.

„Der General von Steinbeiß möchte Sie sprechen", sagte er. Hermann unterdrückte einen Fluch. Was wollte sein Schwiegervater denn bei ihm?

„Führen Sie ihn herein", sagte er.

In dem Moment schob sich der General an dem Bediensteten vorbei, der ihn mit einem fassungslosen Blick musterte. Von Steinbeiß knallte dem Mann die Tür vor der Nase zu und lachte.

„Ich habe dem Kerl erklärt, dass ich keine Anmeldung brauche, um zu meinem Schwiegersohn vorgelassen zu werden. Aber er wollte sich stattdessen an die Regeln des Hauses halten. Nun, dem habe ich gezeigt, wer hier die Gesetze macht."

Er nahm auf dem Stuhl vor Hermanns Schreibtisch Platz und lehnte sich zurück. Dann musterte er seinen Schwiegersohn mit einem kalten, harten Blick.

„Was kann ich für Sie tun?", fragte Hermann.

„Zu deinem Versprechen stehen", sagte der General. Seine Worte waren noch härter als sein Blick.

„Sie brauchen also wieder Geld. Für welche Partei ist es dieses Mal? Für die DNVP? Oder die BVP?"

„Das muss dich nicht bekümmern. Wir haben eine Vereinbarung und daran hältst du dich. Bedenke aber, dass die Kosten steigen. Diese sogenannte Regierung hat die Teuerung nicht im Griff."

„Die Regierung Kuno setzt die Inflation als Waffe gegen die Alliierten ein. Das sollte Ihnen doch gefallen."

Der General winkte ab. „Das ist ein stumpfes Schwert. Wir sollten scharfe Waffen gegen unsere Feinde auffahren. Aber damit es dazu kommt, bedürfen wir einer starken Regierung. Und dafür brauchen wir Geld."

Hermann rollte mit den Augen. „Wie viel ist es dieses Mal?"

„Zehn Millionen fürs erste."

„Gut, ich werde mich darum kümmern. Auf dasselbe Konto wie immer?"

Der General nickte. Hermann erwartete, dass er sich nun erheben würde, doch von Steinbeiß blieb sitzen.

„Gibt es noch etwas?", fragte Hermann.

Sein Schwiegervater funkelte ihn an. „Friederike und du, ihr habt euch schon lange nicht mehr in der Gesellschaft gezeigt. Ich erwarte von euch, dass ihr präsenter seid. Auch das ist Teil unserer Vereinbarung."

Hermann unterdrückte ein Stöhnen. „Nun gut, dann muss ich wohl in den sauren Apfel beißen und meine Frau in die Oper ausführen."

KAPITEL 3

Weimar und München,
23. April 1923

Hilde legte ihre Hand auf die Stirn ihres Sohnes. Sie war heiß und die Haut war feucht. Zwar glühte sie nicht und Paulchen machte einen aufgeweckten Eindruck, obwohl ihm die Nase lief und er immer wieder husten musste. Aber krank war er. Das war eindeutig. Sie sah auf die Uhr. Es war Viertel vor acht. Sie würde ohnehin zu spät kommen. Die Frage war, ob sie überhaupt an die Hochschule gehen oder besser zu Hause bei ihrem kranken Kind bleiben sollte.

„Sputen Sie sich", sagte Frau Gerwig. Sie machte ein ungeduldiges Gesicht und Hilde konnte es ihr nicht verdenken. Aus der Sicht der Gouvernante war es einfach. Schließlich hatte Hilde sie für Fälle wie diesen engagiert, damit sie ihr den Rücken freihielt und sich um Paulchen kümmerte. Aber dann sah sie ihren Sohn an, der in seinem Bettchen lag, den Rotz hochzog und vor sich hin hustete, die glühenden Augen auf sie gerichtet. Es war unendlich schwer, ihn zurückzulassen, auch wenn sie wusste, dass er bei der Kinderfrau in guten Händen war.

„Ich werde gleich nach dem Unterricht zurückkehren", sagte sie.

„Das müssen Sie nicht", erwiderte Frau Gerwig. „Ich werde Thymiantee aufbrühen und ihn ihrem Sohn in kleinen Schlucken einflößen. Sie werden sehen, heute Abend wird es ihm schon besser gehen. Es ist eine leichte Erkältung. Kinder in diesem Alter trifft so etwas immer wieder."

Hilde schluckte. Natürlich konnte die Gouvernante auf einen reichen Erfahrungsschatz zurückgreifen. Sie hoffte, dass ihre Einschätzung richtig war, dass es sich nur um eine leichte Erkältung handelte und dass ihr Sohn bald wieder gesund sein würde. Aber sie hatte auch anderes erlebt. Sie erinnerte sich an die Spanische Grippe, wie man sie nun nannte. Die Seuche, die ihren Großvater und Zenzi das Leben gekostet hatte. Sie wollte sich nicht vorstellen, Paulchen an eine Krankheit zu verlieren. Er war ihr ein und alles. Sie sah ihren Sohn noch einmal an und drückte ihm einen Kuss auf die Stirn. Dann erhob sie sich, zog ihre Jacke an und zwang sich, die Wohnung zu verlassen. Die Stiegenbretter knarrten und quietschten, als sie die Treppe hinunter eilte und auf die Straße trat.

Sie hatte eine Unterkunft im zweiten Stock eines Hauses in der Innenstadt bezogen. Schräg gegenüber auf der anderen Straßenseite lag das Schillerhaus. Und jeden Morgen, auf dem Weg zum Bauhaus, kam sie an Goethes Anwesen vorbei. Es war surreal. In der Schule in München hatten die Lehrerinnen von den beiden Poeten wie von entrückten Göttern gesprochen. Aber hier in Weimar hatten sie gelebt und an jeder Ecke wehte der Geist der Klassiker.

Als sie endlich in der Hochschule eintraf, zeigte die große Uhr in der Eingangshalle zwanzig nach acht. Die

Gänge waren leer –natürlich –die Studenten waren in den Unterrichtsräumen. Sie betrat das Klassenzimmer, in dem sie das gleiche Bild vorfand wie am Tag zuvor. Itten thronte in der Mitte, die Schüler um ihn herum waren mit ihrer Arbeit beschäftigt. Immerhin wusste sie heute, was zu tun war, der Meister hatte ihnen die Aufgabe gegeben, seinen Farbkreis zu illustrieren. Itten hatte eine eigene Farbenlehre entwickelt, was Hilde großen Respekt einflößte, insbesondere, weil er sich damit in Weimar der Blasphemie schuldig machte, da Goethe hier seine berühmten Überlegungen zum Verhältnis der Farben zueinander angestellt hatte.

Sie nahm Platz und spürte dabei die Blicke der anderen auf sich. Der Meister sah sie jedoch nicht an. Er hatte die Augen geschlossen. Sein hageres Gesicht bewegte sich nicht. In welchen Sphären er wohl weilte? Er gehörte einer fernöstlichen Glaubenslehre an, ernährte sich vegetarisch und verbrachte viel Zeit damit, zu meditieren. Einige ihrer Mitstudenten hatten sich zu dieser Lehre bekehrt und bildeten nun eine Art Jüngerkreis um Itten. Sie trugen Kutten und ernährten sich fleischlos. Aber Hilde gehörte nicht dazu. Überhaupt fühlte sie sich kaum als Studentin, weil sie sich nicht ins soziale Leben Weimars stürzte, sondern abends bei Paulchen saß, ihm vorsang und ihm Bilderbücher vorlas, die sie teilweise selbst illustriert hatte.

Hilde holte ihren Wasserfarbkasten aus der Tasche und ging ins Eck, um sich in dem dort bereitstehenden Wassereimer einen Becher füllen. Dann kehrte sie zu ihrem Tisch zurück, nahm einen Pinsel und mischte aus der Grundfarbe Blau und der Sekundärfarbe Grün eine Tertiärfarbe an, die, wie sie hoffte, dem Blaugrün entsprach, das links im Farbkreis beheimatet war.

„Na, hast du ausgeschlafen?", hörte sie eine Stimme zu ihrer Rechten. Sie rollte mit den Augen. Es war Markus. Sie sah nicht hin und hoffte, dass er dann von ihr ablassen würde, aber offenbar erreichte sie damit das Gegenteil.

„Aha, du bist wohl zu fein, um mit mir zu reden."

Nun wandte sie ihm doch den Blick zu. Er grinste sie herausfordernd an.

„Nein, ich bin ich zu fein. Aber ich möchte mich auf meine Arbeit konzentrieren. Wie du sicher bemerkt hast, bin ich spät dran."

„Und das nicht zum ersten Mal. Auch für dich gelten Regeln", sagte Markus. Hilde unterdrückte ein Seufzen. Sie wollte etwas erwidern, doch da hörte sie ein Räuspern. Sie erstarrte und sie sah zum Meister hin, der die Augen geöffnet hatte und sie musterte. Das Grinsen auf dem Gesicht ihres Mitstudenten verbreiterte sich. Würde Itten ihr nun eine Strafpredigt halten?

„Wie Markus richtig bemerkt, sind Sie zu spät", sagte er.

„Mein Sohn ist krank. Ich musste mich noch darum kümmern, dass er gut versorgt ist", erwiderte Hilde.

Der Meister nickte. „Die Sorge und Liebe um unsere Mitkreaturen ist das wichtigste im Leben."

Hilde atmete tief durch. Sie hatte eine Ermahnung erwartet und stattdessen Mitgefühl erhalten. Sollte sie etwas erwidern? Aber Itten hatte die Augen schon wieder geschlossen. Sie sah zu Markus hin, der das Gesicht verzogen hatte und die Lippen aufeinanderpresste. Er hatte sich wohl eine Standpauke für Hilde gewünscht.

Nun, man bekam eben nicht immer das, was man wollte. Sie zwinkerte ihm zu und widmete sich wieder ihrem Farbkreis.

***

„Oh, der hat aber ein weiches Fell", sagte Erika. Sie streichelte dem Hasen über den Rücken. Das Tier mümmelte und sah nicht besonders glücklich aus. Hermann war jederzeit auf dem Sprung, es seiner Tochter wegzunehmen, wenn sie zu grob sein sollte. Aber sie strich ihm behutsam und zärtlich über das Fell.

„Hast du den Hasen extra wegen Erika gekauft?", fragte er seine Mutter.

Elsa schmunzelte. „Eigentlich wollte ich mir Handschuhe machen. Du weißt doch, dass ich in den letzten Jahren etwas verfroren bin. Und Hasenfellhandschuhe sind das beste Mittel gegen kalte Finger. Aber nachdem meine Enkelin so große Freude an diesem Tier hat, komme ich wohl nicht dazu, ihm das Fell über die Ohren zu ziehen."

„Nein, nicht Fell über die Ohren ziehen", rief Erika und drückte den kleinen Hasen fest an sich, der ein hilfloses Gesichtchen machte und noch eifriger vor sich hin mümmelte.

Hermann spürte, wie sich eine angenehme Wärme in ihm ausbreitete. Es war das gleiche Gefühl, das er empfand, wenn er etwas getrunken hatte, doch nun war es reiner und unschuldiger.

Sie ließen Erika mit dem Hasen zurück und gingen in Richtung des persischen Pavillons ganz am Ende des Gartens. Die ersten etwas wärmeren Sonnenstrahlen drangen durch das Blätterdach und der Rasen war schon saftig grün. Sie nahmen auf der Bank Platz.

„Wie stehen die Geschäfte?", fragte er seine Mutter.

„Es wird dich vielleicht überraschen, aber ich kann mich nicht beklagen. Ich profitiere davon, dass ich mehrere Rinderfarmen in Argentinien aufgekauft habe. Die Gauchos liefern mir bestes Leder und ich kann die fertigen Produkte vor Ort wieder in Pesos verkaufen, wodurch ich an frische Devisen komme. Und das beste daran: Es ist alles legal."

Hermann nickte. „Ja, du finanzierst deinen Betrieb damit überwiegend durch ausländische Währung und hast ein sicheres Fundament. Ich wünschte, jeder Unternehmer wäre so weitsichtig."

„Nicht jeder hat die Möglichkeit, seine Rohstoffe aus dem Ausland zu beziehen und die fertigen Produkte dann wieder dorthin zu verkaufen."

„Ja, vor allem wer auf Kohle und Stahl angewiesen ist, hat es zurzeit schwer. Ich hoffe, die Franzosen ziehen bald ab. Und ich hoffe, dieser Generalstreik war nicht eine Verschwendung von Ressourcen, Geld und letztendlich auch von Menschenleben."

Elsa seufzte. „Ich befürchte, die Franzosen werden den längeren Atem haben. Diese Inflation bereitet mir Kopfzerbrechen. Ich komme kaum damit nach, die Löhne meiner Arbeiter an die steigenden Kurse anzupassen. Wenn das so weiter geht, werden Lebensmittel unerschwinglich teuer. Die Leute werden hungern. Und schlussendlich wird es zu Aufständen kommen. Aber wir werden sehen. Lass uns über etwas Angenehmeres reden. Was macht das Klarinettenspiel?"

Auf Hermanns Gesicht erschien ein Lächeln. „Es macht mir große Freude. Und ich kann mich inzwischen rühmen, das Instrument einigermaßen zu beherrschen. Erika möchte, dass ich ihr abends ein Wiegenlied vorspiele. Und ich kann mich inzwischen sogar schon an leichtere Stücke von Mozart wagen. Das ist eine große Freude."

„Heißt das, dass deine Hand wieder ganz verheilt ist?"

Hermann schüttelte den Kopf. „Gerade wenn das Wetter wechselt, habe ich noch Schmerzen. Aber es ist nicht mehr so schlimm wie früher und die Finger sind beweglich. Mehr kann ich wohl nicht mehr erwarten. Im Vergleich zu dem, was viele meiner Kameraden als Verletzungen aus dem Krieg zurückgebracht haben, ist das eine Kleinigkeit."

„Und wie läuft es mit Friederike und ihrem Vater?"

Hermann verzog das Gesicht. „Wir wollten doch über etwas Erfreulicheres reden", sagte er.

Elsa legte ihm eine Hand auf die Schulter. „Ist es so schlimm?"

„Ich weiß nicht, ob ich das als schlimm bezeichnen soll. Und vielleicht ist gerade das das Furchtbare daran. Wir sind verheiratet, aber wir führen zwei getrennte Leben. Ich kann gar nicht behaupten, dass mir das unangenehm wäre. Friederike lässt mich in Ruhe. Und ich störe ihre Kreise nicht. Im Alltag habe ich sogar mehr Kontakt mit ihrem Vater als mit ihr. Der kommt regelmäßig zu mir und will Geld für irgendwelche deutschnationalen Parteien."

Hilde runzelte die Stirn. „Aber doch hoffentlich nicht für diesen Hitler. Der Mann ist mir irgendwie unheimlich."

Hermann zuckte mit den Schultern. „Ich weiß nicht, für wen er das Geld verwendet, letztendlich ist es mir gleichgültig."

„Irgendwo muss das doch ein Ende haben. Du kannst doch nicht unendliche Geldmittel aufwenden, um die politischen Ambitionen deines Schwiegervaters zu finanzieren."

„Doch, leider. Er weiß zu viel. Über Lotte, aber auch über Paul und Hilde. Ich darf sie nicht in Gefahr bringen. Und sieh es einmal positiv. Das Geld, das ich ihm gebe, ist in ein paar Wochen schon wieder wertlos. Ich hüte mich davor, ihm Devisen zu überweisen."

Auf den Lippen seiner Mutter erschien ein Lächeln. „Ich sehe, du bist ganz mein Sohn. Aber ich hätte dir gewünscht, dass du glücklich wirst. Ganz besonders in der Liebe."

Hermann seufzte. Mit einem Mal war er wieder da, dieser Druck, die schlimmen Gefühle, die nun aufkeimten, in Cognac zu ertränken. Er wusste, dass seine Mutter keine harten Alkoholika im Haus hatte. Deshalb zerbrach er sich den Kopf, wie er ungesehen einen kräftigen Zug aus dem Flachmann nehmen konnte, den er in der Innentasche seines Jacketts als eiserne Reserve mit sich führte.

KAPITEL 4

Weimar und München,
27. April 1923

Hilde strich Paulchen über die Stirn. Sein Atem ging ruhig und gleichmäßig und die kleine Brust hob und senkte sich in einem regelmäßigen Rhythmus. Als sie ihren Sohn ansah, spürte sie, wie eine Woge der Liebe durch sie wusch. Er sah seinem Vater so ähnlich, dass es ihr gleichzeitig das Herz brach. Sie ging in die Stube hinaus, wo Frau Gerwig saß und mit einer Strickarbeit beschäftigt war. Die Kinderfrau sah auf.

„Ich gehe zu einer Abendveranstaltung im Bauhaus", sagte Hilde. „Sobald die Vorführung beendet ist, komme ich aber nach Hause."

Die Gouvernante legte den Kopf schief. „Sie können ruhig länger bleiben. Ich habe hier alles im Griff. Ihr Sohn schläft tief und fest und wenn er aufwacht, werde ich mich um ihn kümmern."

„Ja, ich weiß, dass er bei Ihnen in guten Händen ist. Und trotzdem habe ich das Gefühl, dass ich als seine Mutter bei Paulchen sein müsste."

Frau Gerwig zuckte mit den Achseln. „Ihr Sohn schläft. Da ist es ihm wahrscheinlich gleichgültig, ob Sie da sind oder nicht. Wichtig ist nur, dass er nicht alleine ist, wenn er aufwacht. Und deswegen sitze ich hier. Also, gehen Sie schon."

Hilde zog sich an und trat hinaus auf die Straße. Es war ein milder Frühlingsabend. Die Sonne war noch nicht untergegangen und das letzte Licht der Sonnenstrahlen tauchte die Dachgiebel des Schiller'schen Wohnhauses in gleißendes Gold. Es war warm und die Luft roch frisch nach Wachstum, nach Grünem, nach Neuem.

Dieses Mal kam Hilde rechtzeitig zur Veranstaltung. Es handelte sich um einen Tanzabend, bei dem eine Choreografie eines der Studenten aufgeführt wurde. Die Bühnenwerkstatt hatte die Tänzer mit opulenten, aber gleichzeitig auch bizarren Kostümen ausgestattet und nach dem Ende des Einakters war der Applaus dementsprechend groß. Als die Beifallsstürme verebbten und die Künstler sich ein letztes Mal verbeugt hatten, erhob sich Hilde. Sie sah sich um. Ihre Mitstudenten strömten nun bereits in Richtung der großen Aula, wo im Anschluss eine Feier stattfinden sollte. Nun war die Zeit gekommen, sich zu verabschieden und nach Hause zu gehen.

„Kommst du nicht mit?", hörte sie eine Stimme. Es war Fanny.

Hilde sah auf ihre Armbanduhr. Es war erst neun. Sie erinnerte sich an die Worte der Gouvernante. Paulchen schlief wohl. Und wenn er aufwachte, war Frau Gerwig da. Hilde gab sich einen Ruck.

„Ein Stündchen habe ich noch Zeit, ich komme mit", sagte sie. Sie ging gemeinsam mit Fanny in Richtung der Aula.

„Wer kümmert sich um deinen Sohn?", fragte Fanny.

Hilde runzelte die Stirn. Dafür, dass sie bislang nur wenig miteinander gesprochen hatten, fand sie diese

Frage sehr direkt und unverblümt, aber Hilde konnte keinen Vorwurf in Fannys Miene entdecken, deshalb erwiderte sie: „Ich habe eine Kinderfrau, die auf ihn acht gibt."

Fanny zog eine Augenbraue nach oben. „Eine Kinderfrau?"

Nun lag doch etwas Anklagendes in ihrem Tonfall. Ob sich Fanny daran störte, dass Hilde sich eine Gouvernante leisten konnte, während ihre Mitstudenten sich meist die Butter vom Brot absparen mussten, um ihr Studium an der Kunsthochschule finanzieren zu können?

„Für welche Werkstatt hast du dich denn beworben?", fragte sie Fanny, um vom Thema abzulenken.

„Für die Keramikwerkstatt. Ich habe schon als Kind gerne mit Ton gearbeitet und glaube, dass ich dort am besten aufgehoben bin."

„Die Keramikwerkstatt? Die ist aber nicht hier vor Ort, oder?"

Fanny schüttelte den Kopf. „Die ist in Dornburg. Etwa zwanzig Kilometer nördlich von hier, ein kleines Städtchen an der Saale. Wenn die Meister meine Bewerbung annehmen, hat es sich erst einmal mit den großen Feiern."

Hilde erwiderte nichts. Ihr waren die Feste ohnehin nie so wichtig gewesen, auch wenn sie ein elementarer Bestandteil der Bauhauskultur waren.

„Und für welche Werkstatt hast du dich beworben?", fragte Fanny.

„Die Tischlerei", erwiderte Hilde. „Meine Mutter hat eine Lederwarenfabrik und ich habe bereits als Kind mit dem Material gearbeitet. Die Tischlerei stellt Möbel her und damit fühle ich mich am wohlsten. Ich glaube, ich könnte hier einiges lernen."

Wieder wanderte Fannys Augenbraue nach oben. „Eine Lederwarenfabrik. Nicht schlecht. Nun ist mir klar, warum du dir eine Kinderfrau leisten kannst."

„Ich habe mir nicht ausgesucht, in welche Umstände ich geboren bin", entgegnete Hilde, schroffer, als sie es beabsichtigt hatte.

„Das nicht. Aber du nutzt deine Vorteile. Es muss schön sein, wenn du auf Feiern gehen kannst, und weißt, dass sich jemand um dein Kind kümmert. Die anderen Mütter hier haben es deutlich schwerer."

„Ich muss los", sagte Hilde. Sie wandte sich um und eilte davon.

***

Hermann saß in dem Ohrensessel im Salon und blickte in das Kristallglas in seiner linken Hand. Es enthielt einen winzigen Rest Cognac. Er hob das Gefäß gegen das Licht und beobachtete, wie die Flüssigkeit golden glänzte. Gleich würde er sich erheben müssen, um nachzuschenken. Sein Kopf war leicht, aber die schlimmen Gefühle waren noch nicht weit genug zurückgedrängt. Der angenehme Schleier hatte sich nicht vollständig über ihn gelegt, es dürstete ihn nach mehr.

Die Tür öffnete sich. Friederike trat ein. Sie legte den Kopf schief, sah zunächst Hermann, dann das Glas in seiner Hand und dann wieder ihn an und lachte.

„Hast du dich schon wieder besinnungslos gesoffen?", fragte sie.

„So viel Besinnung, dass ich weiß, dass du nicht ohne Grund hier auftauchst, habe ich mir bewahrt. Was ist los?", erwiderte er.

„Wir sollten in die Oper gehen. Uns zeigen. Es ist bereits sechs Wochen her, seit wir in Gesellschaft waren. Wir wollen doch nicht, dass irgendwelche Gerüchte entstehen, auch wenn ich weiß, dass ich mir keine Sorgen machen muss, dass du dir eine Geliebte suchst. Das Weibliche liegt dir ja nicht so."

Hermann ignorierte die Spitze. „Welche Oper wird gegeben?"

„Rienzi", erwiderte Friederike. „Ein glänzender Stoff, findest du nicht? Der starke Mann, der die Republik aus dem Chaos führt."

„Hilf mir bitte auf die Sprünge, aber ist es nicht so, dass der Volkstribun am Ende einen grausamen Tod stirbt? Eben von der Hand jenes Volkes, das er befreien wollte?"

„Respekt, ich hätte nicht gedacht, dass du dich so gut an den Stoff erinnern kannst. Ich hatte immer den Eindruck, dass du in der Oper darum bemüht bist, den Champagner leer zu trinken, bis du nicht mehr geradeaus gehen kannst."

„Das hängt vom Komponisten ab. Wagner halte ich nur mit mindestens zwei Flaschen Champagner aus."

„Ja, ich weiß, du ziehst Mozart oder auch Rossini dem Bayreuther Titanen vor. Du hast nie verstanden, welches gewaltige Universum sich in dieser Musik eröffnet. Wie sie das ausdrückt, was unser Volk einzigartig gemacht hat. Wagners Werk ist Deutschtum in Vollendung."

„Oh, ich habe schon verstanden. Deutschtum in Vollendung. Hehre Helden, die für ihre Ideale sterben. Und diese werden natürlich von blonden Germanen verkörpert, die ihr Blut reinhalten und alles ausmerzen, was ihnen in den wütenden Weg tritt."

„Ja, so ist es. Es ist ein musikalisches Abbild unserer Bewegung. Du magst darüber spotten, wofür mein Vater und ich kämpfen. Aber wir stehen nicht allein. Für den ersten Mai ist eine riesige Kundgebung geplant. Wir werden es diesen Gewerkschaften zeigen. Hitler wird reden. Und bald werden wir nach der Macht greifen."

Hermann zog eine Augenbraue nach oben. „Dir hat es also auch dieser Hitler angetan? Was findest du nur an dem?"

„Hast du den Führer schon einmal reden hören? Er hat eine Gabe. Er kann seine Zuhörer in den Bann ziehen. Aber viel wichtiger ist das, was er uns predigt. Er weist uns einen Weg aus der Misere, in die uns die Sozialisten gestürzt haben. Deutschland muss erstarken und es braucht Männer wie Hitler dazu."

„Und welche Rolle wird dein Herr Vater bei diesem Erstarken Deutschlands spielen? Sieht er sich nicht selbst an der Spitze der Bewegung? Er müsste sich doch durch diesen Herrn Hitler eher bedroht fühlen?"

Sie verzog das Gesicht. „Man sieht einmal wieder, wie wenig politischen Verstand du hast. Es geht nicht darum, an die Macht zu kommen. Es geht darum, unser Volk zu retten, es vor dem Untergang zu bewahren, vor der Bedrohung durch die Alliierten und deren jüdische Weltverschwörung. Dazu ist es notwendig, dass sich alle Kräfte verbinden, die um das Wohlergehen unseres

Landes besorgt sind. Das weiß mein Vater und deshalb kann er den eigenen Ehrgeiz zurückstellen und anderen den Vorrang lassen, die in der heiligen Sache erfolgreicher sein können als er."

Bei dem Wort *jüdische Weltverschwörung* hatte Hermann die Augen verdreht. Er konnte es nicht mehr hören. Aber er wusste, dass es sinnlos war, mit Friederike darüber zu diskutieren. Sie war überzeugt davon, dass alles Übel von den Juden herrührte und dass sie aus Deutschland vertrieben werden mussten.

„Ich kann heute nicht in die Oper gehen", sagte er. „Ich habe Erika versprochen, ihr ein Gutenachtlied zu spielen."

Nun war es Friederike, die die Augen verdrehte. „Immer dieses Gequäke auf deiner Klarinette. Ich weiß nicht, was die Kleine daran findet. Wenn ich dich spielen höre, muss ich die Türe schließen, weil es mir Kopfschmerzen bereitet."

„Das ist seltsam, bei mir lindert es die Kopfschmerzen."

Auf ihren Lippen erschien ein maliziöses Grinsen. „Das liegt wahrscheinlich daran, dass du keine Hand dafür frei hast, Weinbrand in dich hineinzuschütten, während du spielst. Hast du darüber schon einmal nachgedacht?"

Er spürte, wie die Wut in ihm aufwallte. Meistens hatte er sich gut im Griff und schaffte es, ihre Spitzen nicht in sein Inneres durchdringen zu lassen. Doch sie wusste, wie sie ihn aus der Reserve locken konnte. Immer, wenn sie auf seinen Cognackonsum zu sprechen kam, flammte das schlechte Gewissen auf und schwächte seine Widerstandskräfte.

„Nun, ich sehe es so", erwiderte er. „Meine Tochter wünscht, dass ich ihr ein Gutenachtlied vorspiele. Sie möchte, dass ich abends bei ihr bin. Seltsamerweise höre ich sie nie sagen, dass Mami sie ins Bett bringen soll. Findest du das nicht auch merkwürdig?"

Er sah, dass er einen Treffer gelandet hatte. Friederike kniff die Lippen aufeinander. „Es ist eine Tatsache, dass Mädchen eher zu ihren Vätern tendieren", zischte sie. „Das war bei mir genauso. Und es ist kein Geheimnis, dass ich mir einen Jungen gewünscht hätte, einen Stammhalter. Aber was nicht ist, kann ja noch werden."

Hermann schüttelte den Kopf. „Ich habe meine Schuldigkeit getan. Wir sind verheiratet und haben ein Kind, das war unsere Absprache."

„Dann ist es wohl einmal an der Zeit, neue Absprachen zu treffen."

Hermann erhob sich und ging zur Ecke, um die Klarinette vorzubereiten. „Ich sehe keinen Grund für neue Absprachen. Und ich werde heute nicht mit dir in die Oper gehen." Er hörte, wie sie den Raum verließ. Als sie die Tür hinter sich zuknallte, atmete er tief durch. Dann nahm er ein Blättchen aus der Schüssel und spannte es in das Mundstück der Klarinette ein.

Kapitel 5

Weimar und München,
30. April 1923

Hilde setzte sich auf eine Bank im Hof des Hochschulgebäudes und packte die Dose aus, die ihr Frau Gerwig in den Rucksack gepackt hatte. Sie hatte ihr ein Butterbrot geschmiert und ein Stück Käse dazugelegt. Das war der Imbiss, den sie am liebsten mitnahm, wenn sie nur wenig Zeit hatte, um zwischen den Kursen etwas zu essen. Heute war einer dieser Tage, an denen sie es in der Mittagspause nicht nach Hause nicht schaffen würde, um gemeinsam mit ihrem Sohn zu speisen. Das würden sie abends nachholen und darauf freute sie sich schon. Nun galt es jedoch, den knurrenden Magen zu füllen, um die nächste Stunde, das analytische Zeichnen bei Meister Kandinsky, konzentriert zu überstehen.

„Darf ich mich zu dir setzen?", hörte sie eine Stimme. Sie sah auf. Es war Fanny. Hilde nickte und ihre Mitstudentin ließ sich neben ihr nieder. Fanny hielt eine Karotte in der Hand, die sie nun an ihrem Rocksaum rieb, ehe sie davon abbiss. Sie saßen schweigend nebeneinander und das einzige Geräusch, das Hilde hörte, war Fannys Kauen. Offenbar war die Möhre knackig.

„Es tut mir leid", sagte Fanny, nachdem sie das Karottenstück hinuntergeschluckt hatte.

Hilde sah sie an. „Was tut dir leid?", fragte sie.

„Es tut mir leid, dass ich dir neulich abends zu nahe getreten bin. Es geht mich nichts an, ob du aus reichen Verhältnissen stammst, und wie du dein Studium organisiert. Da habe ich eine Grenze überschritten und das bereue ich."

Hilde wollte erwidern, dass das schon in Ordnung sei, dass es nicht so schlimm gewesen sei. Aber dann hielt sie inne und nickte. „Ich rechne es dir hoch an, dass du dich dafür entschuldigst. Für jemanden, der aus einfacheren Verhältnissen kommt, wird mein Leben wohl erstrebenswert erscheinen. Und natürlich habe ich Möglichkeiten, über die andere nicht verfügen. Ich kann mir eine Gouvernante für meinen Sohn leisten und muss mir keine Sorgen um den Kurs der Mark machen."

Fanny runzelte die Stirn. „Ich höre da ein *aber*", sagte sie.

Hilde kniff die Lippen zusammen. Sie war sich nicht sicher, ob sie mit ihrer Kommilitonin darüber reden wollte. Aber etwas an Fanny ermutigte sie dazu, sich zu öffnen. Hilde atmete tief durch. „Ich habe vier sehr harte Jahre hinter mir", sagte sie mit leiser Stimme.

Sie spürte, wie Fanny ihr eine Hand auf den Unterarm legte. „Du musst mir das nicht erzählen."

„Ich will es aber. Vorausgesetzt, du möchtest es hören."

Fanny nickte und biss von ihrer Karotte ab.

Hilde holte tief Luft. „Ich komme aus München. Du weißt vielleicht, was dort nach dem Krieg geschehen ist?"

„Die Freikorps haben die Räterepublik brutal niedergeschlagen. Es war eine Schande."

Hilde nickte. „Ja, das war es. Und ich war mittendrin."

Fanny runzelte die Stirn. „Verzeih mir, aber du stammst aus einer Unternehmerfamilie. Mittendrin zu sein, kann also nur bedeuten, dass du letztendlich auf der Siegerseite gestanden hast."

Hilde schluckte. „Es gab keine Sieger. Selbst die, die behauptet haben, dass sie gewonnen hätten, haben letztendlich verloren. Die Menschlichkeit hat verloren."

Fanny sagte nichts. Hilde brauchte einen Moment, um sich zu sammeln, um die Erinnerungen einzuhegen, die sie überfluteten.

„Ich war eine Revolutionärin", sagte sie schließlich. „Ich war dabei, als Ministerpräsident Eisner die Republik ausgerufen hat. Und ebenso war ich drei Monate später dabei, als er ermordet wurde. Ich wurde zu einer begeisterten Kämpferin für Gleichheit und Gerechtigkeit. Und ich lernte einen Mann kennen, der noch leidenschaftlicher war – Paulchens Vater."

„Was ist mit ihm geschehen?", fragte Fanny mit leiser, beinahe behutsamer Stimme.

„Er wurde getötet. Paul stand an vorderster Front bei der Verteidigung der Revolution. Er wurde gefangen genommen. Beinahe wäre es mir und meinen Freunden geglückt, ihn zu befreien. Aber es sollte nicht sein. Auf der Flucht wurde er tödlich verletzt. Ich blieb zurück, schwanger und verzweifelt. Aber ich habe überlebt und in meinem Paulchen lebt sein Vater weiter."

Während der letzten Worte war ihre Stimme unstet geworden und sie hatte das Zittern nicht mehr verbergen können. Wieder spürte sie die Hand auf ihrem Unterarm. Sie sah Fanny an.

„Das tut mir leid", sagte ihre Kommilitonin. „Du musst eine schwere Zeit durchlitten haben."

Nun flossen die Tränen und Hilde schluchzte. Fanny reichte ihr ein Tuch und sie trocknete sich die Augen ab.

„Wenn Paulchen nicht gewesen wäre ... ich weiß nicht, ob es mich noch gäbe. Ich habe die ersten Jahre nach dem Tod seines Vaters im Nebel verbracht und an Vieles kann ich mich gar nicht mehr erinnern. Die einzige Freude war, Paulchen aufwachsen zu sehen. Erst im Lauf des letzten Jahres sind meine Lebensgeister wieder erwacht und in einer besonders lichten Stunde habe ich erkannt, dass es Zeit ist, etwas für mich zu tun, wieder selbst zu leben. Deshalb bin ich hierhergekommen, um zu studieren, zu lernen und etwas zu schaffen. Aber es fällt mir unendlich schwer. Ich habe ein schlechtes Gewissen Paulchen gegenüber, obwohl meine Mutter mich mit allen Mitteln versorgt hat, damit ich ihn nicht allzu sehr vernachlässigen muss."

Fanny legte ihr einen Arm um die Schulter und flüsterte ihr ins Ohr: „Dann ist es wichtig, dass du dich um dich kümmerst, denn nur dann kannst du auch für dein Paulchen da sein. Aber ich fürchte, wir müssen jetzt wieder zum Unterricht, Kandinsky wird nicht so nachsichtig sein wie Itten, wenn wir zu spät kommen."

***

Die Tür schloss sich hinter dem Bankdiener und Hermann atmete tief durch. Er sah auf die Aktenmappe, die der Mann auf seinen Schreibtisch gelegt hatte. Krötzinger hatte wieder einmal ganze Arbeit geleistet. Er hatte ihm ein 50-seitiges Memorandum über die aktuelle politische und wirtschaftliche Situation des Reichs unter besonderer Berücksichtigung der Auswirkungen auf das Bankwesen zukommen lassen. Das würde Hermann zügig durcharbeiten müssen, aber er fühlte sich ausgelaugt und wusste nicht, woher er die Kraft nehmen sollte, sich mit der Materie zu beschäftigen.

Der Tag war anstrengend gewesen und die Aussicht, am Abend mit Friederike in die Oper gehen zu müssen, um sich dort nicht *Rienzi*, sondern noch schlimmer, *Die Meistersinger von Nürnberg* anzuhören, erfüllte ihn mit Grauen.

Er erhob sich und ging hinaus. Der Diener half ihm dabei, seinen Mantel anzuziehen. Als Hermann auf die Straße trat, wo bereits der Wagen auf ihn wartete, sträubte sich alles in ihm dagegen, einzusteigen. Er lehnte sich in den Fahrgastraum und wies den Chauffeur an, ohne ihn loszufahren, weil er zu Fuß gehen wollte. Sollte der Mann verwundert über die Capricen seines Chefs sein, versteckte er es gut. Er setzte den Wagen in Bewegung. Hermann sah ihm nach. Es handelte sich um einen Maybach W3, ein großes und protziges Modell mit elektrischer Innenbeleuchtung und Heizung. Dieser ersetzte den Wagen, der während der Revolution von den Soldaten der Roten Armee beschlagnahmt worden und als Teil einer Straßensperre beim Einmarsch der weißen Truppen verbrannt war.

Es war nicht weit bis zum Palais. Hermann hoffte, dass ihm die Bewegung ein wenig der Kraft geben würde, die er für den bevorstehenden Abend aufbringen musste. Der gerade Weg hätte ihn etwa eine Viertelstunde gekostet. Aber hatte keine Lust, diesen Weg zu gehen. Er hatte keine Lust, Friederike zu begegnen, er hatte keine Lust, mit ihr die Oper zu besuchen. Das Einzige, was ihn nach Hause locken hätte können, war seine Tochter, aber die war von ihrer Mutter und der Gouvernante sicher schon darauf vorbereitet worden, dass es heute keine Gute-Nacht-Melodie auf der Klarinette geben würde. Daher erwartete sie ihren Vater auch nicht. So gesehen gab es also keinen Grund, nach Hause zu gehen. Kurz entschlossen wandte sich Hermann nach Norden und wenige Minuten später hatte er die Gassen Schwabings erreicht.

Auf den Straßen wimmelte es von Menschen. Der Frühling hatte sie nach draußen gelockt und überall sah er in frohe Gesichter, hörte Gelächter und roch den aus den Wirtshäusern wabernden Geruch nach frisch gezapftem Bier. Herman fragte sich, wann er zum letzten Mal glücklich gewesen war. Er konnte sich nicht daran erinnern.

Als er das Café *Stefanie* erreichte, erwog er, sich dort einen Tisch zu suchen, zwei oder drei oder gar vier Viertel Wein zu trinken und den Abend an sich vorbeiziehen zu lassen. Doch im Lokal waren alle Plätze besetzt. Er trat wieder hinaus auf die Straße und irrte ziellos durch die Gassen. Als es dämmerte, war er kurz davor, umzukehren, doch noch nach Hause zu gehen, das unvermeidbare Gewitter zu verhindern, indem er Friederike in die Oper ausführte, als er einen leisen Laut vernahm. Eine Klarinette. Der Klang war unverkennbar, nicht quäkend wie bei einer Oboe, offener, lockender. Doch die Melodie, die gespielt wurde, war frisch, neu, unerhört. Sie war rhythmischer, abgehackter. Und doch zugleich lebendiger als das, was seine Etüden zu bieten hatten. Er hielt kurz inne und lauschte. Schließlich beschloss er, nach der Quelle der Musik zu suchen.

Es war nicht leicht, auszumachen, woher die leisen Töne kamen. Aber dann traten weitere Instrumente dazu. Eine Art Trommel zuerst und zuletzt hörte er auch ein klimperndes und rumpelndes Klavier, das schräg klang, aber wunderbar zu der Melodie der Klarinette passte. Die Musik lockte ihn zu einem Gebäude, dessen Kellerabgang beleuchtet war. Darüber prangte ein Schild: *Zum Fegefeuer.* Er sah die Stufen hinab. Dort war eine Tür geöffnet, aus der die Geräusche drangen. Die Klarinette jauchzte und jaulte in einem Überschwang, der Hermann kurz den Atem anhalten ließ. Er beschloss, die Treppen ins *Fegefeuer* hinabzusteigen, obwohl eine Stimme ihn davor warnte, eine zwielichtige wirkende Kellerkneipe in einem Randbezirk Schwabings aufzusuchen, vor allem, wenn er so feine Kleider trug. Aber was hatte er zu verlieren?

Er stieg die Treppen hinab und trat durch die Eingangstür in ein Kellergewölbe. Der Raum war so verraucht, dass ihm sofort die Augen tränten. Er zwinkerte und sah, dass ein halbes Dutzend Männer und vier Frauen an kleinen Tischen saßen, rauchten und tranken. Sie unterhielten sich nicht, richteten ihre Aufmerksamkeit stattdessen auf eine Bühne, auf der drei Musiker spielten. Ein Klarinettenspieler setzte eben zu einem waghalsigen Solo an, das seltsam dissonant, aber gleichzeitig unglaublich mitreißend war. Der Pianist und ein Mann, der hinter mehreren, auf ein Gestell montierten Trommeln saß, schienen ihn zu begleiten, in dem sie einen gleichbleibenden, treibenden Rhythmus vorgaben.

Hermann stand da wie angewurzelt. Der Solist war grandios. Er hatte noch nie so etwas gehört. Die Töne drangen ihm direkt ins Herz. Nun erhob sich der Mann. Er war hochgewachsen, seine Haut war dunkel. War das ein Amerikaner? Auf seiner Stirn stand der Schweiß. Er blies in seine Klarinette und entlockte ihr Töne, von denen Hermann nie geglaubt hätte, dass das Instrument dazu fähig gewesen wäre. Dann setzte er zu einem letzten Ton an, der Schlagzeuger ließ einen Trommelwirbel erschallen, das Klavier klimperte und das Stück war zu Ende. Die Musiker verbeugten sich und gingen von der Bühne.

„Kann ich etwas für Sie tun?", fragte eine Stimme. Hermann, der vollkommen unter dem Eindruck der Musik stand, sah den Wirt an. Er trug eine Schürze und lächelte seinem neuen Gast freundlich zu.

„Haben Sie einen Tisch für mich?"

Der Mann wies auf einen Platz in der Ecke und führte Hermann dorthin. Er setzte sich und bestellte ein Glas Wein. Der Wirt wollte sich wieder entfernen, doch Hermann hielt ihn zurück.

„Diese Musiker. Woher stammen die?"

Auf dem Gesicht des Wirtes erschien ein stolzes Lächeln.

„Aus Amerika. Chicago, um genau zu sein. Sie sind fabelhaft, nicht wahr?"

„Ja, ich habe Musik wie diese noch nie gehört", sagte Hermann.

Der Wirt nickte. „Es ist auch neuartige Musik, die diese Herren direkt aus den USA mitgebracht haben. Sie nennen es Jazz und es lässt sich wohl wunderbar dazu tanzen. Dafür werde ich mein Lokal demnächst ein wenig umgestalten. Ich bringe Ihnen den Wein und dann können Sie die zweite Hälfte des Auftritts genießen."

Hermann lehnte sich zurück und sah zur Bühne. Der schwarze Klarinettist war inzwischen wieder auf seinen Stuhl zurückgekehrt und schien das Blatt an seiner Klarinette zu justieren. Hermann sah auf den ersten Blick, welch große Liebe den Mann mit seinem Instrument verbrannt. Er behandelt es vorsichtig, beinahe zärtlich strich er über das Mundstück. Der Wirt brachte den Wein in dem Moment, als die Musiker wieder zu spielen begannen. Hermann, der schon angesetzt hatte, einen Schluck zu trinken, stellte das Glas wieder ab. Die Magie wirkte sofort. Die Töne trafen ihn bis ins Mark. Und fingen ihn, vom Zauber der Musik getragen, ein.

KAPITEL 6

*Weimar und München,
2. Mai 1923*

Hilde knetete ihre Finger. Sie saß auf einer Bank vor dem Büro des Direktors und wartete darauf, dass ihr Name aufgerufen wurde. Es war eine wohl regelmäßig wiederkehrende Zeremonie, die sich hier abspielte, wenn den Studenten und Studentinnen, die sich auf einen Werkstattplatz beworben hatten, vom versammelten Meisterrat mitgeteilt wurde, ob sie als Lehrlinge angenommen wurden oder nicht. Eben trat ein junger Mann heraus, der freudestrahlend die Faust nach oben reckte. Sie kannte ihn aus dem Vorkurs, hatte ihn einmal von mittelalterlichen Glasfenstern schwärmen hören. Ob er in der Glasmalereiwerkstatt angenommen worden war? Die Tür schloss sich. Außer ihr warteten noch drei andere, darunter Fanny.

„Bist du auch so aufgeregt?", fragte ihre Kommilitonin.

Hilde spürte erst einmal in sich nach, bevor sie etwas erwiderte. Sie war angespannt. Nach dem Absolvieren des Vorkurses hoffte sie darauf, dass ihre Bewerbung in der Tischlerei erfolgreich sein würde. Die Lehre dort war der Grund gewesen, warum ihre Mutter letztendlich zugestimmt hatte, dass sie in Weimar studieren konnte. Elsa sah einen Sinn darin, dass ihre Tochter eine spezifische Ausbildung absolvierte, die sie später bei der Leitung der Lederwarenfabrik nutzen konnte, wenn sie einmal ihr Erbe antrat. Und das war genau der Punkt, der Hilde immer am meisten gestört hatte: das Studium hier nicht als etwas zu sehen können, das für sie da war, das ihren Interessen diente, sondern das zudem den Zweck verfolgte, sie auf die Übernahme des Familienimperiums vorzubereiten.

„Ja, ein wenig nervös bin ich schon", sagte sie. „Wenn ich nicht in die Tischlerei versetzt werde, weiß ich nicht, ob ich meine Ausbildung hier fortsetzen werde."

„Das wäre schade", sagte Fanny.

Hilde sah sie überrascht an. „Hast du denn eine Alternative zur Keramikwerkstatt?", fragte sie.

Fanny zuckte mit den Achseln. „Ich arbeite gerne mit Ton. Aber wenn es der Rat der Meister in seiner unerschöpflichen Weisheit für geboten halten sollte, mich an eine andere Stelle zu versetzen, werde ich den Ruf nicht verweigern."

Hildes Name wurde aufgerufen. Und nun spürte sie, wie sich eine eiserne Hand um ihre Kehle legte. Sie war wohl doch nicht nur angespannt, sondern ziemlich aufgeregt. Hilde erhob sich und ging langsam durch die offenstehende Tür in das Büro des Direktors. Die Meister saßen dort im Halbkreis versammelt. Sie ließ ihren Blick schweifen. Einen Teil der Anwesenden kannte sie inzwischen, bei Paul Klee und Wassily Kandinsky etwa hatte sie Unterricht in Zeichnen und Gestaltungslehre besucht. Andere wiederum, die nichts mit dem Vorkurs zu schaffen hatten, waren ihr fremd. Aber wo war Itten? Seine asketische Gestalt fehlte im Halbrund der Meister.

Walter Gropius, der Direktor der Hochschule, ein hochgewachsener, schlanker Mann mit einem kantigen Schädel und einem buschigen Schnurrbart, deutete mit der Hand auf einen bereitstehenden Stuhl und sagte: „Fräulein Müller, nehmen Sie doch Platz."

Hilde setzte sich. Sie spürte die Blicke der Meister auf sich und war unangenehm berührt. Wenn doch nur Itten da gewesen wäre.

„Sie hatten sich auf die Tischlerei beworben", fuhr Gropius fort.

Hilde nickte. „Ja, von klein auf habe ich gerne mit Holz und Leder gearbeitet. Mein Urgroßvater war der Hofsattler König Ludwigs II. von Bayern, mein Großvater hat das Geschäft zu einer Lederwarenfabrik erweitert. Und meine Mutter leitet ein Firmenimperium, in dem von der Rinderzucht bis zur Herstellung von Tornistern oder der Bespannung von Automobilsitzen alle Schritte der Lederbearbeitung vollzogen werden. Da war es für mich naheliegend, mein Wissen und meine Fertigkeiten im Gewerbe der Polsterei und des Möbelbaus zu vertiefen."

„Ihnen ist bewusst, dass wir eine besondere Schule sind, die nicht das Naheliegendste ausbilden will?", hörte sie eine Stimme fragen. Sie wandte sich um. Ein Meister, mit dem sie bislang noch nicht zu tun gehabt hatte, musterte sie mit einem aufmerksamen, aber nicht unfreundlichen Blick.

„Ja, das ist mir bewusst. Aber was mir tatsächlich wichtig ist, ist eine Perspektive. Meine Ausbildung soll es mir ermöglichen, meinen Lebensunterhalt mit dem zu verdienen, was ich am besten kann. Und was mir Freude macht."

„Was möchten Sie mit den Kenntnissen anfangen, die Sie bei uns zu erwerben hoffen?", fragte Gropius.

„Ich möchte die Firma meiner Mutter weiterführen", hätte sie beinahe gesagt. Doch sie biss sich auf die Lippen. „Ich möchte eine Möglichkeit finden, wie ich mich ausdrücken kann. Wie ich das, was in mir ist, darstellen kann. Und ich möchte, dass das, was ich herstelle, anderen Menschen nützt und ihnen Freude bereitet."

Gropius nickte. Er sah auf ein Blatt. „Das hat Meister Itten mir auch aufgeschrieben. Beinahe wortgleich."

„Wo ist Meister Itten?", fragte Hilde.

Gropius räusperte sich. „Er hat das Bauhaus verlassen. Nichtsdestotrotz hat er detaillierte Empfehlungen für jeden seiner Schüler hinterlassen. Wie Sie wissen, hat das Wort des Meisters des Vorkurses das größte Gewicht bei der Auswahl der Ausbildungswerkstätten."

Hilde schluckte. Itten war weg. Das war ein herber Schlag. Und es erklärte, warum er nicht bei der Sitzung dabei war.

„Hat Meister Itten meinem Gesuch zugestimmt?", fragte sie. Gropius schüttelte den Kopf. „Itten hat geschrieben, dass Ihnen die Erdverwurzelung fehle und dass er deshalb empfehle, Sie in die Keramikwerkstatt zu versetzen."

Hilde sah ihn mit großen Augen an. „Die Keramikwerkstatt? Aber ich habe überhaupt keine Erfahrung mit Ton."

„Nun, wenn Sie die Ausbildung im Bauhaus absolviert haben, dann haben Sie mehr als genug Erfahrung mit Ton und Keramik", sagte der Meister, der sie eben schon angesprochen hatte. Er strich sich über seinen dichten, schwarzen Schnurrbart und nickte ihr freundlich zu.

„Das ist Max Krehan, der Werkmeister der Keramikwerkstatt", sagte Gropius. „Wir können Ihnen einen Ausbildungsvertrag dort anbieten. Das Angebot gilt für sieben Tage, bis dahin teilen sie uns bitte Ihre Entscheidung mit."

Er nickte ihr auffordernd zu und Hilde erkannte, dass das Gespräch beendet war. Sie fühlte sich wie betäubt. Als sie in den Wartebereich zurückkehrte, sah Fanny sie fragend an.

„Und, bist du in der Tischlerei gelandet?"

„Nein. Sie haben mir die Keramikwerkstatt angeboten. Und ich weiß nicht, was ich davon halten soll."

***

Hermann ließ den letzten Ton verklingen und setzte dann das Mundstück ab. Er hielt einen Moment inne und sah Herrn Ordinarius Winkelhuber an.

Der Soloklarinettist des Münchner Staatsopernorchesters nickte. „Sie machen Fortschritte. Wir müssen ein wenig an der Phrasierung arbeiten und Ihre Atemtechnik ist noch nicht die Beste, aber wenn Sie so fleißig weiter üben, können Sie bald in einem Quartett spielen. Die einfacheren Stücke der Literatur dürften für Sie bereits zu bewältigen sein."

Hermann leckte sich über die Lippen. Er hatte lange mit sich gerungen, ob er diese Frage stellen sollte, doch es drängte ihn dazu. „Ich habe neulich eine Besetzung gesehen, die im Trio gespielt hat. Ein Schlagzeug, ein Klavier und eine Klarinette."

Huber verzog das Gesicht. „Sagen Sie nicht, dass Sie eine dieser Jazzkapellen gesehen haben?"

Hermann schluckte. „Doch. Ich fand sehr interessant und bewegend, wie virtuos dieser Klarinettist mit seinem Instrument umgegangen ist."

Winkelhuber atmete schwer. „Es ist eine Vergewaltigung dieses schönen Instrumentes. Lauter Dissonanzen, die nicht zusammenpassen. Und dann den Rhythmus vor die Melodie zu stellen? Es ist eine Travestie, eine Schande!", rief er mit bebender Stimme.

Hermann schwieg. Er hätte nicht gedacht, dass er bei seinem Klarinettenlehrer so heftige Emotionen hervorrufen würde. Aber ganz offenbar hielt dieser von Jazz nicht nur recht wenig, sondern er verachtete diese Art von Musik sogar.

„Nun, wie auch immer. Ich habe eine Aufgabe für Sie", sagte Winkelhuber und legte Hermann ein Notenblatt hin, eine Etüde von Baermann. „Das wird eine ziemliche Herausforderung, aber ich glaube, Sie können das bewältigen. Üben Sie das bitte bis nächste Woche. Ich werde mir anhören, was Sie daraus machen und dann werden wir an den Details arbeiten."

Er erhob sich, verbeugte sich und ging hinaus. Hermann sah ihm nach. Er hatte gehofft, in seinem Klarinettenlehrer einen Mentor zu finden, der ihm dabei helfen konnte, diese Musik besser zu verstehen, die er da neulich gehört hatte und die ihm seitdem nicht mehr aus dem Kopf gehen wollte. Immer wieder drängten sich Fetzen der Melodien in sein Bewusstsein, die der schwarze Musiker gespielt hatte. Und immer wieder ertappte Hermann sich dabei, wie seine Finger den

Takt auf dem Tisch schlugen oder wie sein Bein mitwippte, während Krötzinger in der Vorstandssitzung über den Verfall der deutschen Wirtschaft referierte.

Er hörte, wie die Haustür zufiel. Nun war der Klarinettenlehrer weit genug entfernt und Hermann nahm sein Instrument in die Hand. Er schloss die Augen und spielte einen Ton. Wie war die Melodie weitergegangen? Probeweise fügte er einen Ton hinzu, aber er hatte nicht das richtige Intervall getroffen und so klang es schräg. Er versuchte einen anderen Ton. Dieses Mal passte es besser, und nachdem er etwa eine Viertelstunde probiert hatte, gelang es ihm, einen Teil der Melodie nachzuspielen, die neulich im *Fegefeuer* so mühelos aus dem Solisten herausgeströmt war. Und doch fühlte es sich noch nicht richtig an. Hermann hatte die Töne gefunden, aber etwas fehlte – der Rhythmus! Er versuchte sich vorzustellen, wie der Mann am Klavier und der Schlagzeuger ihm einen Takt vorgaben, klopfte ihn selbst mit dem Fuß, aber es gelang ihm nicht, die Melodie dazu zu spielen. Sie wollte nicht in seine Finger.

Die Tür öffnete sich. Es war Friederike. Hermann ließ die Klarinette sinken. Seine Frau kam auf ihn zu. „Was ist denn das für ein furchtbares Gejohle?", fragte sie. „Es ist ja schon schlimm genug, wenn du Kinderlieder vergewaltigst. Aber das? Ich will solches Gequäke nicht in diesem Haus hören, hast du mich verstanden?"

„Das ist mein Haus und ich spiele hier die Musik, die ich spielen will. Du wirst mich davon nicht abhalten", sagte Hermann.

Friederike funkelte ihn wütend an. „Das werden wir ja sehen. An deiner Stelle würde ich gut auf dieses Instrument acht geben. Es könnte sein, dass es eines Morgens verschwunden ist. Dann hat es sich ausgequäkt."

Hermann lachte. „Das sind deine Methoden. Du verachtest, was anderen teuer ist, und um es ihnen nicht zu gönnen, machst du es kaputt. Warst du als Kind schon so?"

Nun wurden ihre Augen schmal. „Mein Vater hat mich ordentlich erzogen. Er hat mir eingebläut, was Respekt und Anstand bedeuten. Er hat mich aber auch gelehrt, was unsere Lebensart gefährdet. Ich weiß schon, was du da eben gespielt hast. Das ist keine deutsche Musik, das ist Untermenschengejaule. Und so etwas kommt mir nicht ins Haus. Ganz besonders um unserer Tochter willen."

„Das ist ja die Höhe. Erika ist dir doch ansonsten herzlich gleichgültig. Warum sorgst du dich nun plötzlich um sie? Glaubst du, diese Musik könnte die Reinheit ihres Blutes gefährden? Ihr germanisches Erbe zerstören?"

Sie kniff die Lippen fest aufeinander. „Du magst darüber spotten, aber irgendwann wirst sogar du es begreifen. Diese Welt kann nur gesunden, wenn das reine germanische Blut in unserer Volksgemeinschaft herrscht. Oder sie wird untergehen. Aber ich sehe schon, dir ist das gleichgültig."

Er nickte. „Ich glaube, dass die Welt viel eher untergehen wird, wenn wir die Finanzkrise nicht in den Griff bekommen, wenn wir es nicht schaffen, den Streik im Rheinland zu beenden und dafür sorgen, dass die Armen zu essen haben."

„Das mag sein. Aber diese Regierung der Novemberverbrecher ist dazu nicht in der Lage. Es bedarf eines Führers mit eisernem Willen. Wir werden alle diese Übel beseitigen, wenn wir erst einmal an der Macht sind."

Sie wandte sich um und ging hinaus. Hermann hörte sie die Treppe hinaufgehen. Er sah in die Ecke, wo der Cognac auf ihn wartete. Noch einmal setzte er an, die Melodie zu spielen. Aber er hatte die Töne vergessen, daher versuchte er, den Rhythmus zu klopfen, kam jedoch aus dem Takt. Seufzend löste er das Blatt von der Klarinette, putzte das Instrument, ging zu dem Schränkchen, schenkte sich ein Glas ein und setzte sich in den Sessel. Er nahm einen Schluck und der Cognac betäubte ihn. Und doch fehlte diesmal etwas. Das Glücksgefühl blieb aus.

Kapitel 7

Weimar und München, 4. Mai 1923

„Und, wie war es in Berlin?", fragte Hilde.

Isolde nippte an ihrem Kaffee und stellte die Tasse dann wieder auf den Unterteller. „Es ist wie immer und doch auch nicht. In der Stadt brodelt es. Die ständige Teuerung lastet schwer auf den Menschen. Ganz besonders die Arbeiter leiden darunter. Lottes Teestube hat immer mehr Zulauf, weil die Leute bei ihr etwas Warmes zu trinken bekommen. Aber sie selbst bekommt die Teuerung ebenfalls zu spüren. Inzwischen weiß sie nicht mehr, wie sie ihren Tee finanzieren soll. Die Kosten gehen in die Hunderttausende."

„Ich finde es bewundernswert, dass sie trotzdem weitermacht."

Isolde seufzte. „Natürlich, so ist sie eben. Dafür liebe ich sie. Wenn es anders wäre, wäre es nicht Lotte. Aber das macht es oft anstrengend. Wir haben so viele turbulente Jahre erlebt, ich würde mir nun ein wenig Ruhe und Frieden wünschen. Und gleichzeitig weiß ich, dass das mit Lotte ein unerfüllbarer Traum bleiben wird. Solange es auf der Welt einen Funken Ungerechtigkeit gibt, wird sie in Bewegung bleiben."

Hilde schluckte. „Ja, so ähnlich wäre es wohl mit Paul gewesen, wenn er die Flucht überlebt hätte. Wir wären nie stillgestanden."

Isolde legte den Kopf schief. „Paul fehlt dir noch immer?"

Hilde spürte, wie ihr die Tränen in die Augen traten. Sie holte das Taschentuch heraus, das Fanny ihr neulich gegeben hatte, und wischte sich die Wangen trocken.

„Ja, er ist nun schon vier Jahre tot, aber er fehlt mir jeden Tag. Und immer wenn ich Paulchen anschaue, muss ich an seinen Vater denken. Wird das denn nicht irgendwann einmal besser?"

„Wenn ich an Emily denke, versetzt es mir jedes Mal einen Stich ins Herz. Ich vermisse sie. Trotz Lotte. So ist es wohl mit Menschen, die man einmal aus vollem Herzen geliebt hat. Sie hinterlassen eine Lücke, die sich nie mehr füllen lässt", erwiderte Isolde mit zitternder Stimme.

„Aber so kann es doch nicht bleiben", sagte Hilde. „Ich kann doch mein Leben nicht damit fristen, dass ich um meinen früh verstorbenen Geliebten trauere!"

„Nun, deswegen bist du doch hier, oder? Wie läuft es denn im Bauhaus?"

Hilde sah in ihre Kaffeetasse. Sie beschloss, sich bis zur Beantwortung dieser Frage ein wenig mehr Zeit zu geben, und stach ein Stück Kuchen mit ihrer Gabel ab. Es schmeckte himmlisch, eine perfekte Mischung aus Süße und Kaffeecreme. Und doch, selbst wenn sie versuchte, den Geschmack intensiv zu genießen, irgendwann musste sie es hinunterschlucken. Und irgendwann musste sie Isoldes Frage beantworten.

„Ich weiß nicht, wie es für mich beim Bauhaus weitergeht", sagte sie schließlich.

Isolde runzelte ihre Stirn. „Wie meinst du das?"

„Ich hatte mich auf die Tischlerei beworben. Aber ich habe eine Absage erhalten mit der Begründung, dass ich zu wenig erdverbunden sei. Stattdessen haben sie mir nun die Keramikwerkstatt angeboten."

Isolde, die eben einen Schluck aus ihrer Kaffeetasse getrunken hatte, stellte diese wieder auf den Untertellter.

„Die Keramikwerkstatt? Was wird denn dort produziert? Geschirr und Becher?"

„So genau habe ich mich damit noch gar nicht beschäftigt. Ich vermute, dass die Keramikwerkstatt alles herstellt, was mit Ton fabriziert werden kann. Also auch Fliesen oder Kacheln. Im Sinne des Gesamtkunstwerks, das Gropius mit dem Bauhaus erschaffen will, ist es wünschenswert, dass alle Grundelemente eines Hausbaus von den eigenen Werkstätten produziert werden könnten. Aber wie gesagt, ich weiß es nicht. Und ich bin mir nicht sicher, ob ich es wissen will."

„Spricht Hilde aus dir oder höre ich da deine Mutter?"

Hilde schnaubte. „Ja, ich weiß schon, was du meinst. Ich hatte mir die Tischlerei ausgesucht, weil es mit Mutters Wunsch, ihre Firma einmal zu übernehmen, am besten übereinstimmen würde. Schließlich ist das Polstern von Möbeln viel lukrativer, seitdem sie Verträge mit den großen Automobilherstellern geschlossen hat und Fahrersitze baut."

„Nun, fairerweise muss man ergänzen, dass du deiner Mutter die Erlaubnis, hier zu studieren und vor allem ihre finanzielle Unterstützung mit dem Argument abgerungen hast, dass das, was du hier lernst, ebenfalls wichtig für die Übernahme der Firma sein kann. Deshalb wäre es folgerichtig, wenn du das Studium hier abbrechen würdest, weil du eben nicht in der Tischlerei landest. Aber darauf wollte ich hinaus. Ist das der Grund? Oder liegt die wahre Ursache in dir?"

„Ich glaube, es ist beides. Ich bin noch nicht richtig warm geworden mit dem Bauhaus. Der Vorkurs bei Itten war interessant, ich habe viel gelernt, aber ich bin nicht mit dem Herzen dabei und ich weiß nicht, ob mir das jemals gelingen wird. Dazu kommt, dass ich zu wenig Zeit habe, um mich angemessen um Paulchen zu kümmern."

Isolde legte den Kopf schief. „Paulchen wirkt aber gar nicht so leidend. Ich glaube, du machst dir da zu viele Gedanken. Du bist für ihn da im Rahmen deiner Möglichkeiten. Und seien wir doch einmal ehrlich. So mies, wie es dir in den letzten Jahren gegangen ist, warst du ihm nicht die beste Mutter. Es wäre doch schön, wenn du zu dir finden könntest. Dann kannst du besser für deinen Sohn da sein, egal, wie viel oder wie wenig Zeit du hast."

Hilde schluckte. „Ja, ich glaube, da hast du recht. Aber ich weiß nicht, ob eine Ausbildung in der Keramikwerkstatt mich diesem Ziel näherbringen kann."

***

Hermann hatte die Bank früher verlassen. Er hatte Krötzinger, der ihm einen Vortrag über die aktuelle Situation hatte halten wollen, gebeten, dies am nächsten

Morgen zu tun, da er Kopfschmerzen habe und zudem noch mit seiner Frau bei einem Empfang erwartet werde. Letzteres war keine Notlüge gewesen, allerdings hatte Hermann nie vorgehabt, Friederike zu dieser Soiree zu begleiten, einer Veranstaltung der DNVP, bei der der General Spenden für seine politischen Ambitionen sammelte. Sein Schwiegervater würde erwarten, dass Hermann ebenfalls einen Obolus entrichtete. Und dabei hatte er doch wahrlich schon genug investiert. Zwar würde er –wie neulich, als er sich geweigert hatte, mit seiner Frau in die Oper zu gehen –einmal mehr Friederikes Zornausbrüche über sich ergehen lassen müssen, aber das war ihm ein ruhiger Abend mit der Aussicht auf eine musikalische Offenbarung allemal wert.

Dieses Mal trug er einen einfacheren Mantel und auch der Anzug war nicht der feinste. Trotzdem war er zu schick angezogen für den Ort, auf den er zusteuerte. Die Jazzkapelle war ihm nicht aus dem Sinn gegangen. Die Melodien, die der junge Klarinettist so mühelos seinem Instrument entlockt hatte, spukten ihm immer wieder durch den Kopf. Und wenn er die Augen schloss, dann sah er das Bild vor sich, wie der Musiker zärtlich und vorsichtig seine Klarinette säuberte. Er wollte mehr davon. Es war wie beim Cognac. Der Gedanke erschreckte ihn zunächst ein wenig, doch dann erkannte er, dass er sich deswegen keine Sorgen zu machen brauchte. Im Gegensatz zum Alkohol war die Musik nicht schädlich. Sie war nichts Negatives, nichts, was ihn von dieser Welt entrücken sollte. Er hatte das Gefühl, dass sie stattdessen etwas war, was zu seinem Innersten sprach, ihm wohl tat und ihn heilte, etwas, was dem Cognac nie gelingen würde.

Seine Füße trugen ihn wie von selbst zu der Kneipe im Keller. Der Wirt des *Fegefeuers* erkannte ihn wieder, er zwinkerte ihm zu und wies ihm denselben Tisch an, an dem er beim letzten Mal gesessen hatte. Es war relativ früh am Abend und die Bühne war noch leer.

„Spielt die Jazzkapelle heute wieder?", fragte Hermann. Ihm war ein wenig bang zumute. Was wäre, wenn die Musiker hier nur ein kurzes Gastspiel gegeben hätten und nun weitergefahren wären –nach Nürnberg, nach Leipzig oder vielleicht sogar nach Berlin? Dann hätte er nur eine winzige Ahnung der Glückseligkeit gekostet.

„Sie fangen in einer halben Stunde an. Ich habe gleich zugegriffen und mir die Kapelle für die nächsten zwei Monate gesichert. Sie glauben es nicht, aber seitdem die hier spielen, habe ich viel mehr Gäste. Darf ich Ihnen etwas zu essen bringen?"

Hermann spürte in sich hinein und stellte erstaunt fest, dass er Appetit hatte. Er neigte dazu, wenig Hunger zu haben. Und das sah man ihm auch an. Wenn er morgens in den Spiegel blickte, konnte er erkennen, dass seine Anzüge nicht mehr so gut saßen. Er war zu mager. Und meistens war ihm schlecht von zu viel oder zu wenig Cognac. Aber heute hatte er Hunger. Er bestellte eine Portion Bratwürste mit Kartoffelsalat, die er mit großem Appetit aufaß.

Als der Wirt den Teller abräumte, kam es zu einer Bewegung auf der Bühne. Die Musiker trafen ein. Der Schlagzeuger baute seine Trommeln auf, dann setzte der Pianist sich an das Klavier und der Klarinettist stellte seinen Stuhl und den Ständer für sein Instrument auf die Bühne, ehe er damit begann, die Klarinette vorsichtig auf ihren Einsatz vorzubereiten. Es war eine Augenweide. Hermann sah dem Mann dabei zu, wie er mit geschickten Fingern ein Blatt aus einem Täschchen holte und es an die Klarinette spannte. Wie er das Instrument stimmte und dann die Tonhöhe an die seiner Mitmusiker anglich. Schließlich waren sie einsatzbereit und legten los.

In den nächsten eineinhalb Stunden vergaß Hermann alles um sich herum. Er hatte neulich nur eine kleine Kostprobe bekommen, dieses Mal war es das gesamte Programm der Kapelle und das hatte es in sich. Klavier und Klarinette wechselten sich mit Soli ab und das Blasinstrument jauchzte und frohlockte in Tonlagen, die Hermann nie zu erreichen für möglich erachtet hätte. Als die Musiker fertig waren, stellte Hermann zu seinem Erstaunen fest, dass er keinen Schluck von seinem Wein getrunken hatte. Das Glas stand immer noch unberührt vor ihm. Er winkte den Wirt zu sich.

„Ich würde den Klarinettisten gern auf ein Getränk einladen. Und ganz besonders würde es mich freuen, wenn er sich zu mir gesellen würde." Der Mann musterte ihn mit einem misstrauischen Blick und Hermann spürte, wie eine feine Röte sein Gesicht überzog. „Ich spiele selbst Klarinette und möchte erfahren, wie er es schafft, seinem Instrument derartige Töne zu entlocken."

Auf dem Gesicht des Wirtes breitete sich ein verstehendes Lächeln aus. Er ging davon und gleich darauf sah ihn Hermann mit dem Klarinettisten reden. Dieser packte sein Instrument in ein Köfferchen, stellte es neben den Stuhl auf der Bühne und kam zu Hermann.

„Guten Abend", sagte der Musiker. Er hatte einen schweren amerikanischen Akzent.

„Good evening", sagte Hermann. „Wenn Sie mögen, können wir uns gerne auf Englisch unterhalten", fuhr er in dieser Sprache fort und der Klarinettist lächelte ihn erleichtert an. Hermann hatte Englisch am Gymnasium gelernt und in letzter Zeit hatte er Gelegenheit gehabt, es häufiger anzuwenden, da er viel Korrespondenz mit ausländischen Banken betrieben hatte, bei denen er versuchte, Devisen aufzutreiben. Insbesondere der Londoner Finanzmarkt war ihm ein wichtiger Partner gewesen.

„Ich komme gleich zum Punkt", sagte Hermann, während der Mann sich setzte und von dem Glas Bier nippte, das der Wirt ihm hingestellt hatte. „Ich spiele auch Klarinette. Seit etwa drei Jahren. Meine Tante hat sie mir geschenkt. Nach einer Kriegsverletzung waren meine Finger ein wenig steif und das regelmäßige Klarinettenspielen hat sie wieder gelockert. Ich habe inzwischen Freude an dem Instrument gefunden. Und ich dachte, ich könnte es ganz passabel spielen. Doch dann habe ich Sie gehört und nun bin ich vollständig verwirrt."

Auf dem Gesicht des Mannes erschien ein breites Lächeln. „Das ist ein schönes Kompliment für unsere Musik", sagte er. „Ich kann mir gut vorstellen, dass unser Chicago Jazz Ihre Hörgewohnheiten über den Haufen wirft. Aber das ist gut so."

„Ja, das ist es. Und deshalb wollte ich Sie fragen, ob Sie bereit wären, mich zu unterrichten."

Der Mann kniff die Augen zusammen. „Ich soll Sie unterrichten? Wie stellen Sie sich das vor? Ich bin kein

Lehrer. Ich habe mir das Klarinettespielen selbst beigebracht. Ich kann doch keinen Unterricht geben."

Hermann spürte, wie sein Mut sank. „Aber Sie könnten mir vielleicht zeigen, was ich verkehrt mache. Ich habe versucht, Ihren Jazz nachzuspielen und bin kläglich daran gescheitert. Gewähren Sie mir nur eine Stunde. Ich möchte wissen, worauf ich achten muss. Ich bezahle gut."

Der Mann nahm noch einen Schluck und sah Hermann nachdenklich an. Dann nickte er. „Eine Stunde ist in Ordnung. Wir werden gemeinsam musizieren und ich werde versuchen, Ihnen zu zeigen, was beim Jazz wichtig ist und was nicht."

Hermann spürte, wie eine schwere Last von ihm abfiel. Er streckte dem Mann die Hand entgegen und dieser schüttelte sie. Sein Händedruck war kräftig und das Lächeln auf seinen Lippen ansteckend.

Kapitel 8

*Weimar und München,
7. Mai 1923*

Fanny saß auf der Bank im Innenhof des Schulgebäudes und sie aß wieder eine Karotte. Als sie Hilde sah, winkte sie ihr zu. Diese ging schweren Herzens auf den einzigen Menschen an dieser Hochschule zu, der für sie bislang so etwas wie eine Freundin gewesen war.

„Du siehst ja nicht gerade glücklich aus", sagte Fanny. „Ist dir die Absage so schwer auf den Magen geschlagen?"

Hilde seufzte. „Ich bin gekommen, um mich von dir zu verabschieden. Ich glaube nicht, dass meine Zukunft am Bauhaus liegt."

Fanny legte den Kopf schief. „Nur, weil du nicht in die Werkstatt eingeteilt worden bist, die du dir wünschst?"

„Nein, das ist es nicht. Ach, ich habe neulich mit meiner Tante darüber gesprochen. Es ist so schwierig. Ich habe gehofft, dass ich hier einen neuen Sinn in meinem Leben finden würde. Dass mich diese besondere Gemeinschaft des Bauhauses, über die ich gelesen, und deren Grundgedanken ich so sehr bewundert habe, mich retten würde vor den schlimmen Gedanken und Gefühlen, die mich seit dem Tod meines Geliebten verfolgen. Ich habe gehofft, dass ich einen Zugang zur Kunst finden würde. Und dass sie mich heilen würde. Doch das ist nicht geschehen. Und gleichzeitig gibt es da diesen zweiten Grund, der mich hierhergeführt hat, eine Ausbildung zu erhalten, die mich befähigt, die Werkstatt meiner Mutter weiterzuführen. Das hat sich zerschlagen. Ich wurde nicht der Tischlerei zugeteilt und wie soll ich meiner Mutter erklären, warum ich stattdessen in der Keramikwerkstatt beginnen sollte, wo ich doch noch nie mit Ton gearbeitet habe? Deshalb habe ich beschlossen, dem Meisterrat mitzuteilen, dass ich meine Ausbildung am Bauhaus beende."

Fanny sah sie mit zusammengekniffenen Augen an. „Du solltest dich einmal reden hören", sagte sie. „Das mag jetzt nicht besonders einfühlsam sein, aber deine Worte machen mich regelrecht wütend."

Hildes Augen weiteten sich. „Wie meinst du das?"

„So, wie ich es gesagt habe. Gehen wir mal auf dein erstes Argument ein. Du bist jetzt wie lange am Bauhaus? Ein halbes Jahr? Du hast den Vorkurs bei Itten absolviert. Aber du hast nicht richtig Feuer gefangen. Nun, das mag an zweierlei Gründen gelegen haben. Zum einen ist es, wie der Name schon sagt, ein Vorkurs. Richtig in die Tiefen bist du damit nicht vorgedrungen. Und etwas Bleibendes hast du bislang nicht geschaffen. Aber du hast bewiesen, dass du einen Zugang zur Kunst hast. Erinnere dich an die Zitronen. Du hast ihr Wesen erfasst und es in ein Kunstwerk umgesetzt. Das ist eine gute Grundlage."

„Aber ich bezweifle, dass mir das in der Keramikwerkstatt weiterhelfen kann."

„Ja, weil du alles anzweifelst. Ich weiß nicht, was für ein Mensch du warst, ehe dein Geliebter gestorben ist. Aber ich fürchte, sein Tod hat dich vollständig aus der

Bahn geworfen. Deine Welt ist aus ihren Fugen. Sein Tod hat dir den Mut genommen. Und ich glaube, das macht mich so wütend. Du hast eine große Chance. Du kannst am Bauhaus studieren, ohne dass du dir Sorgen ums tägliche Brot machen musst. Ich will nicht jammern. Ich bin froh, dass ich diese Karotte hier genießen kann. Und ein wenig Brot habe ich auch noch zu Hause. Mein Magen wird also nicht zu stark knurren, wenn ich heute Abend einschlafe. Aber ich werde morgen wieder versuchen müssen, irgendwo etwas Essbares aufzutreiben mit dem bisschen Geld, das ich mir angespart habe und das von Tag zu Tag immer weniger wert ist. Du kennst dieses Problem nicht. Deine Mutter finanziert dich. Und natürlich verstehe ich, dass es unangenehm für dich ist, wenn du ihr sagen musst, dass du nun einen anderen Schwerpunkt haben wirst, dass du vielleicht nichts lernst, was dir bei der Übernahme ihres Firmenimperiums nützlich sein wird. Aber das ist doch kein Grund, die Flinte ins Korn zu werfen."

Hilde schluckte. „Ich weiß ja, wie gut ich es habe. Du hast schon recht. Pauls Tod hat mich mutlos werden lassen. Und das hier ist der Versuch, wieder Mut zu finden. Aber ich habe nicht das Gefühl, dass ich hier richtig bin. Mein Leben ist ein vollkommen anderes als das der Studenten hier."

Fanny schüttelte den Kopf. „Könnte es nicht vielmehr sein, dass du nie versucht hast, dein Leben so zu gestalten, wie die anderen hier? Ich habe dich bisher nur an einer einzigen Feier teilnehmen sehen. Du erscheinst morgens sehr knapp zu den Veranstaltungen und gehst, wenn die Glocke schlägt. Du bist nicht hier. Du hast dich nicht auf das hier eingelassen, du hältst Abstand. Warum auch immer. Aber ich würde dir wünschen, dass es dir gelingt, dich wirklich zu öffnen für die Erfahrung und präsent zu sein. Diese Hochschule, in der große Künstler und Meister des Handwerks zusammenkommen, um uns etwas zu lehren, ist ein Wunder. Und um Teil dieses Wunders zu sein, werde ich gerne hungern und dürsten. Ich würde dir wünschen, dass du ebenfalls bereit dazu wärst."

Hilde spürte, wie eine heiße und dann eine kalte Welle durch sie wusch. Die Worte ihre Freundin trafen sie ins Innerste.

Sie spürte, wie sich eine Hand auf ihren Unterarm legte. Sie sah Fanny an. „Ich will dir nicht zu nahe treten", sagte ihre Freundin. „Aber wie wird dein Leben aussehen, wenn du wieder nach München zurückkehrst? Was wirst du dann tun? Willst du gleich in der Fabrik deiner Mutter einsteigen? Willst du die betriebswirtschaftlichen Aspekte kennenlernen und die Kunst hintanstellen? Oder willst du wieder ausschließlich für deinen Sohn da sein und dem Leben um dich herum entsagen. Würde dich das wirklich glücklich machen?"

Hilde spürte, wie ihr die Tränen in die Augen traten. Jedes der Worte traf sie wie ein Hammerschlag. „Ich weiß nicht, was werden soll", erwiderte sie. „Du hast schon recht. Ich bin nicht glücklich mit meinem Leben und vielleicht wage es ich nicht, über meinen persönlichen Tellerrand zu sehen."

Fannys Lippen umspielte ein Lächeln. „Nun, das ist doch einmal ein schönes Bild. Der persönliche Tellerrand. Wenn du lernen willst, darüber zu sehen, wirst du in der Keramikwerkstatt perfekt aufgehoben sein."

Hilde zuckte zusammen. Sie sah Fanny an, auf deren Lippen nun ein breites Grinsen zu sehen war. Sie konnte nicht anders und stimmte in das Lachen ein.

„Ich will dir nicht reinreden. Es ist dein Leben", sagte Fanny. „Aber ich wünsche dir, dass du eine Entscheidung triffst, die dir hilft, die Person zu befreien, die in dir gefangen ist."

***

„Verdammt, ich schaffe es einfach nicht", fluchte Hermann. Er legte die Klarinette auf seinen Schoß und sah Gordon an. Die Lippen des Musikers umspielte ein feines Lächeln.

„Ja, das haben Sie gerade wirklich nicht hinbekommen. Das klang stocksteif. So wie einer dieser Märsche, die ihr Deutschen so liebt."

„Ich hasse Märsche", knurrte Hermann. Gordon lachte so laut und klar, dass Hermanns miese Laune mit einem Mal verflog. Er stimmte in das Lachen mit ein.

„Das sind die besten Voraussetzungen dafür, dass Sie Jazz lieben lernen. Es ist das Gegenteil von europäischer Marschmusik. Das soll nicht bedeuten, dass wir diese Musik nicht auch spielen, wenn wir auf den Straßen umherziehen. Ich stamme aus New Orleans und dort sind Umzüge, bei denen Kapellen auftreten, Gang und gäbe, besonders im Karneval. Aber wenn wir unterwegs sind, dann marschieren wir nicht im Stechschritt. Wir schwingen und tanzen dahin."

Hermann nickte. „Das muss ein wunderbares Gefühl sein", sagte er.

„Es ist das schönste Gefühl der Welt. Deshalb würde ich nichts anderes wollen, als Musik zu machen."

„Nun gut, aber können Sie mir verraten, wie ich es schaffen soll, von der Marschmusik wegzukommen und zu verstehen, wie man Jazz spielt?"

„Ihr Problem ist, dass Sie viel zu perfektionistisch sind", erwiderte Gordon.

Hermann runzelte die Stirn. „Zu perfektionistisch? Ich habe eher das Gefühl, dass ich viel zu viele Fehler mache, dass ich eben gerade nicht perfekt bin."

Gordon lachte. „Natürlich machen Sie Fehler. Aber Sie versuchen vor allem, exakt zu sein in etwas, das gar nicht so wichtig ist. Sie versuchen den Takt zu halten. Das habe ich gemeint mit der Marschmusik. Sie sind auf das Zählen fixiert. Sie sind darauf konzentriert, die Töne zu treffen und zwar auf den ersten und den dritten Schlag, so wie man es bei einem Marsch macht. Ufftata, ufftata, uffta, uffta ufftata."

Hermann sah irritiert dabei zu, wie der Musiker aufstand, und auf der Bühne herummarschierte, wobei er seltsame Laute von sich gab und mit den Armen herumfuchtelte wie ein manischer Dirigent.

„Aber der Takt ist doch das Grundlegende jeder Musik."

Gordon schüttelte den Kopf. „Das Grundlegende jeder Musik ist das Gefühl. Und das Gefühl ist wichtiger als der Takt. Natürlich geht es nicht ohne. Ich halte mich auch daran. Deswegen sind meine Kollegen am Schlagzeug und am Klavier so wichtig. Sie geben den Rhythmus vor. Aber sie reizen mich, mit ihnen in einen Dialog zu treten, zu verhandeln, den Ton nicht genau auf den Schlag zu spielen, sondern leicht versetzt und das gibt dem Ganzen eine schwingende, leichte Note. Hören Sie einmal zu."

Er nahm seine Klarinette und spielte eine Melodie. Mit dem rechten Fuß klopfte er dabei einen Takt, bei dem er jedoch nicht den ersten und den dritten, sondern den zweiten und den vierten Schlag betonte. Das Ganze hatte tatsächlich eine schwingende, klingende Note und Hermann erkannte, dass es daran lag, dass die wichtigsten Töne, die die Melodie vorangetrieben, nicht auf den Schlag gespielt wurden, sondern versetzt waren.

„Und jetzt versuchen Sie es einmal", sagte Gordon. Er klopfte den Takt. Hermann spürte, wie sein Herz schneller schlug. Er setzte die Klarinette an, doch der erste Ton misslang ihm.

Gordon lachte. „So ist es schon viel besser. Fühlen Sie die Musik, sie muss nicht perfekt sein. Sie muss zu Ihnen passen, denn Sie sind auch nicht perfekt. Kein Mensch ist das."

Gordons Worte trafen ihn wie ein Hammerschlag. Er setzte an und spielte zögerlich zuerst noch darauf bedacht, den Takt zu halten, doch dann setzte er einen Akzent ein klein wenig später und auf Gordons Gesicht erschien ein Lächeln, das bis in Hermanns Seele drang. Er wagte mehr, doch der nächste Akzent lag daneben, aber es war nicht so wichtig. Hermann spielte weiter, und als er die Klarinette schließlich absetzte, atmete er tief durch.

„Herzlichen Glückwunsch", sagte Gordon. „Ich glaube, Sie haben nun am eigenen Leib erlebt, worum es beim Jazz geht."

Hermann nickte. „Ja, auch wenn ich mir schwer damit tue, es in Worte zu fassen. Aber ich glaube, ich habe gerade eine wichtige Erfahrung gemacht. Und das macht mich so glücklich wie schon lange nicht mehr."

Gordon legte den Kopf schief. „Das ist schön zu hören und gleichzeitig traurig. Was macht Sie unglücklich?"

Hermann fragte sich, ob er es wirklich wagen wollte, mit diesem Musiker, den er kaum kannte, seine Sorgen und Nöte zu teilen. Aber Gordons Blick war so offen und arglos, dass Hermann sich einen Ruck gab.

„Ich habe eine Frau geheiratet, die ich nicht liebe und mein Schwiegervater zwingt mich dazu, Geschäfte mit Menschen abzuschließen, die ich verachte." Gordon legte die Klarinette auf seinen Oberschenkel. Er kniff die Lippen zusammen.

„Das tut mir leid. Es muss schlimm sein, in einem Käfig gefangen zu sein. Es ist beinahe so, als ob Ihr Leben ein einziger Marschrhythmus wäre, aus dem Sie nicht mehr entkommen können."

Wieder war Hermann, als ob ihm jemand mit einem Hammer über den Kopf geschlagen hätte. Das traf es so exakt, dass er kaum wusste, was er darauf erwidern sollte. Doch Gordon zeigte ihm eine Möglichkeit, wie er antworten konnte, ohne zu sprechen. Er führte seine Klarinette wieder an die Lippen und begann, eine Melodie zu spielen, während er den Takt klopfte. Hermann wartete ein paar Takte ab, dann stimmte er ein, setzte zuerst nur kleine Akzente dagegen und dann, scheinbar aus dem Nichts, spielte er seine eigene Melodie, die sich mit der seines Gegenübers zu einer Einheit verwob. Er wusste nicht, wie lange sie so spielten. Es war ihm gleichgültig. Aber er spürte, wie sich etwas in seinem Inneren löste. Und er spürte, dass er etwas ändern musste in seinem Leben. Wie auch immer ihm das gelingen sollte.

KAPITEL 9

Weimar und München,
9. Mai 1923

Hildes Herz klopfte laut und stark. Sie saß wieder vor der Tür des Direktorenbüros. Eine Woche war vergangen, seitdem man ihr mitgeteilt hatte, dass sie in die Keramikwerkstatt wechseln sollte, wenn sie ihre Ausbildung beim Bauhaus fortsetzen wollte. Eine Woche hatte sie mit sich gerungen. Doch nun hatte sie eine Entscheidung getroffen. Als ihr Name aufgerufen wurde, trat sie mit festem Schritt ein. Wieder waren die Meister versammelt, in der Mitte thronte Gropius, neben ihm saßen jedoch dieses Mal die beiden Leiter der Keramikwerkstatt, Gerhard Marcks, der Formmeister, und Max Krehan, der Werkmeister.

„Da sind sie wieder", sagte Gropius. „Wie haben Sie sich entschieden?"

Hilde atmete tief durch. „Ich danke Ihnen für das Angebot einer Lehrstelle in der Keramikwerkstatt. Nach reiflicher Überlegung habe ich mich dazu entschlossen, es anzunehmen. Ich werde den Gesellenvertrag unterschreiben."

Auf Gropius' Gesicht erschien ein feines Lächeln und auch der Werkmeister nickte Hilde aufmunternd zu. Der Formmeister dagegen sah skeptisch aus. „Was hat

Sie denn bewogen, unser Angebot reiflich zu überlegen?", fragte er.

Hilde sah ihn irritiert an. „Nun, ich neige dazu, wichtige Entscheidungen nicht leichthin zu fällen. Und es ist eine große Veränderung. Ich muss nach Dornburg umziehen und Weimar hinter mir lassen. Außerdem ist das Töpfern eine vollkommen neue Technik für mich."

Marcks nickte. „Ja, und eben aus diesem Grund bin ich noch nicht überzeugt davon, dass Sie richtig bei uns sind."

Hilde spürte, wie ihr Mund austrocknete. Sie wusste doch selbst nicht, ob sie in der Keramikwerkstatt richtig war. Die Worte des Formmeisters hatten ihre Zweifel erneut angefacht. Sollte sie vielleicht doch absagen?

„Wie jede Lehrstelle ist diese mit einer Probezeit verbunden", schaltete der Werkmeister sich ein. „Sollten Sie feststellen, dass Sie überhaupt nicht mit dem Material zurechtkommen, können Sie sich jederzeit umentscheiden. Aber ich finde es mutig, dass Sie diesen Schritt gehen und ich freue mich darauf, Sie in unserer Mitte begrüßen zu können."

Marcks sah missmutig drein, sagte aber nichts mehr und Hilde atmete tief durch. Krehans Worte hatten sie beruhigt. Gropius deutete auf einen Tisch, auf dem ein maschinengeschriebenes Dokument in zweifacher Ausfertigung auslag.

„Das ist der Lehrvertrag. Lesen Sie ihn gut durch, bevor Sie ihn unterschreiben. Sie kennen ja die Inhalte schon. Wie Meister Krehan bereits ausgeführt hat, wird die Lehre erst einmal auf Probe stattfinden. Sie werden vom Werkmeister im Handwerk unterwiesen und vom

Formmeister in den künstlerischen Aspekten des Töpferns. Sie erhalten eine umfassende Ausbildung, die sie dazu befähigt, das Material selbstständig zu bearbeiten. Gleichzeitig erwarten wir von Ihnen, dass Sie sich in der Bauhausgemeinschaft einbringen und dass Sie insbesondere an unseren Projekten mitarbeiten, die wir im Hinblick auf unsere erste Leistungsschau erstellen wollen, die im August eröffnet wird."

Hilde ging zu dem Tischchen und las den Vertrag durch. Er enthielt nichts, was sie nicht vorher gewusst hatte. Sie atmete noch einmal tief durch, dann setzte sie ihre Unterschrift darunter. Die Miene des Werkmeisters war freundlich, als sie sich verabschiedete, nur Marcks sah sie nachdenklich an. Nun, daran konnte sie nichts ändern. Sie ging aus dem Büro des Direktors hinaus, und als sie in die Halle trat, sah sie Fanny dort stehen.

„Ich bin gekommen, um mich von dir zu verabschieden", sagte ihre Freundin. „Wie hat der Werkstattrat es aufgenommen, dass du die Lehrstelle nicht annehmen magst?"

Hilde kniff die Augen zusammen. „Da scheinst du etwas misszuverstehen. Ich habe die Stelle nicht abgesagt. Ich habe eben den Lehrvertrag für die Keramikwerkstatt unterschrieben."

Fannys Augen weiteten sich. „Das ist nicht wahr, oder? Wie kam es zu deinem Sinneswandel?"

„Nun, ich muss dir dafür danken, dass du mir ins Gewissen geredet hast. Du hast recht: Eine Rückkehr nach München hätte nur dazu geführt, dass ich in meinem alten, unglücklichen Leben verwelkt wäre, wie eine Pflanze, der Licht und Wasser fehlen."

Fanny nickte. „Dann war Ittens Einschätzung wohl zutreffend. Dir fehlt die Erdverbundenheit. Ich hoffe, dass dir die Arbeit mit dem Ton einen guten Nährboden gibt, dass du blühst und gedeihst."

Hilde lachte. „Ja, das hoffe ich auch. Wir werden also nun zusammen nach Dornburg gehen. Und wenn du möchtest, können wir uns gemeinsam eine Wohnung suchen. Vorausgesetzt, es stört dich nicht, dass ich mit Kind und Gouvernante anreise."

Fanny lachte. „Nein, das würde mich nicht stören. Danke für das Angebot, aber habe bereits zugestimmt, in der Werkstatt zu wohnen. Es gibt unter dem Dach kleine Kammern und eine davon kann ich mir gerade so leisten. Sei mir bitte nicht böse, aber ich möchte meine Unabhängigkeit bewahren."

„Ich wollte dir deine Unabhängigkeit nicht nehmen. Ich dachte nur, du würdest dich über eine warme Stube und regelmäßige Mahlzeiten freuen."

„Darüber würde ich mich sehr freuen", sagte Fanny. „Aber ich tue mir schwer damit, Almosen anzunehmen. Sogar wenn sie von so netten Menschen wie dir kommen. Lass es gut sein. Wir werden zusammen die Keramikausbildung machen und darauf freue ich mich."

Hilde nickte. „Ich muss jetzt alles für den Umzug organisieren. Wir sehen uns dann nächste Woche in Dornburg?"

Fanny grinste. „Ja, und dann werden wir die Welt der Töpferei aus den Angeln heben."

Hilde konnte nicht anders, sie lachte laut und herzhaft auf. „Ich habe noch nie in meinem Leben etwas aus Ton gefertigt. Das wird ein weiter Weg."

Fanny breitete die Arme aus. „Dann lass ihn uns gehen."

***

Hermann saß auf dem Stuhl und versuchte, die Anspannung in den Griff zu bekommen. Seine rechte Hand zitterte und er spürte, wie ihm der Schweiß aus allen Poren drang. Er überprüfte ein weiteres Mal, ob die Klarinette richtig zusammengesetzt war. Hoffentlich würde er den ersten Ton treffen. Der Gedanke verstärkte seine Panik. Was, wenn er versagte? Was, wenn das Publikum ihn auslachte?

Die Jazzkapelle hatte vor wenigen Minuten ihr reguläres Programm beendet. Die Musiker saßen nun an der Bar, doch gleich würden sie wieder auf die Bühne gehen. Und dann war es so weit. Hermann spürte den Sog des Cognacs. Vor ihm auf dem Tisch stand nur ein Glas Wasser. Er hatte beschlossen, dass er keinen schweren Alkohol zu sich nehmen wollte, aber nun war er sich nicht so sicher, ob das klug war. Vielleicht würde ein Gläschen seine Nerven beruhigen. Möglicherweise waren eher zwei notwendig oder drei. Er überlegte, ob er den Wirt herbeirufen sollte. War es nicht so, dass dieses leichte Schwingen und Schwanken, das dem Jazz innewohnte, dem ähnelte, was Hermann erlebte, wenn er betrunken war? Auch dann verpasste er die gleichmäßigen Schläge des Lebens.

Nein, das war ein bizarrer Vergleich. Er war eine Beleidigung für die Musik. Wenn er betrunken war, verpasste er die Schläge des Lebens nicht, weil er sich bewusst dafür entschieden hatte. Sondern, weil er gar nicht mehr in der Lage war, sie zu treffen. Der Alkohol benebelte seine Sinne. Und im Gegenteil zur Musik, die noch lange, nachdem er sie genossen hatte, in ihm fortklang, und ihn durch den nachfolgenden Tag trug, bestand das Nachspiel des Cognacs aus Kopfschmerzen und Übelkeit.

Es war seltsam, mit welcher Deutlichkeit er auf sein Leben blicken konnte. Natürlich war ihm das alles schon klar gewesen, aber nun konnte er es aussprechen und sich dem stellen. Zuvor hatte er es gemieden, hatte sich betäubt, um sich eben dieser Klarheit nicht aussetzen zu müssen. Doch nun hatte er das Gefühl, dass sich etwas löste, dass sich etwas öffnete. Und das hatte die Musik bewirkt.

Die Kapelle nahm auf der Bühne Platz. Hermann sah, dass ein weiterer Stuhl dazu gestellt worden war. Der Mund trocknete ihm aus. Das war ungünstig, denn er benötigte seinen Speichel, um das Blatt zu benetzen. Er trank einen Schluck Wasser.

„Wir freuen uns, heute Abend einen besonderen Gast begrüßen zu können", sagte Gordon in seinem schweren amerikanischen Akzent. „Bitte heißen Sie Hermann von Lampeck willkommen."

Hermann erhob sich. Seine Knie wackelten. Er machte einen Schritt und schwankte ein wenig, klammerte sich an die Tischkante und umgriff mit der anderen Hand seine Klarinette so fest, dass er schon befürchtete, er könne eine der Klappen abbrechen. So durfte er nicht mit dem Instrument umgehen. Der nächste Schritt gelang ihm jedoch besser und schließlich schaffte er es, die Bühne zu betreten. Er nahm auf dem Stuhl Platz. Dann sah er zu Gordon hin. Der Musiker lächelte ihm zu und gab seinen Kollegen von der Rhythmusgruppe ein Signal. Jerry, der Schlagzeuger setzte ein und Bill am Klavier folgte einen halben Takt später. Gordon begann damit, eine einfache Melodie zu spielen, die zunächst noch sehr nah am Takt war, sich dann aber immer mehr Freiheiten nahm. Hermann hätte sich am liebsten in der Musik gesuhlt. Es war so herrlich. Es war so schön, beinahe hätte er vergessen, dass er Teil des Ganzen war, als Gordon ihm einen auffordernden Blick zuwarf. Hermann schluckte. Sein Mund war wieder trocken, aber er schaffte es, ein wenig Speichel aufzutreiben, um das Blatt seiner Klarinette zu benetzen. Er wartete einen Takt ab, dann spielte er zunächst nur einen Akzent auf den zweiten Schlag. Im nächsten Takt setzte er kurz vor der zwei ein und spielte weitere Akzente. Etwas in ihm stellte fest, dass die Töne passten, dass es stimmig klang, was er da spielte. Aber diese Gedanken konnte er hintanstellen. Er wagte sich an eine mehrtaktige Melodielinie, die zunächst parallel zu dem lief, was Gordon spielte. Und dann geschah es. Sie verschränkten sich ineinander und umspielten sich gegenseitig. Gordon ließ eine Virtuosität aufstrahlen, die der vernünftige Teil in Hermann bewundern wollte, die sein musikalisches Selbst jedoch einfach als gegeben annahm, als Anregung, als Vorbild, als etwas, das er mit seinen bescheidenen Fähigkeiten verzieren wollte. Er blieb im Rahmen seiner Möglichkeiten, machte Fehler. Einmal misslang ihm ein Ton und er sah, dass eine Frau in der ersten Reihe das Gesicht verzog. Aber das war ihm gleichgültig. Er spürte, wie sich etwas in ihm löste, wie sein ganzer Körper mit einem Mal eins wurde mit der Musik. Er sah zu Gordon hin, der ihm zuzwinkerte. Ob er sich genauso fühlte? Er sah auch zu Jerry und Bill, die ihn anlächelten. Und Hermann spürte etwas, was er schon lange nicht mehr gefühlt hatte. Er erinnerte sich an den August 1914, an seine Freunde in der Offiziersakademie. An die Aufbruchstimmung, die sie begleitet hatte, als sie die Eisenbahnwaggons bestiegen hatten, die sie an die Front bringen sollten. Damals war er zuletzt Teil einer verschworenen Gemeinschaft gewesen. Doch was hatte dieser Männerbund der Welt gebracht? Blut, Tod, Verwüstung und Schrecken. Wie anders war das hier. Er und drei Menschen, die sich noch vor ein paar Wochen überhaupt nicht gekannt hatten, erschufen zusammen himmlische Musik.

Zu seinem Erstaunen bemerkte Hermann, dass all diese Gedanken auftauchten, während er spielte. Die Töne schienen ganz von selbst aus ihm heraus zu fließen, eben weil er sich nicht zu sehr darauf konzentrierte, perfekt zu sein.

Gordon machte eine weitausholende Bewegung mit seiner Klarinette und spielt eine Phrase, die seine Mitmusiker offenbar als Aufforderung verstanden, in die letzten Takte des Stückes zu gehen. Hermann spürte, wie ihn ein Gefühl des Bedauerns durchströmte. Nun war es gleich wieder vorbei. Aber er wusste und ahnte, dass ihm diese Erfahrung Kraft geben würde. Und Mut. Mut, all das zu verändern, was in seinem Leben nicht mehr so bleiben sollte, wie es war.

Kapitel 10

Dornburg und München,
16. Mai 1923

„Sön hier", sagte Paulchen. Und Hilde konnte ihm nur zustimmen. Sie standen an einem Geländer einer Terrasse im Garten des alten Schlosses von Dornburg. Der Blick ging weit hinab ins Tal der Saale und über die flachen, saftig grünen Hügel in der Umgebung. Es war ein strahlender Tag. Und Hilde spürte tatsächlich so etwas wie Aufbruchstimmung.

„Wo wohnen wir?", fragte Paulchen.

„Das werden wir uns jetzt gleich einmal ansehen", sagte seine Mutter. Sie streckte ihm die Hand entgegen und er legte seinen Fingerchen hinein. Wie warm sie sich anfühlten und wie knubbelig. Sie gingen durch den Schlosspark und gelangten in den kleinen Ort, der sich dahinter auf einem Hügel erstreckte. Frau Gerwig wartete vor einem zweistöckigen Haus, dessen Fassade weiß und die Fensterläden grün gestrichen waren. Es strahlte im Sonnenglanz und die Fenster reflektierten das grelle Licht.

„Da werden wir ab jetzt wohnen", sagte Hilde und ging auf das Haus zu. Frau Gerwig saß auf einem der Koffer, die zuvor vom Burschen, der sie vom Bahnhof hierher gebracht hatte, am Fuß der Treppe abgestellt worden waren. Da niemand geöffnet hatte, beschloss

Hilde, dass sie mit ihrem Sohn zunächst einen kleinen Spaziergang durch den Ort machen wollte, um ihm zu zeigen, wo sie die nächsten Monate oder vielleicht sogar Jahre verbringen würden. Je nachdem, wie gut Hilde mit der Ausbildung zurechtkam. Schließlich waren sie im Schlosspark gelandet und hatten die Aussicht genossen.

„Ich vermute einmal, dass die Vermieterin noch nicht aufgetaucht ist?", fragte Hilde.

„Nein", erwiderte die Gouvernante. „Wir sind aber auch zu früh dran."

Eine hagere, alte Frau kam den Hügel herauf. Ihr Gesicht war gerötet und über und über mit Schweißtropfen bedeckt. Sie ächzte und stöhnte. In den Händen hielt sie einen Korb, in dem sich Gemüse befand. Darunter lagen wohl mehrere Flaschen, denn bei jedem ihrer Schritte klirrte es. Hilde ging ihr entgegen.

„Kann ich Ihnen helfen?", fragte sie. Die Frau hielt kurz inne und holte Luft. Dabei gab sie ein rasselndes Geräusch von sich, das Hilde mit Schauern die letzten Erinnerungen ins Gedächtnis rief, die sie an Zenzi hatte. Die Spanische Grippe hatte ihre Atemzüge ganz ähnlich klingen lassen.

„Wer sind Sie?", fragte die Alte, nachdem sie offenbar wieder zu Luft gekommen war.

„Hilde Müller", sagte Hilde und streckte ihr die Hand entgegen. Die Frau sah ihre ausgestreckte Hand eine Weile an und dann wischte sie sich ihre an der Schürze ab und schlug ein.

„Ich bin die Witwe Greiner", sagte sie. „Dann sind Sie meine Pensionsgäste."

Auf Hildes Lippen erschien ein mechanisches Lächeln. Sie hatte sich unter der Witwe Greiner eine Frau vorgestellt, die in ihrem schmucken kleinen Häuschen am Rand des Schlossparks saß, Decken häkelte und dabei milde und freundlich Paulchen über den Kopf strich. Die Frau, die nun dampfend und schnaufend vor ihr stand, war ihr unsympathisch, und Hilde war sich nicht sicher, ob sie wollte, dass diese Person Paulchen streichelte oder ihm anderweitig nahekam.

„Sie sind früh dran", sagte die Witwe und setzte sich wieder in Bewegung. Offenbar wollte sie Hildes Angebot ausschlagen, ihr beim Tragen des Korbs zu helfen, denn sie schleppte ihn weiter den Hügel hinauf. Als sie die Treppenstufen erreichte, musterte sie die Gouvernante und dann Paulchen mit einem skeptischen Blick.

„Und der Vater des Jungen?", fragte sie.

Hilde schluckte. Es kam nur selten vor, dass sie in Paulchens Gegenwart von seinem Vater sprach. „Er ist gestorben. An der Grippe. Anno 19."

Die Witwe kniff die Augen zusammen. „So wie mein Ludwig, aber der war alt und verlebt."

„Viele junge Menschen sind damals ums Leben gekommen", sagte Hilde, die bei dem Namen Ludwig zusammengezuckt war. Was für ein seltsamer Zufall, dass der Mann der Witwe den Nachnamen ihres Geliebten trug.

„Kommen Sie mit", sagte Frau Greiner. Sie stieg die Treppe hinauf und steckte den Schlüssel in das Schloss. Dann öffnete sie die Tür und winkte Hilde und Paulchen herein. Im Gang roch es modrig und Hilde wäre am liebsten wieder umgekehrt. Auch Paulchen verzog das Gesicht, aber er sagte nichts, wofür Hilde ihm dankbar war. Die Frau stieg eine weitere Treppe hinauf und Hilde folgte ihr. Zu ihrem Erstaunen waren die Zimmer im oberen Stockwerk jedoch sauber, wenngleich sehr einfach. Frau Gerwig würde sich einen Raum mit Paulchen teilen, daneben gab es einen Salon und ein kleineres Schlafzimmer für Hilde.

„Der Abtritt ist im Garten, ein Brunnen ebenfalls. Dort können Sie sich Wasser holen und es auf dem Herd warm machen. Die 10.000 Mark für die erste Woche geben Sie mir bitte gleich."

Hilde kramte das Geld aus ihrer Tasche und reichte es der Frau, die zufrieden nickte. Paulchen setzte sich auf den Stuhl am Fenster. „Sön", sagte er.

Hilde sah hinaus. Tief unter ihnen schlängelte sich die Saale durch saftige grüne Wiesen.

„Dann genieße den Ausblick. Ich helfe währenddessen Frau Gerwig, unser Gepäck heraufzutragen."

***

Das Wetter war prächtig und München leuchtete. Hermann war bester Laune. Am Abend würde er in den Jazzkeller gehen und vielleicht holte ihn Gordon sogar wieder auf die Bühne. Und selbst wenn nicht, er würde den wunderbaren Melodien lauschen können und vielleicht würde seine Seele ein weiteres Stück heiler werden. Doch es war noch ein wenig Zeit, bis der Jazzkeller öffnete und deshalb beschloss er, eine kleine Runde im Englischen Garten zu drehen. Er war schon lange nicht mehr da gewesen, aber etwas zog ihn hinaus in die Natur. Möglicherweise entsprach das Blühen und Ausschlagen der Bäume seinem inneren Seelenzustand. Auch er hatte das Gefühl, dass etwas, das lange in ihm geschlummert hatte, nun austrieb. Dass die Musik Kräfte in ihm freisetzte, die verschüttet gewesen waren. Er pfiff leise vor sich hin und merkte rasch, dass es eine der Melodien war, die er neulich mit Gordon ausgetauscht hatte. Gordon. Was für ein wunderbarer Zufall hatte diesen Menschen in seinen Weg getragen?

„Nun, da ist aber jemand fröhlich", hörte er eine Stimme sagen, die er ebenfalls schon länger nicht mehr gehört hatte. Er wandte sich um.

„Lotte Kleiber", sagte er. „Ich dachte, du führst die Revolution im fernen Berlin an."

Lotte, die neben seiner Tante Isolde stand, sah ihn mit zusammengekniffenen Augen an. Wahrscheinlich würde sie gleich wieder eine ihrer gefürchteten Spitzen setzen. Hermann wappnete sich für ein Wortgefecht. Doch dann entspannte sich ihre Miene und sie lächelte.

„Ja, das ist mein täglich Brot. Aber selbst die hart gesottensten Revolutionäre benötigen ab und zu ein wenig Urlaub. Und den gönne ich mir nun im schönen München."

„Das ist fein. Wie geht es dir? Und dir natürlich auch, Tante Isolde", schob er rasch nach.

Isolde lächelte. „Nun, mir geht es grundsätzlich gut, wenn Lotte bei mir ist. Dann muss ich mir weniger Sorgen machen, dass sie sich totschießen oder von irgendwelchen rechten Reaktionären gefangen nehmen lässt."

Hermann verzog das Gesicht. „Dann ist München aber vielleicht nicht das beste Pflaster für euch. Von rechten Reaktionären wimmelt es hier gerade genug. Ich kann ein Lied davon singen. Ich habe selbst welche in meiner Familie."

„Herrje", sagte Isolde. „Dabei wollen wir alle doch einfach nur in Ruhe und Frieden dahin leben."

„Das ist aber ganz schön schwierig, wenn man nicht weiß, womit man sein Brot bezahlen soll", sagte Lotte.

Hermann spürte ein altes Gefühl des Widerwillens. Sollte das hier schon wieder in einer politischen Diskussion enden? Doch dann erinnerte er sich an etwas, dass Krötzinger ihm am Morgen gesagt hatte: dass nämlich damit zu rechnen sei, dass ein Laib Brot bald mehr als 500 Mark kostete. 500 Mark. Das war doch verrückt.

„Ja, es ist ein Skandal", sagte Hermann. „Die Regierung trägt ihren Kampf mit den Alliierten auf dem Rücken der armen Leute aus."

Lottes Augenbraue wanderte nach oben. „Das hätte ich jetzt aber nicht gedacht", sagte sie. „Dass du nicht nur die Regierung kritisierst, sondern dass du dich sogar auf die Seite der armen Leute stellst. Was ist los?"

„Ich bin Vorstand einer Bank und sitze sozusagen an der Quelle des Problems. Wir sind täglich am Kämpfen, wie wir unsere Geschäfte aufrechterhalten können, wo doch das Geld uns zwischen den Fingern zerrinnt."

Auf Lottes Lippen erschien ein spöttisches Grinsen. „Ihr armen, armen Bankiers. Ihr tut mir richtig leid."

Hermann ging nicht auf ihre Spitze ein. „Ich weiß, dass das Jammern auf hohem Niveau ist. Aber, ob du's glaubst oder nicht, wir sind wirklich darum bemüht, die Situation einigermaßen unter Kontrolle zu halten.

Es liegt nicht in meinem Interesse, dass Menschen hungern, weil sie sich Brot nicht mehr leisten können. Das geht schon viel zu lange so und ich fürchte, es wird noch schlimmer werden."

Isolde nickte. „Ja, ich hätte nie gedacht, dass ich das jemals sagen würde, aber ich mache mir Sorgen um meine Existenz. Ich bin Ärztin. Ich verdiene nicht schlecht. Aber wenn das Geld nichts mehr wert ist, habe ich nichts mehr, auf das ich zurückgreifen kann."

„Aber deine Wohnung gehört dir doch, oder?", fragte Hermann.

Isolde nickte. „Ja. Und das Atelier habe ich vermietet. Aber die Mieteinnahmen sind nur ein Tropfen auf den heißen Stein. Dieses Geld ist weniger wert. Es ist ein Teufelskreis und ich weiß nicht, wo das alles enden soll."

Lotte schmunzelte. „Ich weiß, wo das enden wird. In der sozialistischen Weltrevolution. Aber das wollt ihr nicht hören. Ich kann verstehen, dass ich euch damit auf die Nerven gehe. Ihr werdet sehen, irgendwann wird es dazu kommen. Und dann wird die Welt eine bessere sein."

Hermann zuckte mit den Achseln. „Ich weiß nicht, ob die Welt dann wirklich besser ist. Sie wäre dann wahrscheinlich anders."

Lotte zog wieder eine Augenbraue nach oben. „Was ist denn mit dir los? Du lässt dich gar nicht auf ein Wortgefecht ein. Das macht beinahe keinen Spaß mehr."

Hermann lachte. „Ich weiß auch nicht. In letzter Zeit kommt mir das Leben gar nicht mehr so eindeutig vor und ich sehe vieles mit anderen Augen."

Er wandte sich an Isolde. „Und Tante, ich möchte dir noch ganz herzlich danken für die Klarinette, die du mir vor vier Jahren zu Weihnachten geschenkt hast."

Isolde runzelte die Stirn. „Nun, das ist Ewigkeiten her und ich kann mich erinnern, dass du dich damals schon bedankt hast."

Er lachte erneut. „Ja. Aber ich habe sie erst jetzt so richtig schätzen gelernt. Ich spiele sehr viel damit und inzwischen bereitet mir das Klarinettenspiel unglaublich Freude. Neben Erika ist es das zweite große Glück meines Lebens und das habe ich dir zu verdanken."

Nun lachte auch Isolde. „Damit machst du mir eine große Freude. Sehr schön. Ich hoffe, dass wir einmal in den Genuss deines Klarinettenspiels kommen."

Hermann schmunzelte. „Ich gebe euch Bescheid, wenn ich ein Konzert gebe. Aber erzählt, Mama hat gesagt, dass du dich mit Hilde getroffen hast. Wie geht es ihr?"

Er sah, dass Isoldes Miene sich verdüsterte. „Ich hoffe, dass es ihr gut geht. Es ist schwer zu sagen. Als ich sie in Weimar zurückgelassen habe, hatte sie sich gerade dazu entschieden, eine Ausbildung in der Keramikwerkstatt zu beginnen."

Hermann runzelte die Stirn. „In der Keramikwerkstattwerkstatt?"

Isolde nickte. „Ich wünsche ihr, dass sie dort das findet, was dir deine Klarinette gibt."

KAPITEL 11

Dornburg und München,
18. Mai 1923

Hildes Herz klopfte ihr bis zum Hals. Sie küsste Hermann auf die Stirn. Er saß am Frühstückstisch und war angestrengt damit beschäftigt, die Brotscheibe mit beiden Händen in Richtung Mund zu führen.

„Dehen wir zum Sloss?", fragte er kauend.

Hilde seufzte. „Nein, ich habe doch heute meinen ersten Tag in der Werkstatt. Aber Frau Gerwig geht mit dir sicher gerne in den Schlosspark."

Paulchen zog eine Schnute. „Abe is will mit di dehen."

„Ich verspreche dir, wenn ich zurückkomme und wenn es dann noch nicht zu spät ist, gehen wir beide heute Abend eine Runde in den Schlosspark. Aber jetzt iss erst einmal dein Frühstück auf." Sie küsste ihn auf die Stirn und ging dann rasch aus dem Salon, um sich nicht auf weitere Diskussionen einlassen zu müssen. Es fiel ihr ohnehin schon schwer, Abschied von ihrem Sohn zu nehmen. Das schlechte Gewissen war ihr ständiger Begleiter, und wenn er darum bat, dass sie blieb, war es eine enorme Überwindung, sich von ihm zu lösen. Sie stieg die Treppe hinab und trat aus dem Haus. Es war ein schöner Tag Mitte Mai. Die Sonne strahlte von einem wolkenlosen Himmel. Sie ging durch die Gassen des kleinen Ortes und gelangte nach kurzer Zeit zu dem lang gezogenen, rosa-pastellfarben gestrichenen Gebäude, das früher der Marstall eines der Rokokoschlösser im Ort gewesen war. Nun war es die Außenstelle des Bauhauses, in der die Töpfereiwerkstatt untergebracht war. Sie blieb einen Moment davor stehen. Es erinnerte sie an Schlösser, die sie in Italien gesehen hatte, als sie mit ihrer Mutter und Paulchen im vergangenen Jahr eine Reise dorthin unternommen hatte. Aber es war keine Sehenswürdigkeit. Es war von nun an ihr Arbeitsplatz. Und ihr war ein wenig bang davor, was sie dort erwartete.

Sie trat ein und fand sich in einem lang gezogenen Raum wieder. In einer Ecke standen Behälter, die eine glänzende Masse enthielten. Das musste wohl der Ton sein. In der Mitte des Raumes waren mehrere Töpferscheiben aufgestellt, am anderen Ende auf einem kleinen Podest stand eine einzelne Scheibe. Insgesamt sieben Lehrlinge – fünf Männer und zwei Frauen – saßen schon an ihren Arbeitsplätzen. Fanny war eine davon. Sie zwinkerte Hilde zu. Dann erhob sie sich und kam auf sie zu. Sie breitete die Arme aus und Hilde erkannte zu ihrem Schrecken, dass ihre Finger lehmverkrustet waren. Sie trat einen Schritt zurück und Fanny lachte.

„Keine Sorge, ich werde dich nicht umarmen. Aber du solltest dir überlegen, ob du dich beim nächsten Mal weniger fein kleidest. Es wird nicht zu vermeiden sein, dass du etwas Ton abbekommst."

Hilde schluckte. Sie trug ein einfaches weißes Sommerkleid. Es eignete sich wohl für einen Maispaziergang, aber ganz sicher nicht zum Töpfern.

„Aber jetzt komm. Da ist deine Töpferscheibe. Hol dir Ton und leg los."

Fanny führte sie zu dem Behältnis in der Ecke und löste aus dem glitschigen Schlamm, der sich darin befand, einen größeren Brocken. Sie wandte sich Hilde zu, die instinktiv mit ihren Händen eine Kuhle formte, in die sie den Tonklumpen hineinfallen ließ. Das Material fühlte sich kalt und feucht an. Und siehe da: Ein Spritzer war bereits auf ihr Kleid getropft. Hilde trug den Klumpen vor sich her wie etwas Verdorbenes, das sie auf dem Boden aufgelesen hatte und nun in den Müll tragen wollte. Sie stellte das Material auf der Töpferscheibe ab und setzte sich auf den Hocker davor. So ein Gerät hatte sie noch nie bedient. Hilde blickte sich verstohlen um. Die anderen Lehrlinge waren bereits eifrig dabei, aus ihren Tonklumpen Gegenstände zu formen.

„Wo ist denn der Werkmeister?", fragte Hilde.

„Der kommt gleich. Er hat uns aufgetragen, schon einmal anzufangen. Wir sollen einfache, konische Becher herstellen. So in etwa."

Fanny zeigte auf ihr Werkstück. Sie hatte mit den Händen und der Drehscheibe ein beinahe perfektes Gefäß erschaffen. Hilde schluckte. Sie hatte keine Ahnung, wie sie das anstellen sollte.

„Die Drehscheibe bedienst du mit den Füßen", sagte ein Lehrling, der zu ihrer Linken saß. Er deutete mit dem Kinn auf seine eigenen Füße und demonstrierte ihr, wie sie das Schwungrad antreiben musste. Hilde tat es ihm nach, doch offenbar hatte sie zu fest gedreht, denn mit einem Mal setzte die Scheibe sich in Bewegung und der Tonklumpen, der eben in der Mitte gelegen hatte, wurde an den Rand geschleudert und landete in ihrem Schoß.

Hilde starrte fassungslos auf den riesigen Fleck, der sich auf ihrem Kleid ausbreitete, während sie ihre Hände in den Ton grub und ihn wieder auf die Drehscheibe zurücklegte. Ihr Blick fiel auf Fanny. Die grinste breit, dann brach sie in ein herzhaftes Lachen aus. Hilde konnte nicht anders, sie stimmte mit ein. Sie bemerkte, dass die anderen Lehrlinge ihre Arbeit beendet hatten und sie irritiert anstarrten. Auf dem Gesicht ihres Nachbarn erschien ein Schmunzeln, zwei andere lachten laut mit. Hilde atmete tief durch. Das hatte nicht so begonnen, wie sie es sich vorgestellt hatte, aber immerhin schien sie das Eis gebrochen zu haben. Da öffnete sich die Tür. Der Werkmeister trat ein.

„Was ist denn hier los?", fragte er. Er schaute sich um. Sein Blick fiel auf Hilde.

„Ja, unser neuer Lehrling. Herzlich willkommen. Ich darf Sie noch einmal daran erinnern, dass wir uns in der Töpferei befinden und nicht in der Textilwerkstatt. Es geht nicht darum, neue Färbemethoden für Ihre Kleiderstoffe zu erproben. Wir widmen uns der Erde." Sie sah, dass zwei der anderen Studenten breit grinsten. Die Atmosphäre im Raum war umgeschlagen. Mit einem Mal war die Leichtigkeit verschwunden und die Zweifel, ob sie hier richtig war, meldeten sich lautstark zurück.

***

Hermann stieg aus dem Wagen und pfiff leise vor sich hin, als er die Treppe zum Eingangsportal des Palais Lampeck emporstieg. Karl öffnete ihm die Tür und, wenn er sich wundern sollte, dass die Herrschaft mit einem Mal so beschwingt war, ließ er sich das nicht anmerken. Hermann ging in den Salon und setzte sich in den Ohrensessel. Eine kleine Stimme in seinem Hinterkopf meldete sich und schlug ihm vor, sich an der Minibar zu bedienen, doch er gab ihr nicht nach. Warum sollte er auch? Sein Auge fiel auf die Klarinette, die auf ihrem Ständer am Regal stand. Und ein Lächeln der Vorfreude erschien auf seinem Gesicht. Heute Abend würde er ausgiebig üben.

Die Tür öffnete sich und Friederike trat ein. Selbst ihre Anwesenheit schaffte es nicht, das Lächeln von seinem Gesicht zu wischen. Offenbar schien sie das zu bemerken, denn sie fragte: „Was ist los?"

Er hob beide Hände. „Nichts ist los. Darf man denn keine gute Laune haben?"

„Es ist mir egal, was du für eine Laune hast. Begleitest du mich heute zum Salon der Bruckmanns?"

Die Vorfreude verpuffte wie Luft aus einem löchrigen Fahrradreifen. „Die Bruckmanns? Ich kann mir keine widerlichere Abendgesellschaft vorstellen. Da wird doch eh wieder nur über die Juden und ihre angeblichen Verbrechen gewettert. Was soll ich dort?"

Friederike schnaubte. „Präsenz zeigen? Zahlungskräftige Kunden für deine Bank anwerben? Dich als treu sorgenden Ehemann präsentieren? Mir fielen noch Dutzende weitere Gründe dafür ein."

„Wenn es unbedingt sein muss, können wir in die Oper gehen. Aber in diesen Salon bringen mich keine zehn Pferde."

Friederike verschränkte die Arme unter der Brust. „Du weißt, was wir vereinbart hatten? Worauf unsere Ehe sich gründet?"

Hermann lehnte sich nach vorne. „Ja, es ist ein Geben und Nehmen. Und in letzter Zeit habe ich sehr viel gegeben. Vor allem in Form von Reichsmark. Der Empfänger war dein Vater. Also nehme ich mir nun auch einmal etwas. Und zwar die Freiheit, dich nicht auf die Abendgesellschaft der Bruckmanns zu begleiten. Ich verlange, dass du diesem Wunsch entsprichst."

Sie erwiderte nichts, sondern funkelte ihn nur wütend an. „Dann gehe ich eben alleine", zischte sie schließlich und stürmte aus dem Salon. Die Tür fiel krachend ins Schloss. Hermann lehnte sich zurück. Auf seinem Gesicht erschien ein Schmunzeln. Er ging zu seiner Klarinette und begann damit, das Instrument zusammenzubauen. Kurz darauf hörte er, wie im Vorraum geschäftiges Treiben herrschte, ehe die Haustür zufiel. Als er aus dem Fenster schaute, sah er gerade noch, wie Friederike in den Maybach stieg und wie das Auto sich in Bewegung setzte. Sein Schmunzeln ging in ein breites Grinsen über. Dann nahm er die Klarinette in den Mund, benetzte das Blatt und blies einen Ton. Die Melodie kam nun ganz von selbst und es fiel ihm nicht mehr schwer, mit dem Fuß den Takt zu schlagen und mit dem Instrument um den Rhythmus herum zu spielen. Er verlor sich in der Musik und spürte, wie er freier atmen konnte. Da öffnete sich die Tür. Irritiert brach er ab. Es dauerte einen Moment, bis er ganz in der Gegenwart war, so sehr hatte ihn sein eigenes Spiel verzaubert. Durch die Tür stürmte eine kleine Gestalt. Es war Erika. Sie trug ihr Nachtgewand. Die Gouvernante lief hinter ihr her.

„Es tut mir leid, Eure Herrschaft", sagte sie. „Ich nehme die Kleine gleich wieder mit."

Hermann stellte die Klarinette auf das Gestell und breitete seine Arme aus. Erika rannte auf ihn zu und ließ sich hineinfallen. Er drückte seine Tochter fest an sich und sog den Geruch nach Mandeln ein.

„Was machst du denn hier?", fragte er, als er sie langsam wieder losließ. Sie setzte sich auf den Teppich zu seinen Füßen.

„Ich hab dich spielen gehört. Das klang echt toll."

Hermann lachte. „Ja, auch wenn es etwas anderes ist als das, was ich dir immer zur Nacht vorspiele."

„Bitte noch mal", sagte Erika. Die Gouvernante warf ihm einen fragenden Blick zu, doch Hermann schüttelte nur leicht den Kopf. Sie knickste und verließ den Raum, die Tür hinter sich schließend. Hermann griff nach seiner Klarinette und setzte sie an. Da kam ihm eine Idee.

„Wir spielen zusammen. Du musst mir den Takt vorgeben", sagte er.

Seine Tochter sah ihn mit großen Augen an. „Was soll ich tun?"

Er nahm ihre beiden Hände in seine und führte sie behutsam zusammen, sodass sich ein klatschendes Geräusch ergab. „Kannst du das für mich machen?"

Er klatschte den Takt vor. Offenbar hatte Erika die Musikalität von Hermann geerbt, denn sie schaffte es, den Rhythmus einigermaßen zu halten. Hermann zählte bis vier, dann setzte er ein. Auf dem Gesicht seiner Tochter erschien ein breites Lächeln, was allerdings dazu führte, dass sie kurz aus dem Takt geriet. Das war nicht schlimm, Hermann stampfte mit dem Fuß auf und sie stimmte in seinen Rhythmus mit ein.

Nun war der Rhythmus wieder exakt und Hermann erlaubte sich, davon abzuweichen, ihn zu umspielen, die Klarinette aufheulen zu lassen. Und er sah, dass nicht nur ihn die Freude über diese wunderbare Musik erfüllte, sondern dass er seine Tochter angesteckt hatte. Ihre Wangen glühten, ihre Augen leuchteten. Als er fertig war, klatschte sie kräftig in die Hände und rief: „Papa, das war wunderbar. Spielst du es noch einmal?"

KAPITEL 12

Dornburg und München,
27. Mai 1923

„Swan", rief Paulchen.

Fanny lachte. „Das ist kein Schwan. Das ist eine Taube", sagte sie. Sie nahm einen Kiesel auf und warf ihn in die Richtung des Vogels, der daraufhin aufflatterte und davon flog.

„Nis wegjagen", sagte Paulchen. „Is bielen."

„Mit Tauben solltest du nicht spielen. Das sind keine sauberen Vögel. Sie sind unrein", sagte Fanny. Paulchen zog eine Schnute. Sie lachte.

„Meine Mutter hat mir geschrieben, dass sie sich einen Hasen angeschafft hat. Für meine Nichte. Das wäre sicher auch etwas für Paulchen."

Ihr Sohn strahlte sie an. „Hase für mis?"

„Wenn wir die Oma in München besuchen, dann darfst du ihn mal streicheln", sagte Hilde und strich ihrem Sohn über das Haar. Er nahm ihre Hand und sie gingen weiter den Weg an der Saale entlang. Es war ein herrlicher Frühsommertag und sie hatten beschlossen, diesen Sonntag für einen Spaziergang zu nutzen.

„Nun, was sagst du nach deiner ersten Woche in der Werkstatt?", fragte Fanny.

Hilde seufzte. „Ich weiß es nicht. Es fällt mir immer noch schwer, mit der Drehscheibe zurechtzukommen.

Obwohl ich es gestern zum ersten Mal geschafft habe, ein Gebilde zu formen, das nicht gleich wieder in sich zusammen gefallen ist. Aber es wird dauern, bis ich mit der Bearbeitung des Materials so sicher bin, dass ich einen Becher oder gar etwas künstlerisch Wertvolles daraus schaffen kann."

„Ich finde, du hast dich gut geschlagen. Für jemand, der nie zuvor mit Ton gearbeitet hat, war das doch schon ganz ordentlich."

Hilde verzog das Gesicht. „Ich glaube nicht, dass der Formmeister das ebenso sieht. Krehan, der Werkmeister ist freundlich und hilfsbereit. Aber Marcks gibt mir das Gefühl, fehl am Platz zu sein", sagte sie.

„Du darfst dich nicht zu abhängig von seinem Urteil machen. Ich glaube, er sieht es nicht gern, dass so viele Frauen in seiner Werkstatt arbeiten. Dem wäre ein verschworener Männerbund lieber. Aber da hat er sich geschnitten."

„Sneiden tut weh", sagte Paulchen.

„Ja, aber wenn du dich schneidest, dann ist die Mama da und pustet. Dann ist alles gut", sagte Hilde. Paulchen strahlte. Sie hatten den Ortsrand erreicht und stiegen nun die steile Treppe am Barockschlösschen empor. Oben angelangt, sahen sie ein Gasthaus vor sich. Auf der Terrasse waren noch mehrere Plätze frei.

„Wollen wir etwas trinken?", fragte Hilde.

Fanny verzog das Gesicht. „Ich habe kein Geld dafür", sagte sie.

„Ich lade dich ein", sagte Hilde. Fanny wollte etwas erwidern, doch Hilde hob die Hände. „Ich weiß, dass du dich nicht einladen lassen willst, aber da musst du durch. Wir trinken etwas. Ich lasse keine Widerrede zu."

Fanny lachte und sie ließen sich an einem der freien Tische nieder. Auf der anderen Seite der Terrasse saßen an einer längeren Tafel mehrere Männer. Sie diskutierten in breitestem thüringischen Dialekt und anfangs verstand Hilde nicht, worüber sie sprachen. Doch sie hatte sich inzwischen so gut eingehört, dass es sie wenig Mühe kostete, den Gesprächen zu folgen.

„Verjagt gehören se alle. Dieses jüdische Gesindel", sagte einer.

„Die Juden und die Kommunisten, das sind die schlimmsten. Die sollte man alle nach Russland stecken. So weit weg wie möglich."

Hildes Blick fiel auf Fanny. Sie erschrak. Ihre Freundin war mit einem Mal bleich geworden.

„Was ist los?", fragte Hilde.

Fanny erhob sich. „Ich glaube, ich möchte hier doch nichts trinken", sagte sie. Sie nickte Hilde zu. „Aber danke für die Einladung. Bleibt hier und genießt die Aussicht. Ich ertrage die Gesellschaft nicht." Sie wandte sich um und eilte davon. Hilde sah ihr nach.

„Was is mit Tante Fanny?", fragte Hermann.

„Ich glaube, sie hat sich nicht wohlgefühlt", sagte Hilde. Sie nahm Paulchen bei der Hand, der sie nun fragend ansah.

„Limonade?", fragte er.

Hilde schüttelte den Kopf. Sie ging zurück zu der Pension und gab Paul in die Obhut der Gouvernante. Dann machte sie sich auf den Weg zur Werkstatt. Hilde durchquerte den leeren Werkraum und stieg die Treppe hinauf, die zu den Unterkünften der Studenten führte. Fannys Zimmer war ganz am Ende des Ganges. Sie klopfte an die Tür und wartete. Als kein Geräusch ertönte, drückte sie die Klinke herunter. Fanny lag auf ihrem Bett, den Kopf in ein Kissen vergraben.

„Fanny?", fragte Hilde. Ihre Freundin wandte sich um. Die Augen lagen in tiefen, schwarzen Höhlen und waren gerötet. Offenbar hatte sie geweint.

„Was ist los?", fragte Hilde.

„Was soll schon los sein? Du hast diese Leute doch gehört. Sie wollen mich nach Russland schicken, so weit weg wie möglich."

Hilde schluckte. „Du bist ... du bist Jüdin?"

Fanny zuckte mit den Achseln. „Ich stamme aus einer jüdischen Familie. Aber ich praktiziere den Glauben nicht. Ich esse nicht koscher und arbeite am Sabbat. Aber das interessiert diese Leute ja nicht. Und selbst wenn. Was geht es sie an, was ich glaube? Warum ist das wichtig?"

„Für mich ist es nicht wichtig, aber ich weiß, dass viele Menschen etwas gegen Juden haben."

„Das ist aber milde ausgedrückt", sagte Fanny. „Ich glaube, dass sie viele uns am liebsten tot sehen würden. Ich hoffe nur, dass nicht irgendwann aus den Worten Taten werden."

***

Erika jauchzte und klatschte in die Hände. Hermann dachte nicht lange nach, er blies einen hohen Ton und die Klarinette stieß denselben Jauchzer aus wie seine Tochter. Das kleine Mädchen hüpfte auf und ab, tanzte im Takt der Musik. Hermann spielte auf wie nie zuvor in seinem Leben. Sie saßen wieder zusammen im Salon. Erika war zu ihm gekommen, als sie ihn üben gehört hatte, und sie war bei ihm geblieben. Sie liebte die Musik genauso wie er. Es war eine neue Verbindung zwischen ihm und seiner Tochter, etwas, das über die reine Verwandtschaft hinausging. Er liebte sein Kind. Aber nun teilte er etwas mit ihr, etwas, das sie gemeinsam liebten. Er setzte gerade zu einer neuen Phrase an, als die Tür geöffnet wurde. Friederike erschien im Türrahmen. Ihre Miene war zornumwölkt. Hermann brach mitten in der Melodie ab und ließ die Klarinette sinken.

„Ich glaube, es ist jetzt Zeit, ins Bett zu gehen", sagte seine Frau in kühlem Ton zu Erika. Diese zog eine Schnute.

„Noch ein Lied", bat sie.

„Nein", sagte Friederike mit kalter Stimme. „Du hast heute schon genug Lieder gehört." Sie wandte sich um und nickte. Dann machte sie der Gouvernante Platz, die ins Zimmer kam und Erika bei der Hand nahm. Das Mädchen weinte und zog zu ihrem Vater, doch die Kinderfrau packte sie und trug sie hinaus. Hermann sah wie versteinert dabei zu. Was war hier los? Er hörte seine Tochter weinen und klagen, dann wurden die Geräusche leiser und schließlich schloss Friederike die Tür und trat auf ihn zu.

„Hatten wir nicht darüber gesprochen, dass ich mir diese furchtbare Musik in meinem Haus verbitte?"

Hermann spürte, wie die Wut in ihm aufwallte. „Ja, darüber hatten wir gesprochen. Und ich hatte dir gesagt, dass ich mir nicht verbieten lasse, zu musizieren. Es ist schließlich mein Haus."

„Das mag sein. Aber ich werde nicht zulassen, dass du meine Tochter mit diesem viehischen Gejaule verdirbst." Sie funkelte ihn wütend an.

Hermann konnte nicht anders. Er brach in ein schallendes Gelächter aus. „Wenn ich deutsche Marschmusik spielen würde, wäre es wohl vollkommen in Ordnung, dass Erika bei meinen Proben zuhört, oder?"

„Solange es Märsche sind, die von deutschen Komponisten stammen, dann ja. Aber du würdest wahrscheinlich auf die Idee kommen, den Hochzeitsmarsch von diesem Juden Mendelssohn-Bartholdy zu spielen. Oder den Trauermarsch dieses Slawen Chopin. Untermenschen allesamt."

„Mir fällt kein deutscher Marsch ein, der hinreißender wäre als der aus dem Sommernachtstraum. Aber darum geht es dir nicht, nicht wahr? Du erträgst es nicht, dass Erika und ich einen schönen Moment teilen."

Auf ihren Lippen erschien ein spöttisches Lächeln. „Du magst dich bei meiner Tochter einschmeicheln und dich für einen guten Vater halten. Es sei dir gegönnt. Mir ist bewusst, dass dein Leben anders verläuft, als du es dir vorstellst. Aber du bist selbst schuld daran. Du hättest mich nicht heiraten müssen." Hermann spürte, wie das leichte Gefühl, das ihn eben noch erfüllt hatte, sich wieder verabschiedete. Es machte der altbekannten Schwere Platz.

„Du weißt genau, dass ich damals keine andere Wahl hatte. Es mussten Menschenleben gerettet werden."

„Welch eine Tragik, dass es dir nur gelungen ist, ein einziges Leben zu retten. Nicht beide. So gesehen war das ein hoher Preis, mich zu heiraten, damit eine stadtbekannte Bolschewistin in die Schweiz ausreisen kann."

„Mir war und ist es das wert. Obwohl ich einen hohen Preis dafür gezahlt habe, das stimmt. Doch ich will nicht verhehlen, dass unserer Ehe auch etwas Positives entsprungen ist. Erika ist ein wunderbarer Mensch. Sie will ich auf keinen Fall mehr missen."

„Bei mir sieht es da wohl anders aus. Du würdest mir keine Träne nachweinen, wenn ich von einem Pferdegespann überfahren würde, nicht wahr?"

Er blieb ihr eine Antwort schuldig, aber sie konnte sich sicher denken, was in seinem Kopf vorging. Natürlich würde er ihr keine Träne nachweinen. Ihr Tod wäre eine Befreiung für ihn. Der Gedanke fühlte sich zunächst großartig an, dann wurde ihm bewusst, was er da dachte. Wünschte er sich wirklich, dass seine Frau starb, damit er von ihr befreit war? Nein, auf dieses Niveau wollte er sich nicht hinabziehen lassen.

„Ich will dir nichts Böses", sagte er. „Ich wünsche dir sogar, dass du glücklich wirst. Als Paar werden wir es nie. Aber du kannst glücklich werden. Vielleicht magst du es ja einmal versuchen. Es ist gar nicht so schwer. Oft sind es die kleinen Dinge, die einem Zufriedenheit schenken. Zum Beispiel die Musik."

Auf ihrem Gesicht erschien ein verächtliches Lächeln. „Mit dem, was du Musik nennst, kannst du mir gestohlen bleiben. Und mit deinem Geschwafel von Zufriedenheit sowieso. Mir ist kein Glück bestimmt. Mein Schicksal ist es, für diese Nation zu kämpfen. Darin setze ich mein ganzes Streben. Glück? Das ist nichts für mich."

„Dann tust du mir leid", sagte er. Sie schnaubte, wandte sich um und ging aus dem Zimmer.

Hermann lehnte sich zurück. Am liebsten hätte er laut geschrien. In was für einem Albtraum lebte er da nur? Wo sollte das alles noch hinführen. Er sah auf die Klarinette, doch die Lust, zu musizieren, hatte Friederike ihm gründlich verleidet. Er löste das Blatt und trocknete es. Dann stellte er das Instrument auf den Ständer. Langsam ging er auf das Schränkchen in der Ecke zu, das er nun schon seit zwei Wochen nicht mehr geöffnet hatte. Doch heute war der Drang zu stark. Er nahm die Flasche heraus und schüttete Cognac in das Glas. Das Getränk schmeckte ungewohnt herb und stark, als er den ersten Schluck trank. Er war es nicht mehr gewohnt und der Alkohol stieg im schnell und hart zu Kopf. Doch dann war es wieder da, dieses leichte Gefühl, von dem er wusste, dass es nicht von Dauer war, aber das ihn in diesem Moment umfing wie eine warme Wolke, in die er sich nur zu gerne fallen ließ.

KAPITEL 13

Dornburg und München,
28. Mai 1923

„Ach Mist", rief Hilde. Ihre rechte Hand zuckte zwar nach vorne, aber die Fliehkraft war stärker. Der Tonbatzen auf ihrer Drehscheibe beschleunigte und fiel über den Rand, wo er mit einem klatschenden Geräusch auf den Boden knallte.

Hildes Fluch hatte die Aufmerksamkeit aller Anwesenden erregt. Die anderen Lehrlinge wandten die Köpfe und sahen sie an. Leider hatte auch der Formmeister sie bemerkt. In seiner Miene erkannte sie Missbilligung und sie konnte es ihm nicht verdenken. Sie war schließlich die einzige, der andauernd die Stücke zu Boden fielen.

„Nun heben Sie das schon auf", herrschte Marcks sie an. „Und dann lassen Sie sich von Ihrem Nachbarn noch einmal zeigen, wie man eine Drehscheibe richtig bedient."

Hilde blickte zu dem leeren Platz zu ihrer Rechten hin, an dem normalerweise Fanny saß. Doch der Meister hatte sie an diesem Tag zu einer Erledigung in den Ort geschickt und so hatte sie nur einen Nachbarn: Max zu ihrer Linken. Er musterte sie mit herablassender Miene, doch offenbar wollte er sich nicht gegen Marcks stellen und erhob sich von seinem Platz.

Hilde setzte sich und legte den Fuß auf die Schwungscheibe.

„Du musst den Ton exakt in der Mitte platzieren. Sobald das Material zu sehr auf einer Seite liegt, ist es den Fliehkräften ausgesetzt und neigt dazu, von der Scheibe zu wandern."

„Das habe ich auch bemerkt", erwiderte Hilde.

Sie legte den Klumpen in die Mitte der Drehscheibe.

„Ja, genau dort", sagte Max. „Und jetzt schiebe die Schwungscheibe ganz vorsichtig an, ganz sanft, nicht zu schnell, sondern mit Gefühl."

Hilde bewegte ihren Fuß. Allerdings konnte sie gar nicht leicht schieben, denn dann geschah nichts. Sie legte ein wenig mehr Kraft dahinter und schließlich setzte sich die Scheibe in Bewegung, war aber erneut viel zu schnell.

„Doch nicht so", rief Max.

Hilde funkelte ihn wütend an. „Wie denn dann bitte? Probier es doch mal. Zeig mir, wie ich diese Scheibe vorsichtig anschieben soll!"

Sie erhob sich und deutete auf ihren Stuhl. Max sah sie mit zusammengekniffenen Augen an. Dann nahm er Platz. Er rückte sich die Scheibe zurecht und stellte den Tonklumpen, der wieder an den Rand gewandert war, einmal mehr in die Mitte. Hilde beobachtete, wie er seinen Fuß auf die Schwungscheibe legte. Nichts geschah. Sie bemerkte, dass seine Stirn sich zu runzeln begann. Nun, offenbar machte er eine ähnliche Erfahrung wie Hilde eben. Sie beobachtete, wie er ein weiteres Mal versuchte, die Scheibe mit mehr Druck in Bewegung zu setzen. Doch erneut geschah nichts.

„Ich glaube, da stimmt etwas mit dem Mechanismus nicht", sagte er. Er schob und dieses Mal legte er mehr Kraft hinein. Die Scheibe setzte sich ruckartig in Bewegung und der Tonklumpen eierte in Richtung des Randes. Max konnte ihn gerade noch festhalten, ehe er zu Boden klatschte.

„Was ist denn da los?", fragte Marcks.

„Die Schwungscheibe scheint defekt zu sein", sagte Max.

„Na, dann reparieren Sie sie eben."

Sie sah, dass der Adamsapfel des Lehrlings aufgeregt auf und ab hüpfte. Er war es nicht gewohnt, von Marcks angefahren zu werden, war er doch der Liebling des Formmeisters. Seine Werkstücke waren stets wie aus dem Ei gepellt, als ob sie von einer Maschine gemacht worden wären. Er kniete sich neben die Scheibe und inspizierte die Mechanik.

„Aha, da haben wir den Übeltäter. Die verhakt sich und bildet einen Widerstand", sagte er und zog eine abgebrochene Klammer zwischen zwei Zahnrädern hervor. Er ging zu einem Schränkchen am anderen Ende der Werkstatt und kramte in einer Schublade herum. Dann kam er mit einer neuen, identisch aussehenden Klammer wieder. Er fummelte ein wenig an der Mechanik herum, nahm Platz und schob die Schwungscheibe vorsichtig mit der Fußspitze an. Die Scheibe setzte sich ganz langsam in Bewegung. Er nickte Hilde zu. „So, nun müsste es wieder funktionieren."

Hilde murmelte etwas, das wie „Dankeschön" klingen sollte, dann nahm sie auf ihrem Stuhl Platz und legte selbst den Fuß auf die Schwungscheibe. Sie befeuchtet den Tonklumpen mit Wasser und schob die Scheibe mit der Fußspitze ganz sachte an, wobei sie das Material mit beiden Handflächen umschloss wie ein Windlicht, dessen Flamme sie vor dem Sturm schützen wollte. Langsam, ganz langsam setzte sich die Scheibe in Bewegung. Sie spürte, wie der Ton an ihren Händen rieb und nun drückte sie ein wenig dagegen, wodurch der Klumpen in eine Form gepresst wurde. Das Gebilde wuchs langsam nach oben. Sie schob ein wenig stärker und die Geschwindigkeit erhöhte sich. Es gelang ihr, eine Handfläche in die Mitte des Gebildes zu legen und eine Kuhle zu formen. Mit viel Geduld und Mühe brachte sie etwas hervor, das aussah wie ein Becher. Ein verkrüppelter, windschiefer Becher. Aber zweifelsohne ein Becher.

„Hey, du hast es geschafft", hörte sie Fanny sagen, die von ihren Besorgungen zurückgekehrt war.

Hilde strahlte sie an. „Wenn der gebrannt ist, schenke ich ihn Paulchen. Der wird Augen machen."

***

Hermann rieb sich die Schläfe. Verdammt, er hätte nicht so viel trinken sollen. Da hatte er wohl am Vorabend wieder einmal die Kontrolle verloren. Es war aber auch zu ärgerlich gewesen, wie Friederike sich aufgeführt hatte. Wenn er an den Streit dachte, überkam ihn sofort das Verlangen, die Erinnerungen ebenso wie seine aufblühenden Kopfschmerzen mit Cognac zu bekämpfen. Instinktiv fasste er an die Innentasche seiner Jacke, stellte aber fest, dass er seinen Flachmann nicht dabei hatte. Nun, vielleicht war das besser so. Schließlich hatte der Alkohol bei seinen heilsamen Erfahrungen mit der Klarinette bislang keine Rolle gespielt. Und wenn es nach Hermann ging, sollte das so bleiben. Er stieg die Treppe zum *Fegefeuer* hinab und klopfte an die Tür. Der Wirt öffnete ihm und begrüßte ihn mit einem Lächeln.

„Aha, der Herr Bankier. Gordon ist bereits da und wartet auf Sie. Ich muss schon sagen, wenn Sie mir die Bemerkung erlauben, Sie haben ein enormes Talent. Als ich Sie neulich mit der Band gesehen habe, konnte ich kaum glauben, dass Sie noch nie zuvor Jazz gespielt hatten. Sie wirkten so, als ob Sie für die Bühne geboren wären."

Hermann lächelte. „Danke, es freut mich, dass Ihnen meine kleine Einlage gefallen hat. Aber ich komme ja heute, um besser zu werden. Ich muss viel lernen. Und ich glaube, Gordon wird mir ein guter Lehrmeister sein."

Er durchquerte die leere Gastwirtschaft. Es war ein seltsamer Anblick. Durch die kleinen Seitenfenster an den Wänden fiel indirektes Licht auf die Tische und die Stühle, die kopfüber darauf gestellt worden waren. Am Abend waren die Vorhänge immer zugezogen und Glühbirnen tauchten den Gastraum in ein warmes, aber auch ein wenig geheimnisvolles Licht. Aber nun im Tageslicht sah das Lokal alles andere als glamourös aus. Es wirkte schäbig und heruntergekommen. Der Gedanke verpuffte, als sein Blick auf Gordon fiel, der auf der Bühne auf ihn wartete. Der Musiker lächelte ihm zu und Hermann streckte ihm die Hand entgegen, die er kräftig schüttelte. Die Berührung ließ den Schmerz in seiner Schläfe wieder stärker aufflammen und Hermann zuckte zusammen. Das schien auch Gordon zu bemerken.

„Habe ich Ihnen wehgetan?", fragte er.

„Nein. Ich habe Kopfschmerzen. Und eben muss ich mich ungünstig bewegt haben. Da ist es mir wieder so richtig hineingefahren."

„Das tut mir leid. Ich hoffe, es ist nichts Schlimmeres."

„Ich glaube, meine Kopfschmerzen rühren vor allem davon her, dass ich gestern Abend ein wenig zu viel Cognac getrunken habe." Hermann schluckte. Warum hatte er das eben gesagt? Es ging doch den Musiker nichts an, dass er dazu neigte, zu maßlos dem Cognac zuzusprechen. Aber aus irgendeinem Grund fühlte es sich richtig an, sich zu öffnen.

„Oje, Katerkopfschmerzen. Ich hoffe, Sie hatten einen angenehmen Grund, etwas zu trinken. Vielleicht eine Feier oder ein Jubiläum?"

Hermann seufzte. „Leider nicht. Ich habe mich mit meiner Frau gestritten." Wieder zuckte er zusammen. Warum hatte er das gesagt? Das ging Gordon noch weniger an als sein Hang zum Cognac. Aber es war heraus. Und gleichzeitig fühlte es sich gut an, es ausgesprochen zu haben.

„Meine Frau missbilligt, dass ich zu Hause Jazz spiele. Sie findet diese Musik abscheulich. Ich habe meiner Tochter gestern Abend ein Stück vorgespielt. Sie liebt Jazz. Aber dann kam meine Frau herein und wir haben uns darüber gestritten."

Hermann hatte hauptsächlich deswegen weiter gesprochen, weil Gordon nichts erwidert hatte. Er hatte ihn nur angesehen. Aber in seinem Blick hatte so viel

Mitgefühl gelegen, dass Hermann gar nicht anders gekonnt hatte, als dem Musiker sein Herz auszuschütten.

„Das tut mir leid", sagte Gordon. „Ich möchte nicht, dass ich Ihnen etwas beibringe, das Ihren Familienfrieden gefährdet."

Gegen seinen Willen musste Hermann lächeln. „Da gibt es nicht zu viel zu gefährden. Ich glaube, dass in meiner Familie, zumindest zwischen mir und meiner Frau, niemal wirklich Frieden geherrscht hat. Wir führen keine glückliche Ehe. Es ist eine Zweckgemeinschaft."

„Auch das tut mir leid. Ich habe schon davon gehört, dass Menschen aus diesen Gründen heiraten. Und das ist dann wohl in Ordnung. Ich kann und will mir kein Urteil darüber bilden. Es geht mich nichts an. Aber ich finde es schade. Wenn ich jemals heiraten sollte, würde ich mir wünschen, einen Menschen zu finden, der mit mir den Rest meines Lebens verbringen will. Und zwar nicht, weil es zweckmäßig ist. Sondern weil er mich liebt."

Hermann spürte, wie seine Kehle austrocknete. Das Verlangen, einen Cognac zu bestellen, wuchs. Warum führte er diese Unterhaltung mit einem Menschen, den er kaum kannte?

„Ja, ich habe damals einen Fehler gemacht. Ich hätte nie einwilligen dürfen. Aber es waren die Umstände, die mich dazu gezwungen haben. Das Leben anderer Menschen hing davon ab. Und so habe ich eingewilligt, Friederike zu heiraten."

„Haben Sie wenigstens die Leben der anderen Menschen gerettet?"

„Ich habe eine Person vor dem Tod bewahren können. Die andere ist leider trotzdem verstorben."

Er spürte, wie plötzlich eine Hand auf seiner Schulter ruhte. Er sah hin und erkannte, dass es Gordons Linke war. Der Musiker sah in voll Mitgefühl an.

„Das tut mir sehr leid. Und gleichzeitig haben Sie ein Menschenleben gerettet. Das ist viel wert. Kommen Sie, lassen Sie uns musizieren. Versuchen Sie, diese Gefühle, die da in Ihnen herumschwirren, die guten und die weniger guten, in Musik zu gießen. Und dann sehen wir einmal, was dabei herauskommt."

Hermann packte seine Klarinette aus und befestigte das Blatt. Er befeuchtete es mit Speichel, legte das Mundstück an und nachdem Gordon zwei Schläge vorgegeben hatte, setzten sie gemeinsam ein.

KAPITEL 14

Dornburg und München,
4. Juni 1923

Hilde setzte sich an die Töpferscheibe, legte den Tonklumpen in die Mitte, befeuchtet ihn mit Wasser und bewegte vorsichtig das Schwungrad. Die Scheibe nahm langsam an Fahrt auf. Der Tonklumpen bewegte sich nicht, denn sie wusste inzwischen, wie sie ihn mit ihren Handflächen fixieren und bearbeiten konnte. Sie hatte Übung darin. Und, was das allerschönste war: Sie hatte auch Freude daran. Der Formmeister hatte Ihnen den Auftrag gegeben, eine Blumenvase zu gestalten. Hilde hatte kurz die Augen geschlossen und sich überlegt, wie die Vasen aussahen, die sie aus dem Haus ihrer Mutter kannte. Es gab bauchige Varianten, in die man ganze Sträuße stellen konnte. Und dann gab es auch die schmalen Exemplare, in die nur eine Rose passte. Sie wollte etwas erschaffen, was irgendwo dazwischen lag und trotzdem einen künstlerischen Wert besaß. Hilde stellte sich vor, dass der Körper der Vase lang gezogen war und die Ränder oben ein wenig nach unten hingen, so wie die Blüten der Blume. Mit inzwischen geübten Händen formte sie den Tonklumpen zu einer lang gestreckten Struktur, die etwa zwanzig Zentimeter hoch war. Nun kam der schwierige Part. Sie fing oben an und drückte mit dem Daumen in die Innenseite des massiven Korpus. Das führte zunächst dazu, dass das Gebilde wieder an Höhe verlor, dafür aber innen ausgehöhlt wurde. Es gelang ihr schließlich, beinahe bis auf den Boden hinab zu arbeiten. Das Ergebnis glich jedoch eher einem Becher als einer Vase.

Sie hielt kurz inne und besah sich ihr bisheriges Werk. War das korrekt? Hatte sie es richtig angefangen? Oder wäre es besser gewesen, wenn sie zuerst etwas Bauchiges hergestellt hätte, das sie dann erst in einem zweiten Schritt in die Höhe hätte wachsen lassen? Sie beschloss, noch einmal von vorne zu beginnen, knetete den Tonklumpen wieder zusammen und benetzte ihn mit Wasser, weil er bereits ein wenig ausgetrocknet war.

Sie formte eine Kugel mit einer breiten Basis, in die sie nun mit beiden Daumen hineinfuhr. Dadurch erhielt sie eine bauchige Struktur, die schon die Form und die Größe aufwies, die ihr vorgeschwebt hatten. Das Problem lag nun darin, wie sie an diese Basis nun einen langen Stil und darauf Blütenblätter setzen sollte. Sie äugte zu Fanny hinüber. Die hatte sich für einen anderen Weg entschieden. Ihre Vase hatte eine schmale Basis und weitete sich nach oben immer mehr auf. Ob das einfacher zu gestalten war? Im Hinblick auf die Stabilität her war es vielleicht sogar ein wenig kniffliger als das, was Hilde vorhatte.

Sie beschloss, die nach wie vor etwas zu dicken Wände dazu zu nutzen, ihren bauchigen Klumpen wachsen zu lassen. Dadurch würde das Gebilde zwar instabiler werden. Aber nur so konnte sie Höhe erreichen. Sie griff mit den Daumen hinein und zog den

Rand der Vase etwas nach oben. Das bereute sie sofort, denn ihr Werkstück fing an, in ihren Händen hin und her zu tanzen und zu wackeln. So ein Mist.

„Was machen Sie denn da?", hörte sie eine Männerstimme sagen. Sie zuckte zusammen, ihr Fuß gab der Schwungscheibe einen Stoß und mit einem Mal beschleunigte sich die Scheibe so schnell, dass die Basis von der Fliehkraft erfasst wurde und ihren Fingern entwischte. Sie sah ihr Werkstück davon fliegen, direkt auf die Gestalt zu, die vor ihr stand und sie mit zusammengekniffenen Augen ansah. Der Formmeister trat gerade noch einen Schritt zur Seite, ehe der Tonklumpen neben ihm auf den Boden klatschte.

„Entschuldigung", murmelte Hilde. Aus den Augenwinkeln sah sie, dass Max breit grinste.

„Vom Töpfern verstehen sie nun mal rein gar nichts, oder?", fragte Marcks.

Hilde spürte, wie ihr die Röte ins Gesicht stieg. „Nun, ich bin ja hier, um das Töpfern zu erlernen."

„Ach so, Sie geben mir die Schuld daran, dass Ihnen dieses Werkstück misslungen ist?"

Hilde kniff die Augen zusammen. „Nein, warum sollte ich Ihnen denn die Schuld geben? Das ist schon mir misslungen."

„Nun, ich habe aus Ihren Worten einen Vorwurf herausgehört. Dass nämlich ich als ihr Lehrer doch dafür sorgen sollte, dass Sie das Töpfern lernen. Aber ich bin der Formmeister. Ich zeige Ihnen nichts. Ich bin für die künstlerische Ausbildung zuständig und lasse Sie einfach machen. Haben Sie eine Ahnung, warum ich das tue?"

Hilde schüttelte den Kopf.

„Weil ich so am schnellsten sehe, wie sich die Spreu vom Weizen trennt. Nehmen Sie mal ihren Sitznachbarn hier. Er ist nun im vierten Lehrsemester. Er kam ohne jegliche Vorerfahrung und sehen Sie mal, wie wunderbar gleichmäßig seine Werkstücke geraten sind."

Hilde brachte es über sich, zu Max hinüber zu sehen, der vor Freude strahlte. Das Lob des Meisters lief ihm hinunter wie Honig.

„Er hat sich nie so angestellt wie Sie. Vielleicht liegt es aber auch daran, dass Sie zu viel wollen. Ich habe Ihnen die Aufgabe gegeben, eine Vase zu formen. Gestalten Sie diese Vase nach Ihren Möglichkeiten. Sie müssen noch lernen, dass Form und Kunst eins werden müssen. Dass aber, um die Kunst in die Form fließen zu lassen, viel handwerkliches Geschick notwendig ist. Und das lernen Sie jetzt. Gestalten Sie eine einfache Vase, lassen Sie allen Schmuck, allen Krimskrams weg. Und erst wenn Sie das geschafft haben, denken Sie an die Kunst."

Marcks drehte sich um und ging wieder zu seiner Töpferscheibe zurück. Hilde sah nicht mehr zu Max hin, der sie wahrscheinlich höhnisch angrinste. Sie wandte sich stattdessen Fanny zu. Ihre Freundin nickte ihr zu und sie sah, dass sie mit den Lippen die Worte formte: „Das wird schon. Mach einfach weiter."

Seufzend griff Hilde nach einem neuen Stück Ton und legte es auf die Drehscheibe.

***

„Der Dollar steht nun bei 77.000 Mark", sagte Krötzinger. „Die letzten Stabilisierungsversuche der Regierung sind leider misslungen. Wir müssen uns darauf einstellen, dass die Teuerung weiter zunimmt. Die Reichsbank hat damit begonnen, Scheine mit höheren Werten zu drucken. Ich hoffe, dass die Verteilung gut funktioniert. Sonst haben wir es bald wieder mit protestierenden Kunden zu tun, wenn die ihr Bargeld nicht bekommen."

Hermann erinnerte sich nur zu gut an die Unruhen, die es direkt nach der Revolution gegeben hatte. Einmal hatte der Mob die Schalterhalle der Bank gestürmt und nur dem Eingreifen von Paul Ludwig, dem verstorbenen Vater seines Neffen Paulchen war es gelungen, zu verhindern, dass die Proteste in Gewalt ausarteten. So etwas hatte er nie wieder erleben wollen, aber so, wie es nun aussah, war es nicht unrealistisch, dass ihnen etwas Ähnliches erneut bevorstand.

„Was denken Sie, Herr Krötzinger? Wie wird es weitergehen?"

Der stellvertretende Vorstand zuckte mit den Achseln. „Ich bin kein Orakel. In Vorhersagen war ich nie gut und ich maße mir nicht an, etwas über die Zukunft aussagen zu können. Aber ich sehe die Entwicklung mit Sorge. Ich befürchte, dass dem Streik im Rheinland irgendwann die Luft ausgehen wird. Und dass dann alle Mühen, diesen aufrechtzuerhalten, umsonst gewesen sein werden. Da wurde viel Geld verbrannt. Noch scheint die Regierung den Kurs zu halten und die Inflation als Waffe zu nutzen. Aber ich glaube, das ist ein Irrweg. Ich glaube, dass es irgendwann zu einer Währungsreform kommen muss. Wir müssen zurück zum

Goldstandard. Die Regierung kann nicht einfach Geld drucken, wie es ihr beliebt. Wir brauchen Verlässlichkeit. Auch für unsere ausländischen Partner."

Hermann nickte. „Wie sieht es aus auf dem Devisenmarkt?"

Krötzinger runzelte die Stirn. „Eben das gerade angesprochene Vertrauen ist das Problem. Die meisten unserer Geschäftspartner geben nicht mehr viel auf unsere Kreditwürdigkeit. Es wird immer schwieriger, Devisen aufzutreiben. Und die Regierung erlaubt den Umtausch von Reichsmark ausschließlich, wenn damit Waren bezahlt werden. Wenn wir Dollar auftreiben wollen, müssen wir Gold dafür bieten."

„Was denken Sie, wäre es sinnvoll, jetzt in Immobilien zu investieren? Ich bin ja weiterhin ein Laie auf diesem Gebiet. Aber wenn das Geld massiv entwertet wird, könnte man doch in ein paar Wochen die Schulden wieder zurückzahlen und möglicherweise sogar einen Gewinn damit machen."

Auf Krötzingers Lippen erschien ein Schmunzeln. „Sie mögen nicht viel mit Ihrem Großvater gemeinsam haben, was –wenn Sie mir die Bemerkung erlauben– ein Segen ist, aber seinen Sinn fürs Geschäft haben Sie geerbt. Ja, ich hätte Ihnen das ebenfalls schon vorgeschlagen, aber ich hatte befürchtet, dass Sie größere Skrupel hegen könnten. Schließlich bereichern wir uns an der Not anderer Menschen."

„Wir arbeiten im Bankwesen. Natürlich bereichern wir uns an der Not anderer Menschen. Das ist doch unser Geschäftsmodell."

Krötzinger schüttelte den Kopf. „Aber normalerweise sind wir darum bemüht, gerecht zu handeln und niemanden zu übervorteilen. Diese Finanzkrise gibt uns jedoch die Möglichkeit, unsere Geschäftspartner über den Tisch zu ziehen. Das kann dazu führen, dass wir am Schluss sehr gut dastehen, insbesondere, wenn wir Immobilien kaufen können, die wir dann in ein paar Wochen oder vielleicht Monaten, wenn die Währung weiter an Wert verloren hat, zu einem Bruchteil dessen abbezahlen können, wofür wir sie gekauft haben. Aber Sie müssen damit rechnen, dass Sie dann auf der Abschussliste der Kommunisten stehen. Sollte es irgendwann doch einmal zu Enteignungen kommen, wird es unsere Bank als erste treffen."

„Damit könnte ich leben", erwiderte Hermann. „Aber Sie haben schon recht. Wir würden unsere Geschäftspartner übervorteilen. Und ob ich wirklich bereit bin, diesen Schritt zu gehen, weiß ich noch nicht. Wie lange kann ich mir das überlegen?"

„Allzu viel Zeit haben Sie nicht mehr. Alternativ können wir wie gesagt Gold horten. Aber auch der Edelmetallpreis steigt. Bislang ist die Bank nicht in Gefahr. Aber es könnte dazu kommen. Und wenn wir dann einen ausgedehnten Immobilienbesitz hätten, wäre das von Vorteil. Überlegen Sie es sich."

Es klopfte an der Tür. Krötzinger verabschiedete sich, und als er hinausging, machte er einer Gestalt Platz, die sich an ihm vorbei drängte

Hermann unterdrückt ein Stöhnen. Es war Friederike.

„Was führt dich zu mir?", fragte er. „Du hast doch sonst wenig Interesse an meinen Geschäften."

Sie nahm auf dem Stuhl Platz, auf dem eben Krötzinger gesessen hatte und sah ihn herausfordernd an.

„Es geht um Geld. Ich will, dass du morgen einen Vertreter einer Partei empfängst, die ich unterstütze. Und ich will, dass du ihm entgegenkommst. Es geht um ein größeres Kreditvorhaben."

„Wie jetzt? Eine Partei, die du unterstützt? Oder eine Partei, die dein Herr Vater unterstützt? Lass es mich klar ausdrücken: Reden wir über die DNVP?"

„Nein, das ist eine Partei, der mein Vater nahesteht. Und das ist auch gut so. Es ist eine in der Tradition verwurzelte Vereinigung, die für das deutsche Volk und seine seit tausend Jahren verbrieften Rechte kämpft. Aber ich stelle meine Kräfte in den Dienst einer neueren, frischeren Bewegung. Du wirst schon sehen, der Mann, der morgen zu dir kommt, mag nicht viel hermachen. Aber die Partei, für die er steht, wird Deutschlands Zukunft, Deutschlands Rettung sein. Und wenn du dich spendabel zeigst, ist die Zukunft unserer Bank gesichert."

„Es ist meine Bank. Und meine Zukunft. Und ich entscheide, wen ich finanziere."

Friederike nickte. „Ich will auch nicht mehr, als dass du ihn anhörst. Und dann entscheide. Aber entscheide weise. Und denke an unsere Vereinbarung." Sie erhob sich und verließ das Büro ohne einen Abschiedsgruß. Hermann sah ihr hinterher. Mit einem Mal spürte er wieder dieses Verlangen, sich ein Glas Cognac einzuschenken.

Kapitel 15

Dornburg und München,
5. Juni 1923

Hilde stieß einen Fluch aus und klatschte mit der Handfläche auf das Werkstück. Die windschiefe Vase, die sich eben noch etwa zwei Handbreit aufgetürmt hatte, war plötzlich so platt wie ein Pfannkuchen. Sie schnaubte. Warum wollte es ihr nicht gelingen? Ihre Prototypen waren nicht stabil. Sie kratzte den Ton zusammen, befeuchtet ihn mit Wasser und wollte wieder von vorne beginnen. Doch es fiel ihr schwer, die Struktur des Materials zu erkennen. Sie hob den Kopf und sah, dass es bereits dämmerte. Fanny hatte sich bereits vor einer halben Stunde verabschiedet und die anderen Lehrlinge waren alle gegangen. Sie saß alleine in der Werkstatt. Und nun wurde es langsam dunkel. Sie erhob sich, und als sie sich streckte, fuhr ihr ein Schmerz in den Rücken. Das war kein Wunder, schließlich hatte sie stundenlang auf ihrem Stuhl gesessen und versucht, etwas Brauchbares zu fabrizieren. Etwas, das der Formmeister nicht niedermachte oder verlachte. Und etwas, über das sich Max nicht amüsierte, dieser arrogante Schnösel.

Sie ging zu dem Lichtschalter am anderen Ende der Halle und betätigte ihn. Leider waren nur wenige Glühbirnen installiert worden. Das Bauhaus musste sparen und neben der mangelhaften Beleuchtung war auch das Fehlen jeglicher Heizung ein Problem.

Am wärmsten war es tatsächlich in der Nähe des Brennofens, aber dieser wurde nicht immer genutzt. Das war nun im Frühsommer nicht allzu schlimm, aber Hilde hatte von ihren Mitstudenten gehört, dass es im Winter sehr kalt werden konnte. Dann war das Töpfern sicher kein Spaß. Ob es Zeiten gab, in denen das Wasser am Werkstück festfror? Sie ging zurück zu ihrem Stuhl, nahm Platz, benetzte den Ton noch einmal und setzte die Töpferscheibe in Bewegung. Sie wiederholte die Schritte, die sie bereits beherrschte. So brachte sie zunächst das Werkstück in eine runde Form, grub die Daumen hinein, um es innen auszuhöhlen, und hob dann die Wände ein wenig an. Als sie schließlich an den Punkt kam, über den sie bislang nie hinausgekommen war, hielt sie kurz inne. Sie besah sich ihr Werk. Es glich nun einer Tasse. Etwa eine Handbreit hoch und mit einer ordentlichen Wanddicke. Ihr Problem war nun, dass diese abnahm, wenn sie das Werkstück in die Höhe wachsen ließ. Und sie musste es nach oben ziehen, weil die Blumen ansonsten umkippen und aus dem Gefäß fallen würden. Eben wollte sie ansetzen, als sie doch wieder innehielt. War ihre Sorge berechtigt? Würde keine Blume in einer Vase dieser Größe halten?

Sie musste an den Vorabend denken. Da war sie früher gegangen, frustriert vom Tadel des Meisters. Sie war nach Hause gekommen und auf Paulchen getroffen, der sie angefleht hatte, mit ihr einen Spaziergang zu machen. Und so war sie nach dem Abendessen mit ihrem Sohn über die Wiesen außerhalb des Dorfes spaziert. Vor einer Woche war der Löwenzahn noch in voller Blüte gestanden. Nun waren daraus Pusteblumen geworden und Paulchen hatte eine Riesenfreude daran gehabt, die Blumen auszureißen, die Schirmchen davon zu pusten und ihnen nachzusehen, wenn sie wegflogen. Und dann dämmerte es ihr. Natürlich. Es musste auch Vasen für kleine Blumen geben. Sie schlug sich gegen den Kopf. Es war wie immer. Sie dachte in zu großen Dimensionen. Sie hatte davon geträumt, eine langstielige Rose hinein zu stecken. Aber vielleicht sollte sie zuerst einmal mit einem Löwenzahn beginnen. Oder gar mit einem Gänseblümchen. Sie besah sich ihr Werkstück von allen Seiten. Es war eine Handbreit hoch. Sie benetzte es mit Wasser und setzte die Scheibe wieder in Bewegung, dann drückte sie die Vase mit beiden Händen etwas zusammen, wodurch diese etwas an Höhe gewann, ohne dass jedoch die Wände wesentlich dünner wurden. Schon nach wenigen Umdrehungen hielt sie wieder inne. Mit einem kleinen Haken zog sie Unebenheiten ab und ritzte den Initialen H in den Boden. Dann trug sie die Vase vorsichtig zu dem Rost, auf dem die Fabrikate ihrer Mitstudentinnen lagen und darauf warteten, gebrannt zu werden. Sie spürte, wie ihr Herz ein wenig schneller schlug, als sie es abstellte. Das war tatsächlich das erste Werk, das sie vollendet hatte. Und sie spürte, dass sie zufrieden damit war. Es war kein Kunstwerk, aber sie hatte den Auftrag des Meisters erfüllt. Es war eine Vase. Man konnte Blumen hinein stellen. Er hatte nicht gesagt, wie groß die Blumen sein sollten. Sie ging zu dem Waschbecken am Ende der Halle und wusch sich die Hände. Dann drehte sie das Licht ab und verließ die Werkstatt. Die Sonne war inzwischen untergegangen und sie sah einen Sichelmond am Himmel stehen, der durch Schleierwolken ihren Weg beleuchtete. Als sie die Wohnungstür erreichte, schlug die Kirchenglocke gerade neun Uhr. Sie erwartete, dass Paulchen auf sie zustürmen würde, sich in ihre Arme werfen würde, sie herzen und küssen würde, sie bitten würde, ihm eine Gutenachtgeschichte vorzulesen oder ihm ein Lied zu singen. Doch nichts geschah. Sie trat in die Stube. Frau Gerwig saß dort und war mit einer Strickarbeit beschäftigt. Das sollte wohl ein Socken werden.

„Was ist mit Paul?", fragte Hilde.

„Der schläft schon seit einer Stunde. Er hat lange geweint, weil er Sie noch sehen wollte, aber dann war er so müde, dass er doch eingeschlafen ist."

Hilde spürte, wie eine Woge des schlechten Gewissens und der Trauer die Hochstimmung vertrieb. Ihren kleinen Triumph, eine Vase für Löwenzähne hergestellt zu haben, hatte sie damit erkauft, dass ihr Sohn sich in den Schlaf geweint hatte. Was war sie doch für eine Rabenmutter!

„Das Abendessen steht in der Küche", sagte Frau Gerwig.

Hilde schüttelte den Kopf. „Ich habe keinen Hunger", sagte sie, ging in ihr Zimmer und ließ sich auf ihr Bett fallen.

***

Hermann saß an seinem Schreibtisch und las ein Dossier, das Krötzinger ihm hingelegt hatte. Er fühlte sich frisch und belebt. Das lag wohl daran, dass er am Vorabend wieder mit Gordon geübt hatte. Es tat so gut, mit dem jungen Musiker zusammen zu sein und Musik zu machen. Und dabei spielten sie nur die Hälfte der Zeit. Oft unterhielten sie sich zuerst. Hermann hatte viel über die Jugend des jungen Schwarzen erfahren, der aus New Orleans stammte und wegen der besseren Arbeitsbedingungen nach Chicago gezogen war, wo er die Musik, die ihn seit Kinderzeiten begleitet hatte, mit Gleichgesinnten weiterentwickelte. Auch Hermann hatte von seiner Kindheit erzählt. Vom frühen Tod seines Vaters, davon, wie er bei seinem Großvater aufgewachsen war. Er hatte sogar davon berichtet, wie er dafür gesorgt hatte, dass dieser ins Gefängnis gekommen war, als er einen Mord in Auftrag gegeben hatte. Er hatte von seiner Mutter erzählt. Von Hilde. Von Friederike. Und von Erika und als sie danach gespielt hatten, war die Musik rein und fröhlich gewesen, so wie sein Töchterchen. Der Gedanke ließ ihn lächeln. Er sah auf das Foto, das auf seinem Schreibtisch stand. Es war ein Bild von Erika. Im Original hatte seine Tochter auf Friederikes Schoß gesessen, aber Hermann hatte den Fotografen gebeten, Erikas Gesicht zu vergrößern und den Rest abzuschneiden. Zwar erkannte man noch stellenweise das Kleid, das Friederike getragen hatte, aber das wichtigste war das lächelnde, strahlende, glückliche Kleinkindgesicht.

Es klopfte an der Tür. Der Bankdiener trat herein. „Ein Herr Rudolf Heß möchte Sie sprechen", sagte er.

Hermann runzelte die Stirn. „Heß? Hat er einen Termin?"

„Er sagt, Ihre Frau habe ihn angemeldet."

Hermann spürte, wie das Glücksgefühl, das ihn beim Anblick seiner Tochter und bei der Erinnerung an das gemeinsame Musizieren mit Gordon erfüllt hatte, in den Hintergrund rückte. Er erinnerte sich, dass Friederike ihm angekündigt hatte, dass sich ein Mann bei ihr melden würde. Ein Vertreter einer Partei, für die sie sich seit Kurzem begeisterte.

„Führen Sie ihn herein", sagte Hermann. Der Diener verschwand und gleich darauf trat ein Mann um die 30 ein, der einen schlecht sitzenden Anzug trug. Er hatte einen kantigen Kopf. Sein Kinn war glattrasiert, zwei getrocknete Blutflecken zeigten jedoch an, dass er sich geschnitten haben musste. Die blassen, blauen Augen wurden von buschigen Brauen beschattet.

Hermann erhob sich und streckte dem Mann die Hand entgegen, die diese zunächst musterte und dann kraftlos schüttelte.

„Guten Tag, Herr Heß", sagte Hermann. „Meine Frau hat mir Ihr Kommen angekündigt."

Heß nickte. „Ja. Ihre Frau ist eine treue Anhängerin unserer Bewegung."

„Meine Frau hat mir noch nicht allzu viel über Ihre Partei berichtet. Mögen Sie mir ein wenig erzählen, wofür sie steht?"

Heß lehnte sich zurück und musterte Hermann mit einem scharfen Blick an. Er legte den Kopf schief und zog die riesigen Augenbrauen nach oben. „Ich kann mir nicht vorstellen, dass Sie von unserer Bewegung noch nicht gehört haben. Aber nun, so sei es denn. Ich bin als Vertreter der Nationalsozialistischen Deutschen Arbeiterpartei zu Ihnen gekommen. Unser Führer Adolf Hitler hat mich damit beauftragt, Sie um ein Darlehen zu ersuchen. Ich habe mich daraufhin an Ihre Frau gewandt, da ich wusste, dass sie zum einen wie gesagt eine treue Anhängerin unserer Bewegung, zum anderen aber mit einem der einflussreichsten Privatbankiers der Stadt verheiratet ist. Wir benötigen ein Darlehen. Vor wenigen Tagen dachten wir an 100 Millionen Mark. Inzwischen wären es 200. Man muss die Teuerung mitberechnen."

Hermann lehnte sich zurück. Hitler. Das hätte er sich nach Friederikes begeisterten Auslassungen über den Mann doch denken können. Natürlich hatte er von dem Mann schon gehört. Er und seine nationalsozialistische Partei beherrschten die Schlagzeilen in den Blättern. Hermann wusste nicht viel über die Partei, aber dass Hitler alles Jüdische verabscheute und alles Germanische vergötterte, machte ihn zu einem Bruder Friederikes im Geiste.

„200 Millionen Mark sind viel Geld", sagte er.

Heß schürzte die Lippen. „Aber das Geld ist gut angelegt. Wir sind eine aufstrebende Partei. Und wir haben Großes vor. Unsere Gegner werfen uns vor, dass wir nur marktschreierische Parolen hätten, dass wir nichts Handgreifliches zu bieten hätten, dass wir ohnehin nie die Macht ergreifen würden. Aber glauben Sie mir, ehe das Jahr endet, wird sich die NSDAP in einer Machtposition befinden. Und dann werden Sie froh sein, auf der richtigen Seite gestanden zu haben."

„Sie mögen mir verzeihen, dass ich, wenn es um Bankgeschäfte geht, den konservativen Charakter meines Bankhauses nicht ganz vergessen kann. Wir rechnen gerne mit Sicherheiten. Was Sie mir in Aussicht stellen, sind vage Möglichkeiten. Wenn Sie an die Herrschaft gelangen sollten, wäre es natürlich sehr positiv gewesen, wenn ich Sie finanziert hätte. Aber damit kann ich nicht rechnen. Es ist, wie wenn ein Handwerker zu mir käme, der mir sagt, dass er ein System gefunden habe, wie er die Lotterie knacken kann und mir in Aussicht stellt, mit dem Gewinn sein Darlehen zurückzuzahlen. Ich brauche mehr. Ich brauche Sicherheiten. Haben Sie die vorzuweisen?"

Heß runzelte die Stirn, wodurch seine Augenbrauen einen einzigen breiten Balken bildeten. „Ihr Vergleich hinkt. Ein Lotteriegewinn ist reine Glückssache. Die Übernahme der Macht durch unsere Bewegung ist dagegen Schicksal. Sie wird eintreten, ob früher oder später, es ist nur eine Frage des wann, nicht des ob."

„Das bedeutet, dass Sie mir jetzt keine Sicherheiten bieten können?"

Heß beugte sich nach vorne. „Unsere Sicherheit ist unser Führer Adolf Hitler. Ich mache Ihnen einen Vorschlag. Er spricht morgen im Zirkus Krone. Gehen Sie hin. Erleben Sie ihn und dann komme ich noch einmal zu Ihnen. Ich kann mir nicht vorstellen, dass Sie uns den Kredit dann verweigern werden." Er erhob sich, nickte Hermann zu und ging hinaus. Hermann sah ihm nach und schüttelte den Kopf. „Wir leben schon in seltsamen Zeiten", murmelte er.

KAPITEL 16

Dornburg und München,
20. Juni 1923

Hilde hielt den Atem an. Die beiden ältesten Mitstudenten standen vor dem Brennofen. Sie trugen Handschuhe und Schürzen, wohl um das Risiko zu verringern, sich zu verbrennen, auch wenn der Ofen bereits lange abgekühlt war. Max öffnete die Tür und schob vorsichtig das erste Tablett heraus, das Gerd entgegennahm und auf den Werktisch neben dem Ofen stellte. Hilde sah sofort, dass ihr Werkstück nicht dabei war. Sie musste sich noch gedulden. Doch es sollte nicht lange dauern. Max holte die zweite Fuhre heraus. Ihre Vase stand mitten unter den anderen wie eine bereits leicht baufällige Scheune zwischen hochherrschaftlichen Häusern, die ihre Kommilitonen aus dem Ton geformt hatten. Hilde hatte das Gefühl, am liebsten im Boden versinken zu wollen. Selbst Fannys Vase, die zweitniedrigste, war gut eine Handbreit höher als ihre. Und sie sah um so vieles besser aus.

„Sehen Sie es positiv", hörte sie eine Stimme sagen und sie schloss kurz die Augen, um mit dem Gefühl der Demütigung zurechtzukommen, das durch sie wusch. „Immerhin ist Ihr Werkstück dieses Mal nicht in sich zusammengesunken. In diese Vase könnten Sie ein paar Blumen stellen. Sofern Sie sie hoch an der Blüte abschneiden. Oder Sie nehmen es als Trinkgefäß. Es ist ein Schritt in die richtige Richtung."

Sie sah Krehan, den Werkmeister, an, der ihr kurz und knapp zunickte. Das sollte wohl ein Lob gewesen sein. Aber warum fühlte es sich dann wie eine herbe Niederlage an? Natürlich, es war ein Fortschritt. In den letzten Wochen hatte sie so viele Werkstücke fabriziert, die in sich zusammengefallen waren, dass sie schon daran gezweifelt hatte, dass sie jemals etwas zustande bringen würde, das es wert war, in den Ofen geschoben zu werden. Und wahrscheinlich hatte der Werkmeister diese Zweifel auch gehegt. Doch in den letzten Tagen hatte sie zunehmend Freude an der Arbeit gefunden. Sie war sich bewusst, dass sie weit unter dem Niveau ihrer Mitstudentinnen lag, aber dass sie Fortschritte machte. Das hatte Krehan anerkannt. Und trotzdem fühlte sie keine Freude. Stattdessen brannte die Scham, als sie sah, wie Max seine filigrane Vase in die Hand nahm und sie von allen Seiten begutachtete. Er hatte verschiedenfarbige Tone eingearbeitet, sodass sich in dem Material nun ein Muster zeigte. Von so etwas war Hilde weit entfernt.

„Jetzt schau Max nicht so mit diesem Blick an, als ob du ihn gleich ermorden wollen würdest", raunte Fanny ihr zu. Hilde schluckte und sah schuldbewusst weg. „Er ist uns zwei Jahre voraus. Und ich vermute einmal, dass seine Werkstücke damals noch nicht so ausgesehen haben wie heute. Das ist doch der Sinn eines Studiums und einer Ausbildung. Man lernt. Man wird besser."

Hilde nickte. Fanny hatte recht. Ihrem Verstand war das klar, aber es änderte nichts an dem Gefühl der Scham, das nach wie vor heiß in ihr brannte. Sie ging zu dem Tablett und nahm die Vase vom Tischchen. Sie hatte sie glasiert, ehe sie sie in den Ofen geschoben hatte, und nun packte sie sie in Papier ein, um sie später mit nach Hause zu nehmen und ihrem Sohn zu schenken. Die anderen Studenten kümmerten sich ebenfalls um ihre Werkstücke. Hilde hatte das Bedürfnis, etwas frische Luft zu schnappen, und ging hinaus ins Freie. Draußen vor dem Marstallgebäude war eine Bank, die die rauchenden Studenten gerne nutzten, um eine kleine Pause mit ihrem Pfeifen zu machen. Selbst wenn dort kein Raucher saß, roch es doch stark nach Tabak, aber das war Hilde gleichgültig. Sie setzte sich auf die Bank und sah zu Boden. Ein Seufzen entrang sich ihrer Kehle.

„Nun, das kam aber aus tiefstem Herzen", hörte sie eine Stimme sagen. Sie wandte sich um. Es war Marcks, der Formmeister. Auch das noch.

„Ja, ich habe gerade mein erstes Werkstück aus dem Ofen genommen", erwiderte sie.

„Darf ich es sehen?", fragte er.

Hilde zögerte zuerst. Im Gegensatz zum Werkmeister, der wenigstens lobende Worte für die Stabilität ihrer Fabrikation gefunden hatte, würde der Formmeister ganz sicher nichts Positives daran finden. Er lächelte ihr aber ungewohnt freundlich zu und so gab sie sich einen Ruck und wickelte die Vase aus.

„Ist das ein Trinkgefäß?", fragte er.

Seine Worte waren wie eine Ohrfeige. „Nein, die Vase, die Sie uns als Aufgabe gegeben hatten. Aber eben eine Vase für sehr kleine Blumen. Gänseblümchen oder Löwenzahn."

Der Formmeister nickte. „Nun, dafür erfüllt sie ihren Zweck, das ist Ihnen gut gelungen."

„Ich finde das nicht. Wenn ich mir anschaue, was die anderen fabriziert haben, bin ich weit davon entfernt."

„Ist Ihnen wirklich so wichtig, was die anderen herstellen? Was war Ihre Vision, als Sie diese Vase geformt haben?"

„Ich wollte, dass Sie in den Himmel wächst. Ich wollte ein bauchiges Gefäß, das sich nach oben verjüngt, das genügend Wasser hält, um die Blume lang am Leben zu halten, das aber trotzdem schön aussieht."

Der Formmeister nickte. „Sie wollten Funktion und Kunst verbinden. Und genau das ist unser Ziel. Ihre Vision hört sich tatsächlich gut an. Was Ihnen noch fehlt, ist nicht die Vorstellungskraft. Es sind die handwerklichen Fertigkeiten. Und die können Sie lernen. Der Werkmeister hat ein gutes Auge dafür, ob eine Studentin Talent hat. Er sieht etwas in Ihnen und versucht mich davon überzeugen, Ihnen ebenfalls etwas zuzutrauen. Und in dieser Vase erkenne ich vielversprechende Ansätze. Sie werden das schaffen. Und ich bin mir sicher, dass Sie irgendwann einmal mit einem Ihrer Werkstücke zufrieden sein werden. Vergleichen Sie sich nicht mit anderen. Sie sind der Maßstab, Sie beurteilen, was gut ist. Nicht die anderen Studenten, nicht der Werkmeister und auch nicht ich." Er nickte Hilde zu und ging davon. Sie sah ihm nachdenklich nach. Dann wickelte sie die Vase wieder in das Papier. Mit einem Mal war ihr gar nicht mehr so schwer ums Herz.

***

Hermann trat durch das große, mit Schnörkeln verzierte und von Hunderten von Glühbirnen beleuchtete Eingangstor, über dem die Worte *Zirkus Krone*, prangten. Es war eine eigentümliche Mischung aus Theater und Zirkusmanege, geschaffen als Winterquartier für den größten deutschen Zirkus, das jedoch zu Zeiten, wenn das Unternehmen mit dem Zelt durch die Lande tingelte, für Großveranstaltungen gebucht werden konnte. Alles in Hermann sträubte sich dagegen, den Zirkus zu betreten. Die vielen Menschen, die Lautstärke, die Gerüche. Und dann dieser Hitler, dessen Rede das Kernstück der heutigen Veranstaltung darstellen sollte. Das war ein Schwätzer schlimmster Sorte, einer, der das Maul aufriss, um seine Jünger damit zu beeindrucken, die an seinen Lippen hingen wie Morphinisten am Opium. Er schätzte, dass sich in dem Rund etwa 5000 Menschen versammelt hatten.

Hermann sah sich um und entdeckte Friederike, die in einer Loge stand und ihm zuwinkte. Sein Widerwillen wurde noch größer. Mit einem Mal kam ihm die Aussicht, mit seiner Frau statt dieser Veranstaltung eine Wagneroper zu besuchen, gar nicht mehr so schlimm vor. Da konnte er wenigstens schlafen und Friederike würde danach nicht seine Meinung über das Gehörte erfragen. Er stieg die Stufen hinauf und betrat die Loge.

„Ich hätte nicht gedacht, dass du kommst", sagte seine Frau, während er ihr zur Begrüßung einen Kuss etwa einen Daumen breit über dem Handrücken andeutete.

Hermann seufzte. „Ich hatte ja wohl keine andere Wahl. Dieses Mal geht es nicht nur um einen Opernbesuch. Ich muss eine Entscheidung über eine Kreditvergabe treffen und dafür brauche ich eine Grundlage."

„Du wirst es nicht bereuen. Hitler wird heute sprechen. Und ich verspreche dir nicht zu viel, wenn ich dir ein Erweckungserlebnis ankündige."

Das bezweifelte Hermann doch stark. Er war nie ein tief religiöser Mensch gewesen. Seinen kindlichen Glauben hatte er an der Front verloren. Als er all das Leiden, den Tod und Verwüstung gesehen hatte, hatte er nicht mehr darauf vertrauen können, dass es einen gnädigen Gott gab, der für die Menschen nur das Beste wollte. Und deshalb konnte er sich auch nicht vorstellen, dass er nun ausgerechnet von einem Österreicher mit einem seltsamen Schnurrbart erweckt werden sollte.

Die Blasmusik spielte das Deutschlandlied und die Menge erhob sich, um die ersten beiden Strophen zu singen. Hermann tat es ihnen nach. Dagegen hatte er nichts einzuwenden. Es war ihm sogar willkommen, denn der Gesang beendete die Unterhaltung mit Friederike.

Ein untersetzter, mittelgroßer Mann, auf dessen hoher Stirn dicke Schweißperlen im Scheinwerferlicht leuchteten, trat auf die Bühne. Er begrüßte die Anwesenden und hielt eine etwa halbstündige, erstaunlich langweilige Rede, in der er zunächst die Handhabung der Krise im Ruhrgebiet durch die Regierung brandmarkte und sich dann in Beschimpfungen gegen Kommunisten und später vor allem gegen Juden verlor. Als er schließlich zum Ende kam, hallte nur ein leiser Applaus durch das Rund.

„Wer war das?", fragte er Friederike.

„Das war Strasser, der Leiter der Brigade Landshut. Leider ist der kein besonders begnadeter Redner ganz im Gegensatz zum Parteivorsitzenden."

Die Blaskapelle spielte wieder, dieses Mal die Wacht am Rhein und dann betrat Hitler die Bühne. Zu Hermanns Erstaunen wirkte der Mann, den manche Zeitungen als die größte politische Sensation im Reich bezeichneten, klein und schmächtig. Er ging ein wenig gebückt und betrat die Bühne beinahe zögerlich. Dann stellte er sich ins Scheinwerferlicht, richtete sich auf und reckte seine Schulter nach hinten. Er sah sich um und begann zu sprechen.

Zunächst beklagte er die Situation im Ruhrgebiet, die Reparationen, die von den Alliierten gefordert wurden. Und dann verdammte er den Generalstreik. Es war erstaunlich. Hermann hatte vermutet, dass gerade Hitler sich dafür aussprechen würde, mit allen Mitteln gegen die Franzosen zu kämpfen. Aber der Redner führte nun aus, dass das der falsche Weg sei. Dass man daraufhin arbeiten müsse, dass Deutschland wieder gleichberechtigt sein werde im Konzert der Mächte und seinen angestammten Platz einnehme. Und dass es dazu notwendig sei, die Armee wieder aufzubauen. Er wisse, wovon er rede, schließlich habe er selbst als Gefreiter an der Front gedient und sei verwundet worden. Und nun erlebte Hermann tatsächlich so etwas wie eine Erweckung. Hitlers Rede nahm Fahrt auf. Als er von seinen persönlichen Erfahrungen im Krieg sprach, den sterbenden Kameraden, seiner eigenen Verwundung, brach seine Stimme beinahe. Gegen seinen Willen fühlte Hermann plötzlich, dass er mitschwang, dass er diesen Zug an dem Mann sympathisch fand. Immer mehr steigerte sich Hitler hinein, wetterte nun gegen alle Feinde, die es auf das Deutsche Reich abgesehen hatten. Die Franzosen, die Briten, die Amerikaner aber vor allem die Juden. Er schrie, tobte, reckte die Faust in die Luft und die Menge hing gebannt an seinen Lippen. Immer wieder waren Rufe der Zustimmung zu hören und der Applaus, der aufbrandete, wenn Hitler eine Pause einlegte, rollte durch die Arena wie ein Donnergrollen. Der Mann hatte ein unglaubliches Redetalent. Da hatte Friederike sicher recht. Hermann spürte, dass es ihm schwerfiel, sich dem Bann zu entziehen, der von Hitlers Worten ausging. Er wusste, dass die Hetze gegen die anderen Parteien und die Selbstdarstellung des Führers als eines reinen, bedürfnislosen Heiligen maßlos übertrieben waren. Er hatte Freunde jüdischen Glaubens und diese waren ganz bestimmt keine finsteren Verschwörer, die das Reich zugrunde richten wollten. Aber Hitler sprach nicht den Verstand an, sondern das Gefühl.

„Es geht nicht ums Denken. Es geht ums Fühlen." Hermann durchfuhr es wie ein Blitz. Die Worte hatte nicht Hitler gesprochen, sie stammten von Gordon, er hatte sie während ihrer letzten Probe geäußert. Wie recht er damit doch gehabt hatte. Gordon. Als schwarzer Amerikaner war er einer der Menschen, die, wie der Redner vor Hitler es ausgedrückt hatte, als er über die im Ruhrgebiet stationierten Soldaten aus den französischen Kolonien gesprochen hatte ‚zu dem Pack gehörten, das man erschießen und zurück nach Afrika prügeln sollte.' Und an diesem Punkt gelang es Hermann, sich aus dem Sog zu befreien. Angewidert verzog er das Gesicht. Er sah den Mann an, der auf der Bühne geiferte und schrie. Hypnotisierte er die Menge? Sie folgten ihm. Er war ihr Führer. Und sie das willige Schlachtvieh. Als die Rede nach über zwei Stunden endlich zu Ende war, brandete rasender Applaus auf. Hermann war übel. Er wandte sich Friederike zu, deren Wangen glühten.

„Und", fragte sie. „Habe ich dir zu viel versprochen?"
„Nein, es ist viel schlimmer, als ich befürchtet habe."

KAPITEL 17

*Dornburg und München,
21. Juni 1923*

„Da, da Dänseblümsen", rief Paulchen und löste sich von Hildes Hand, um in die Wiese zu rennen. Sie sah ihm lachend hinterher.

„So viele Gänseblümchen, wie er gesammelt hat, haben in deiner Vase doch gar nicht Platz", sagte Fanny.

„Paulchen vergisst leider immer wieder, dass er Wasser in die Vase füllen muss, weshalb die Gänseblümchen schnell verwelken. Deshalb muss er dauernd Nachschub beschaffen."

„Schau, ihm scheint deine Vase sehr gut zu gefallen."

Hilde verzog das Gesicht. „Ja, inzwischen kann ich anerkennen, dass ich einen ersten wichtigen Schritt getan habe. Aber diesem Schritt müssen viele weitere folgen. Ich bin eben ein ungeduldiger Mensch. Und ich wäre gerne bereits am Ziel. Du bist mir meilenweit voraus."

Fanny zuckte mit den Achseln. „Ja, das mag aber vor allem daran liegen, dass ich mich seit vielen Jahren mit Ton beschäftige. Eigentlich bin in einer Gegend groß geworden, in der es tonhaltige Erde gab. Da habe ich schon Klumpen geformt, Becher gemacht und Vasen hergestellt, als ich weder lesen noch schreiben konnte. Ich bin damit aufgewachsen. Und deshalb liegt es mir mehr als dir, mit diesem Material zu arbeiten. Dafür fehlt mir manchmal die künstlerische Vision. Da beneide ich dann Leute wie Max oder Marcks. Die sind mir meilenweit voraus. Du übrigens auch."

Hilde zog eine Augenbraue nach oben. „Ich?"

Fanny nickte. „Ja, du. Als du mir erzählt hast, was du vorhast, war ich ein bisschen neidisch. Die Verbindung einer bauchigen Basis mit einer hohen Form. Funktion und Schönheit in einem, das wäre mir nicht eingefallen. Ich habe es gerade einmal zu einer hohen Form gebracht. Aber dadurch ist meine Vase zu schmal geworden. Ich kann zwar hohe Blumen hinein setzen, aber nur zwei oder drei. Ein Strauß hätte keinen Platz und das Wasserreservoir wäre zu klein. Deine Vision war wesentlich ausgewogener."

Hilde seufzte. „Das hat der Formmeister ebenfalls gesagt. Aber es hilft mir alles nichts, wenn ich eine Vision habe, die ich nicht umsetzen kann. Dir wäre es wahrscheinlich leicht gefallen, eine bauchige Vase mit hohem Aufsatz herzustellen."

„Vielleicht sollten wir uns zusammentun. Du zeichnest die Pläne, ich forme dann die Werkstücke daraus", schlug Fanny vor.

Hilde legte den Kopf schief. „Ich glaube kaum, dass sie die Studenten hier als Zweiergruppe antreten lassen. Die erwarten beim Bauhaus, dass wir beides vereinen, das Handwerk und die Kunst. Erstaunlicherweise habe ich mich bisher eher als Handwerkerin gesehen. Ich stamme aus einer Sattlersfamilie. Und ich bin ziemlich gut darin, mit Leder umzugehen. Ich habe schon von klein Muster auf Leder punziert, im Krieg habe ich sogar einen Sattel gebaut."

„Ja, aber Ton und Leder sind zwei Paar Stiefel."

Hilde lachte erneut. „Nun, das eine Paar aus Leder würde ich anziehen. Aber ich weiß nicht, was ich mit einem Stiefelpaar aus Ton anstellen sollte."

Fanny grinste. „Das Bild war ein wenig schief. Aber du musst zugeben, dass es ist wie bei mir. Du bist mit Leder aufgewachsen und kannst damit umgehen. Nun mühst du dich ab, ein dir fremdes Material zu meistern. Und die Frage ist, wie weit du es in der Kunst bringen wirst. Ich vermute, es ist wie bei einem Musikinstrument. Wenn du Geige lernst, tust du dir mit drei Jahren einfacher, zu einer Virtuosin zu werden, als wenn du mit 18 den ersten Ton streichst."

Hilde nickte. „So wird es sein. Das würde aber bedeuten, dass ich in der Töpferei nie so gut werden könnte wie du."

Fanny schüttelte den Kopf. „Ich glaube nicht, dass das notwendigerweise daraus folgt. Ich denke schon, dass du gut werden kannst. Du musst nur deine Ansprüche etwas zügeln."

Hilde runzelte die Stirn. „Wie meinst du das?"

„Nun, ich glaube, was du mir voraushast, sind tatsächlich deine Ideen. Man merkt, dass du mit Kunst aufgewachsen bist. Dass du die Münchner Museen in- und auswendig kennst, dass du die Kunst sozusagen mit der Muttermilch eingezogen hast. Ich dagegen muss das alles lernen, du konntest es von klein auf erfahren. Deshalb fällt es dir leichter, dir vorzustellen, wie etwas Schönes aussehen kann. Gleichzeitig hast du aber bereits Gebrauchsgegenstände verziert. Du hast also auch eine Ahnung von der Funktion. Du bist eine Theoretikerin. Und deshalb neigst du dazu, hohe Ansprüche zu stellen. Für deine handwerklichen Fähigkeiten sind diese Ansprüche aber zu hoch. Deshalb scheiterst du."

„Du meinst also, ich sollte erst einmal kleine Brötchen backen?"

„Vielleicht können die Meister dir das besser vermitteln. Aber ich vermute, am meisten wirst du lernen, wenn du die Grenze deiner Fähigkeiten immer weiter verschiebst. Das Design, der Entwurf sollte so herausfordernd sein, dass es deine Fertigkeiten immer wieder auf die Probe stellt. Aber es sollte dich nicht überfordern. Bei mir ist es ebenfalls so. Nur in eine andere Richtung. Ich habe Fähigkeiten, aber leider nur unausgegorene Ideen. Sie bilden kein großes Ganzes, Form und Funktion greifen nicht ineinander. Ich muss meine Ideen entwickeln. Die handwerklichen Fertigkeiten habe ich."

Hilde dachte über Fannys Worte nach. „Das klingt vernünftig. Der Werkmeister hat uns die Aufgabe gestellt, eine Kaffeetasse zu entwerfen. Und du hast recht. Ich hatte ziemlich hochtrabende Ideen. Ich glaube, ich sollte ein paar Elemente streichen."

Fanny zwinkerte ihr zu. „Ich bin gespannt."

„Mama, sau!" Paulchen kam angerannt, beide Hände voller Gänseblümchen.

Hilde lachte. „Jetzt muss ich tatsächlich eine zweite Vase töpfern."

***

„Warum machen Sie denn so ein missmutiges Gesicht?", fragte Gordon. Hermann schluckte. Ihm war gar nicht aufgefallen, dass er so wirkte. Aber sein Mitmusiker hatte sofort bemerkt, dass in Hermanns Innerem sehr trübe Gedanken Einzug gehalten hatten.

„Ach, ich war gestern auf einer politischen Veranstaltung. Und ich mache mir große Sorgen, wie es mit Deutschland weitergehen soll."

„Haben Sie etwa diesen Herrn Hitler sprechen hören?", fragte Gordon.

Hermann runzelte die Stirn. „Kennen Sie ihn?"

„Nein, und ich möchte ihn auch nicht kennenlernen. Aber das beruht wahrscheinlich auf Gegenseitigkeit. Menschen wie ich sind auf Veranstaltungen seiner Partei sicher nicht willkommen."

Hermann nickte. „Ja, ich glaube, da haben Sie recht. Und ich denke, Sie würden die Musik nicht mögen, die da gespielt wird. Diese Hitler und seine Leute scheinen Marschmusik zu lieben."

Gordon verzog das Gesicht. „Igitt", sagte er.

Hermann lachte. Und dieses Lachen war das erste positive Gefühl, das er seit Tagen verspürte. Zum letzten Mal hatte er bei ihrer Probe vor einer Woche gelacht. Gordons Gesicht strahlte. Es war ein wunderbarer Anblick.

„Es tut gut, mit Ihnen zu reden", sagte Hermann.

„Das Kompliment kann ich Ihnen nur zurückgeben. Ich musiziere gerne mit Ihnen. Musik ist mein Leben. Aber unsere Unterhaltungen sind auch schön. Ich bin fern meiner Heimat. Und zwar im doppelten Sinn. Nach New Orleans werde ich wahrscheinlich nicht mehr zurückkehren. Und Chicago? Da war ich nur kurz, drei Jahre. Das hat nicht ausgereicht, dass es mir Heimat wurde. Dann hat die Musik mich in die ferne

Welt hinaus gezogen, mal hierhin, mal dorthin. Aber ich habe nirgendwo Menschen getroffen, mit denen ich mich über die wirklich wichtigen Dinge im Leben hätte unterhalten können. Sie sind der erste seit langer Zeit."

Hermann legte seine Klarinette auf den Schoß und lehnte sich zurück. Er sah den Musiker mit Interesse an. „Darf ich Sie etwas fragen? Natürlich nur, wenn es Ihnen nicht zu persönlich ist", schob er rasch nach.

„Nun, das kann ich wohl erst beurteilen, wenn Sie mir die Frage gestellt haben, oder?", erwiderte Gordon und grinste.

Hermann lachte. „Ja, da haben Sie wohl recht. Ich wollte wissen … Also, mich würde interessieren, wie Sie sich Ihr weiteres Leben vorstellen."

Gordon legte den Kopf schief. „Auch, wenn ich Sie damit vielleicht enttäuschen muss, so eine genaue Vorstellung davon, wie mein Leben weiter verlaufen soll, habe ich gar nicht. Ich bin froh, dass ich den Schritt gewagt habe, meine Arbeit in Chicago zu kündigen und mich ganz der Musik zu widmen. Das Engagement hier und die Gebühren, die Sie für die Stunden bei mir zahlen, halten mich ganz gut über Wasser. Ich kann davon leben und ich kann jeden Abend das tun, was ich liebe – Musik machen. Ich will nicht mehr. Und so werde ich wahrscheinlich weiterziehen, wenn das Engagement hier endet. Vielleicht nach Berlin oder nach Paris oder nach London. Ich weiß es nicht, die Welt steht mir offen. Das ist ein schönes Gefühl."

Hermann nickte. „Ja, das kann ich mir vorstellen. Und darum beneide ich Sie ein wenig. Sie sind frei und ungebunden. Ihnen steht die Welt offen, mir nicht."

Gordon schüttelte den Kopf. „Ich bin so lange frei, wie ich jung und gesund bin. Wenn ich mir die Hand breche und nicht mehr Klarinette spielen kann, oder wenn ich mir die Tuberkulose hole und keine Luft mehr bekomme, ist es vorbei mit meiner Freiheit. Und was mache ich dann? Sie haben genügend Geld. Wenn Sie krank werden, fallen Sie nicht tief. Ich schon."

Hermann schluckte. „Ich wollte nicht –"

Gordon hob die Hand. „Das ist in Ordnung, ich mache mir darüber keine Gedanken. Ich lebe nicht in der Angst, dass ich ständig um meine Existenz besorgt sein muss. Natürlich kann es jederzeit vorbei sein. Aber dann hatte ich ein schönes Leben."

Hermann spürte, wie ein eiskaltes Gefühl seinen Rücken hinunterlief.

„Was ist mit Ihnen? Sie sehen plötzlich so bleich aus", fragte Gordon.

„Nun, wenn ich mir die Frage stelle, wie mein Leben war, wenn es plötzlich enden sollte, kann ich nicht behaupten, dass ich ein schönes Leben gehabt hätte. Natürlich habe ich gelebt. Natürlich habe ich viel gesehen und ich hatte Erlebnisse, die ich nicht missen möchte. Aber ein schönes Leben? Nein, das hatte ich nicht."

Er spürte eine Hand auf seiner Schulter und sah auf. Gordon hatte sich erhoben und sah ihn mit großen Augen an. Täuschte sich Hermann oder glänzte etwas darin?

„Das tut mir leid", sagte der Musiker. Ein unwiderstehlicher Drang ergriff Besitz von Hermann. Er konnte nicht anders. Es war, wie wenn der Cognac nach im rief. Er kämpfte dagegen an, doch er schaffte es nicht. Seine Hand legte sich in Gordons Nacken. Er zog seinen Kopf zu sich heran und dann fanden sich ihre Lippen.

KAPITEL 18

Dornburg und München,
27. Juni 1923

Hilde stand vor dem Brennofen und wieder schlug ihr Herz schnell und hart. Beim letzten Mal hatte eine Mischung aus Erwartung, Sorge, dass das Werkstück im Ofen zu gesprungen sein könnte, und ganz viel Scham, die in dem Bewusstsein gelegen hatte, dass die Arbeiten ihrer Mitstudenten viel besser waren als ihre, ihren Puls beschleunigt. Doch dieses Mal überwog ein anderes Gefühl: Vorfreude. Hilde hatte lange an ihrem Entwurf gefeilt. Sie hatte nicht einfach ins Blaue gearbeitet, sondern Skizzen gezeichnet. Als sich der Werkmeister über sie gebeugt und ihre Arbeiten begutachtet hatte, hatte er anerkennend genickt.

„Das machen Sie sehr gut", sagte er. „Ich sehe an Ihrem ersten Entwurf, dass Sie zu viel wollten. Sie haben alles Überflüssige weggestrichen. Nun wird diese Kaffeetasse etwas, das Sie im Rahmen Ihrer Möglichkeiten fabrizieren können. Trotzdem wird das Ergebnis ästhetisch sein. Ich bin gespannt, wie Sie es umsetzen."

Zum ersten Mal hatte Hilde dieses Lob rein und unverfälscht empfinden können. Es war ihr hinuntergelaufen wie Öl. Sie hatte es gar nicht abwarten können, sich an die Arbeit zu machen. An jenem Tag, als die praktische Stunde stattfinden sollte, war sie die Erste in der Werkstatt. Sie saß bereits an ihrer Töpferscheibe, als Fanny hereinkam, gähnend und ein wenig zerzaust, weil es am Vorabend wieder spät geworden war und sie verschlafen hatte.

„Wie, du bist schon da?", fragte ihre Freundin.

Hilde nickte ihr zu. Sie setzte den Tonklumpen mitten auf die Drehscheibe. Dann schloss sie die Augen und stellte sich ihren Entwurf vor, während sie ihre Finger die Arbeit tun ließ. Mit einem Mal war es ganz einfach. Zwar hatte das erste Exemplar, das sie herstellte, noch nicht die Proportionen, die sie anstrebte, aber alles war am richtigen Ort und das Gebilde wirkte stabil. Die Wände der Kaffeetasse waren überwiegend gleich dick, auch wenn sich an einer Stelle ein Knubbel befand, den sie beim besten Willen nicht ausgleichen konnte. Achselzuckend drückte sie die Handfläche auf das Werkstück und zerstörte es.

„Bist du wahnsinnig?", fragte Fanny. „Das sah gut aus. Besser als alles, was du bisher getöpfert hast."

Hilde nickte. „Ich weiß. Ich kann das herstellen, aber ich kann es besser machen. Die Idee stimmt. Aber sie fordert mich heraus, mein Handwerk zu verfeinern."

Und so hatte sie einen zweiten Prototyp hergestellt, ihn wieder eingestampft, einen dritten, einen vierten, einen fünften gebaut, bis schließlich das sechste Exemplar vor ihrem kritischen Auge Bestand hatte. Zufrieden besah sie sich die Kaffeetasse von allen Seiten. Sie hatte einen konischen Aufbau, war klar und einfach strukturiert. Eine runde Basis, die nach allen Seiten emporstrebte, versehen mit einem Henkel, der keinen Durchbruch aufwies. In ihrem ersten Entwurf hatte sie mit verzierten Henkeln experimentiert, die teilweise sehr verspielt waren, aber ein hohes Maß an Handwerkskunst erforderten und zudem im alltäglichen Einsatz unpraktisch gewesen wären. Sie stellte sich vor, wie Paulchen nach einer solchen Tasse griff. Wahrscheinlich würde er den kleinen Finger in das Loch des Henkels stecken und in seiner Ungeschicklichkeit die untere Lötstelle abreißen. Eine derartige Tasse ging rasch zu Bruch. Ihr Entwurf, den sie nun in ihrem Prototypen in die Tat umsetzte, zwang den Benutzer dazu, den Henkel zwischen Daumen und Zeigefinger zu pressen. Da sie dessen hinteren Rand ein klein wenig erhöht hatte, konnte er nicht aus den Fingern rutschen. Zumindest, wenn er einmal gebrannt war. Wenn sie jetzt dagegen drücken würde, würde sie den Henkel zerstören. Vorsichtig trug sie das Werkstück zu dem Tablett und machte sich gleich daran, ein zweites Exemplar zu fertigen.

Das war nun vier Tage her. Inzwischen waren die Prototypen glasiert und auch gebrannt worden. Und heute war der große Tag da. Vier der Tassen, die sie gefertigt hatte, waren im Brennofen gehärtet worden. Sie war so gespannt wie selten zuvor in ihrem Leben. Wie würden Sie herauskommen? Wären alle Henkel noch an Ort und Stelle. Wären sie fest? Was, wenn sie Kaffee hineinschüttete. Würde der Henkel die Last tragen? Das konnte sie erst herausfinden, wenn sie mit dem fertigen Produkt experimentierte. Und selbst wenn es misslang, dann musste sie ihren Entwurf eben weiter verbessern.

Das Ritual wurde erneut vollzogen. Max war die Ehre zuteilgeworden, den Ofen zu öffnen. Er holte das erste

Tablett heraus, auf dem eine ihrer Tassen stand, Prototyp Nummer sechs. Hilde sah sofort, dass das Werkstück den Brennvorgang unbeschadet überstanden hatte. Auf ihrem Gesicht breitete sich ein Grinsen aus. Selbst wenn die anderen drei Prototypen nun beschädigt aus der Brennkammer gezogen wurden, hatte sie doch etwas vollbracht, worauf sie bereits stolz sein konnte. Wie sich jedoch zeigte, waren selbst diese kleinen Sorgen unbegründet. Die drei weiteren Exemplare waren ebenfalls unbeschadet. Vorsichtig nahm sie sie von dem Tablett und trug sie zu ihrer Drehscheibe. Sie kontrollierte die Tassen von allen Seiten. Sie sahen gut aus. Zwar waren geringfügige Unterschiede zu erkennen – die Werkstücke konnten nicht verleugnen, dass sie Handarbeit waren – aber im Großen und Ganzen waren sie gleichförmig.

„Nun sieh mal einer an", hörte sie eine Stimme sagen. „Das Fräulein Müller hat das Töpfern gelernt."

Sie sah auf. Marcks stand vor ihr, die Arme über der Brust verschränkt. Er zwinkerte ihr zu, dann drehte er sich um und ging davon. Und auf Hildes Gesicht breitete sich ein Grinsen aus.

***

Hermann saß auf dem Stuhl im Büro seines Großvaters und klopfte mit den Fingern auf den Tisch. Aus den Augenwinkeln sah er, dass Krötzinger ihn musterte. Der stellvertretende Bankvorstand schien besorgt zu sein und Hermann konnte es ihm nicht verdenken. Heute stand eine Entscheidung an.

„Und Sie sind sich wirklich sicher?", fragte Krötzinger.

Hermann nickte. „Ich habe es mir reiflich überlegt. Ich bin mir der Vorteile wie der Nachteile bewusst. Und ich habe ohne Zorn und Eifer entschieden."

Auf Krötzingers Lippen erschien ein feines Lächeln. „Sie haben Ihren Tacitus gelesen", sagte er.

„Ich musste ihn lesen", erwiderte Hermann. „Und ehrlich gesagt, ist das eines der wenigen Zitate aus meinem Lateinunterricht, das ich wirklich behalten habe. Das andere ist diese Einteilung von Gallien in drei Teile, aber ich weiß nie, welche Volkschaft welchen Teil bewohnt hat."

Krötzinger lachte, aber es war er ein höfliches Lachen. Dem alten Mann war die Anspannung anzumerken. Hermann konnte es ihm nicht verdenken. Die Lage für die Banken spitzte sich immer mehr zu. Jede Kreditvergabe war nun ein politischer Akt. Und die, die nun zur Entscheidung anstand, war es im besonderen Maße. Es klopfte an die Tür und der Bankdiener führte Herrn Heß herein. Hitlers Abgesandter nickte den beiden Herren zu und nahm unaufgefordert auf dem Stuhl vor Hermanns Schreibtisch Platz. Dieser zog eine Augenbraue nach oben.

„Guten Tag, Herr Heß", sagte er.

Der Mann nickte noch einmal. Offenbar hatte er beschlossen, auf Höflichkeitsfloskeln zu verzichten. Gut, das hätte er sich denken können. Schließlich hatte sein Führer bei seiner Rede im Zirkus Krone über die Eliten geschimpft, zu denen auch Hermann gehörte. Was für eine Scheinheiligkeit, sein Geld würde Hitler sicher nicht ablehnen.

„Ihre Frau hat mir gesagt, dass Sie in der vergangenen Woche die Rede des Führers im Zirkus Krone gehört haben", sagte Heß.

Hermann nickte. „Wie ich sehe, redet meine Frau wahrscheinlich mehr mit Ihnen als mit mir", sagte er. Er musste ein Grinsen unterdrücken, als er sah, wie eine feine Röte das Gesicht des Politikers überzog.

„Wir haben uns bei einem Empfang gesehen. Der Führer war ebenfalls da", sagte Heß.

Hermann winkte ab. „Es ist mir gleichgültig, wann und wo Sie meine Frau getroffen haben. Ich war bei der Veranstaltung im Zirkus Krone und ich fand sie sehr aufschlussreich."

Heß nickte. „Nicht wahr? So ein Redetalent wie unseren Führer haben Sie in Ihrem Leben noch nie gesehen."

Hermann nickte. „Ja, da haben Sie recht. Hitler hat eine enorme Begabung, die Menge in seinen Bann zu ziehen. Es fiel mir schwer, mich dem zu entziehen."

Heß kniff die Augen zusammen, wodurch die enormen Brauen einen einzigen buschigen Balken bildeten. „Sich ihm entziehen? Warum sollten Sie das wollen?"

„Nun, ehe Sie eintrafen, habe ich mit Herrn Krötzinger ein wenig über unsere humanistische Bildung gesprochen. Ich weiß, dass das sehr elitär ist, und ich will gar nicht damit protzen. Es steht mir auch nicht zu, denn ich habe das meiste vergessen, was ich am humanistischen Gymnasium gelernt habe. Mein Latein war nie der Rede wert und mein Griechisch weitaus schlechter. Aber wir haben damals die Odyssee gelesen. Und eine Stelle ist mir besonders im Gedächtnis geblieben, nämlich die, als Odysseus den Gesang der Sirenen hören möchte und sich von seiner Mannschaft an den Mast fesseln lässt, während diese ihre Ohren mit Wachs versiegeln."

Die Furchen auf Heß' Stirn wurden tiefer. „Ich verstehe nicht. Was meinen Sie damit?"

„Odysseus wusste um die Gefahr, die von den Sirenen ausgeht. Er wusste, dass ihr Gesang lockend ist. Er wollte ihn hören. Aber wollte verhindern, dass er sich von ihm anlocken lässt, weil es der Trick der Sirenen ist, Seefahrer durch ihren lieblichen Gesang anzulocken, ihr Schiff auf Grund laufen zu lassen und sie dann aufzufressen."

Nun kniff Heß die Augen zusammen. „Ich verstehe immer noch nicht."

Hermann unterdrückte mit Mühe ein Augenrollen. „Gut, dann lassen wir die ganze Metaphorik einmal weg. In dem Bild bin ich Odysseus und Hitler die Sirenen. Er hat ein enormes Redetalent und zieht die Menge in seinen Bann. Aber die Menge ist wie die Mannschaft des Schiffs, die sich nicht an einen Mast hat fesseln lassen. Sie rennen ihm nach und stürzen sich damit ins Verderben. Und das will ich nicht. Weder für mich persönlich noch für all die anderen Menschen, die ich im Zirkus gesehen habe. Ich halte Ihren Herrn Hitler für gefährlich. Für sehr gefährlich. Er hetzt gegen die Regierung, er hetzt gegen Juden, er hetzt gegen die Alliierten. Wenn er an die Macht käme, wäre Deutschland ein anderes Deutschland. Er würde gnadenlos gegen seine vermeintlichen Feinde vorgehen, im Innern und schließlich auch im Äußern. Das wäre ein dunkles, ein schreckliches Deutschland. Und daran will ich keinen Anteil haben."

Heß war bleich geworden. „Sie werden den Kredit nicht gewähren?"

Hermann nickte. „Gut, jetzt haben Sie verstanden."

„Aber was soll ich dem Führer sagen? Er wird wütend sein."

„Das ist nicht mein Problem", erwiderte Hermann.

Hitlers Abgesandter schlurfte vornübergebeugt aus Hermanns Büro, die Schultern hingen herab und selbst an seinem Hinterkopf glänzten die Schweißtropfen.

„Ich hoffe, ich habe keinen Fehler gemacht", sagte Hermann zu Krötzinger.

Der alte Bankier zuckte mit den Achseln. „Ob Sie einen Fehler gemacht haben, wird die Zukunft zeigen. Hoffentlich wird dieser Hitler so rasch in der Versenkung verschwinden, wie er aufgetaucht ist, wenn die Krise einmal vorbei ist. Wenn er dagegen jemals an die Macht kommen sollte, befürchte ich, dass es der Bank übel ergehen könnte. Diese Leute vergessen es nicht, wenn man sich ihnen einmal in den Weg gestellt hat."

Hermann nickte. „Und trotzdem kann ich nicht anders. Menschen wie dieser Hitler dürfen nicht an die Macht kommen."

Auch Krötzinger nickte. „Da sind wir uns einig. Aber manchmal kann selbst richtiges Handeln ins Verderben führen."

KAPITEL 19

Dornburg und München,
30. Juni 1923

Hilde trat von der Drehscheibe zurück und besah sich ihre Arbeit. Sie konnte es kaum glauben. So gleichmäßig wie die Wanddicke der kleinen Tasse war, die sie gerade eben gedreht hatte, hatte sie das noch nie hinbekommen. Vorsichtig klebte sie den Henkel an und stellte das Teil zu den anderen auf die Tabletts. Hilde konnte die einzelnen Exemplare unterscheiden, schließlich hatte sie sie gefertigt, aber Fanny hatte ihr glaubhaft versichert, dass sie die Tassen nicht auseinanderhalten konnte. Zwar vermutete Hilde, dass ihre Freundin ein wenig übertrieben hatte, um sie aufzumuntern, aber das war ihr gleichgültig, denn die Hochstimmung war selbst ohne die kleine Notlüge da. Sie wusste, was sie konnte. Und sie hatte das Gefühl, dieses Können gerade erst freigesetzt zu haben.

Sie sah die 14 Tassen an. Der nächste Schritt wären die Untersetzer dazu. Zudem brauchte sie Kuchenteller, ein Gefäß für den Zucker und eines für die Milch und eine größere Platte, auf der eine Torte serviert werden konnte. Davor musste sie aber noch zehn Tassen fertigen. Schließlich hatte sie vor, ein komplettes Service herzustellen, das sie dann ihrer Mutter zu Weihnachten schenken wollte.

Ihr Plan hatte aber einen zweiten, geheimen Teil und den wagte Hilde kaum, sich selbst einzugestehen. Für den Spätsommer war eine große Ausstellung geplant. Die Leistungsschau des Bauhauses, die am 15. August eröffnet werden sollte. Zum ersten Mal wurde der Öffentlichkeit gezeigt, was in den Werkstätten hergestellt wurde. Neben einer Präsentation in den Räumen der Hochschule entstand ein großes Musterprojekt, das sogenannte Haus am Horn, ein Wohngebäude, das von Bauhaus-Architekten entwickelt wurde und das in seiner Inneneinrichtung mit den Werkstücken der Studenten bestückt werden sollte. Natürlich würde auch die Töpferei ihren Teil dazu leisten und als Hilde gehört hatte, dass die Meister die besten Arbeiten ihrer Werkstätten zu diesem Zweck vorschlagen konnten, war sie Feuer und Flamme gewesen. In ihren Tagträumen hatte sie sich ausgemalt, wie auf einem Tischchen, das die Studenten in der Möbelwerkstatt hergestellt hatten, ihr Service präsentiert wurde. War es vermessen, davon zu träumen? Schließlich war sie nur eine Studentin im zweiten Semester. Und im Vergleich zu ihren Kommilitonen in der Töpferei hatte sie noch so viel zu lernen. Die Ausstellung sollte die Spitze der Leistungsfähigkeit des Bauhauses darstellen, nicht das mögliche Potenzial einer blutigen Anfängerin. Zu dem wusste sie nicht, ob ihr Design mit der Architektur des Hauses am Horn harmonieren würde. Es war ungünstig, dass sie sich nicht in Weimar aufhielt. Dort hätte sie regelmäßig an der Baustelle vorbeischauen können. Manche Werkstätten waren natürlich mehr in die Planungen einbezogen als andere. Und die Töpferei war allein schon deswegen ein wenig außen vor, weil sie in einer

Außenstelle untergebracht war. Sie überlegte, ob sie Krehan oder Marcks auf die Ausstellung ansprechen sollte, schreckte aber davor zurück. Sie wollte nicht übermütig erscheinen.

„Und, stolz auf dein Werk?", hörte sie Fanny fragen. Sie wandte sich ihrer Freundin zu, die mit verschränkten Armen neben ihr stand.

Hilde nickte. „Und ich wollte aufgeben. Danke, dass du mir ins Gewissen geredet hast."

„Gern geschehen. Es wäre jammerschade gewesen, wenn du die Flinte ins Korn geworfen hättest. Ich habe den Eindruck, dass du inzwischen nicht nur erkannt hast, dass du gut bist. Du hast auch noch Spaß daran gefunden. Ist es nicht so?"

„Ja, da hast du sicher recht. Ich kann es gar nicht abwarten, die restlichen zehn Tassen zusammenzubauen. Und dann noch die Unterteller, die Kuchenteller und den Rest des Services."

„Deine Mutter wird sich riesig freuen, wenn sie das unter dem Christbaum entdeckt", sagte Fanny.

Hilde schmunzelte. Wenn alles so lief, wie sie es sich vorstellte, fand ihre Mutter nur einen Teil des Services unter dem Christbaum. Der Rest würde in Weimar in einem schicken Neubau stehen und die Besucher der Ausstellung verzücken.

„Bei all der Freude solltest du aber nicht vergessen, dass Feierabend ist", sagte Fanny.

Hildes Blick wanderte zu der Uhr am anderen Ende des Raumes. War es wirklich schon so spät?

„Danke, ich hätte mal wieder die Zeit vergessen. Das wäre schade gewesen. Schließlich soll Paulchen auch etwas von mir haben."

Sie hängte ihre Schürze an den Haken und gemeinsam gingen sie aus dem Marstall hinaus. Draußen verabschiedeten sie sich voneinander. Während Fanny die Stufen hinaufstieg und ins Obergeschoss zu ihrer kleinen Kammer ging, eilte Hilde zurück zur Pension. Paulchen wartete dort bereits auf sie. Er saß am Fenster und winkte ihr zu. Er hielt eine Tasse hoch, das Exemplar, das sie ihm geschenkt hatte, ihren ersten Prototypen. Ihr Herz ging auf. Was für ein wunderbarer Anblick. Und was für ein wunderbarer Junge. Sie eilte in das Gebäude, stieg die Treppe hinauf und trat in den Salon, wo Paulchen ihr entgegengestürmt kam. Er hatte die Tasse abgestellt, sodass sie in mit ihren Armen auffangen und herumwirbeln konnte. Er jauchzte und gluckste vor Freude und das Geräusch ließ Hildes Herz noch mehr aufgehen. Sie drückte den kleinen Körper an sich, streichelte ihm übers Haar und flüsterte ihm leise ins Ohr. „Ich liebe dich, mein Schatz. Du bist das Beste, was in meinem Leben jemals geschehen ist." Und in Gedanken fügte sie hinzu: *Auch wenn ich dafür das Traurigste durchleiden musste, was ich je erlebt habe.*

Sie setzte ihn ab und gemeinsam gingen sie zu dem Tischchen, das die Gouvernante gedeckt hatte. Hilde hatte ein Kinderservice entworfen, dass nur aus drei Teilen bestand, die für die Bewohner des Haushaltes gedacht waren. Auf einem Tellerchen standen zwei Stücke Kuchen, in Paulchens Tasse konnte sie Milch erkennen und eben brachte die Kinderfrau eine Kaffeekanne aus der Küche, um Hilde einzuschenken. Sie setzte sich ihrem Sohn gegenüber ans Fenster und trank einen Schluck.

„Dehen wir naus?", fragte Paulchen.

Hilde schloss kurz die Augen und genoss den bitteren Geschmack des Kaffees. Dann sagte sie: „Aber natürlich. Lass uns die Sonne genießen. Lass uns das Leben genießen."

***

Hermann fühlte sich großartig. Er hatte diesen Kleingeist von der NSDAP so richtig ins Schwitzen gebracht. Er stellte sich vor, wie dieser Heß nun zu seinem Herrn gekrochen kam, wie ein Hund, der ausgebüxt war, aber nun doch wieder nach Hause zurückkehren muss, weil er sonst nichts zu fressen bekommt. Ob Hitler toben würde? Ganz bestimmt. Der Mann war ein Choleriker. Hermann hatte nicht viel Menschenkenntnis, darin war er nie besonders gut gewesen. Aber dass dieser Möchtegerndiktator eine sehr kurze Zündschnur hatte, das erkannte selbst er. Er war diesem Typ Mensch schon öfter begegnet. Das waren Leute, denen man nie Macht geben durfte. Sie genossen es, wenn sie andere unterjochen konnten. Und das würde diesem Heß nun blühen. Hitler würde ihn fragen, wie es gelaufen sei, wo die Millionen blieben, die Friederike ihm in Aussicht gestellt hatte. Und Heß würde ihm gestehen müssen, dass es keinen Kredit der Privatbank derer von Lampeck geben würde. Und dann würde Hitler ausrasten. Vielleicht würde er seinen Abgesandten nur anschreien. Vielleicht würde er die Reitgerte zücken, die er ständig mit sich herumtrug, und Heß schlagen. Vielleicht zog er sogar einen Revolver und hielt ihn dem Mann an den Kopf. Wie auch immer, Heß würde einen unerfreulichen Tag erleben. Und Hermann sonnte sich im Genuss seines Sieges.

Als er die Bank verließ, lenkten seine Schritte ihn zunächst nach Hause. Doch dann kam ihm der Gedanke, dass es vielleicht besser wäre, wenn er Friederike an diesem Abend nicht über den Weg laufen würde. Er hatte keine Angst vor seiner Frau. Und er war es nicht gewohnt, Konfrontationen aus dem Weg zu gehen. Aber heute fühlte er sich blendend und er war so begeistert von sich selbst und seiner Courage, dass er dieses Gefühl nicht trüben lassen wollte, wenn Friederike mit ihm stritt, weil er ihren Wunsch missachtet und den Kredit abgelehnt hatte. Es gab nur einen Ort, an den er stattdessen gehen konnte, und seine Füße führten ihn beinahe von selbst dorthin.

Er hörte die Musik spielen, als er das Kellerlokal erreichte. Sie hatten bereits angefangen. Gordon rechnete heute nicht mit seiner Ankunft. Hermann hatte ihn nicht mehr gesehen, seitdem sie sich geküsst hatten. Der Gedanke rief widerstreitende Empfindungen in ihm hervor. Zum einen war da ein wunderschönes Gefühl, wenn er in der Erinnerung wiedererlebte, wie sich seine und Gordons Lippen gefunden hatten, wenn auch nur für einen kurzen Moment, ehe sie voneinander zurückgezuckt waren und im Raum umhergeschaut hatten, ob jemand Zeuge ihrer Intimität geworden war. Schließlich hatten sie etwas Verbotenes begangen. Sogenanntes widernatürliches Verhalten unter Männern wurde streng geahndet, dafür konnte man ins Gefängnis kommen. Aber selbst, wenn Hermann um eine Strafe herumkommen würde, wären seine Tage in der feinen Gesellschaft Münchens gezählt. Er wäre ein Ausgestoßener, niemand würde etwas mit ihm zu tun haben wollen, seine Freunde und Bekannten würden die Straßenseite wechseln, wenn sie ihm begegneten. Das war die negative Seite der Erinnerung an den Kuss. Das Gefühl der Scham, der Angst. Ein Gefühl, das überhaupt nicht mit dem verbunden sein sollte, was er ein einziges Mal mit dem Musiker geteilt hatte.

Aber Hermann wollte mehr. Er wollte nicht, dass es nur eine einmalige Erfahrung blieb. Doch wusste er nicht, wie Gordon dazu stand. Wohl deshalb schlug ihm das Herz bis zum Hals, als er die Treppe zum *Fegefeuer* hinabstieg. Er freute sich darauf, Gordon zu sehen, gleichzeitig befürchtete er, dass der Musiker sich von ihm fernhalten würde.

Er betrat das Lokal und sah, dass nur die Hälfte der Tische gefüllt war. Die Jazzkapelle spielte auf. Hermann nickte dem Wirt zu und ging zu seinem gewohnten Tisch in der Ecke.

Er sah Gordon dabei zu, wie er ein Klarinettensolo begann. Dann trafen sich ihre Blicke und einen Moment lang hatte Hermann den Eindruck, dass Gordon aus dem Takt kam, doch er fing sich rasch und sein Solo wurde mit einem Mal virtuoser, leidenschaftlicher, stürmischer. Ob das etwas mit ihm zu tun hatte? Oder war das Wunschdenken?

Der Wirt kam an seinen Tisch, um die Bestellung aufzunehmen. Hermann überlegte einen Moment, dann sagte er: „Ich habe heute etwas zu feiern und ich möchte gerne jedem Gast hier und insbesondere auch

Ihrer Kapelle etwas zu trinken ausgeben. Haben Sie Sekt da?"

Wie sich herausstellte, hatte der Wirt zwar keinen Champagner, aber einen guten Jahrgangssekt aus Rheinhessen vor Ort, und er strahlte vor Freude, als er die Bestellung entgegennahm. Hermann konnte es ihm nicht verdenken. Eine Runde Sekt für alle war sicher in etwa so viel, wie er an einem guten Abend insgesamt verdiente.

Als der Wirt zuerst Hermann und dann den anderen Gästen den Sekt servierte, lief ein Raunen durch die Menge. Hermann war das nicht recht. Das unterbrach die Musik. Aber Gordon und seine Mitstreiter schien das nicht zu stören. Sie schwangen sich zu immer neuen Höhepunkten auf, und als sie schließlich mit einem Paukenschlag endeten, erhoben sich die drei und verbeugten sich. Der Wirt trat auf die Bühne und reichte den Musikern Sektgläser. Dann sagte er: „Ein Gast hat diese Runde ausgegeben. Er möchte unerkannt bleiben. Erheben Sie mit mir das Glas auf das, was dieser Mann zu feiern hat. Was auch immer es sein mag."

Alle Gäste prosteten sich zu und insgeheim musste Hermann lachen. Da waren sicher ein paar dabei, die insgeheim mit Hitler sympathisierten. Die stießen nun auf einen Gegner ihres Idols an. Es waren die kleinen Siege, die den Alltag versüßen.

Gordon kam hinzu, das Glas in der Hand.

„Gehe ich recht in der Annahme, dass du die Person bist, die etwas zu feiern hat", fragte er.

Er lächelte Hermann offen und, wie Hermann hoffte, liebevoll an. Ihm fiel ein Stein vom Herzen. Offenbar zog er sich nicht zurück. Er schien den Kuss nicht zu bereuen.

„Ja, ich habe eine Entscheidung getroffen, eine wichtige Entscheidung. Und es fühlt sich sehr gut an."

Hermann bot Gordon einen Stuhl an und er setzte sich.

„Das ist schön zu hören", sagte Gordon. Hermann spürte eine Berührung unter dem Tisch. Zuerst dachte er, es wäre zufällig geschehen, doch dann spürte er eine Hand, die auf seinem Oberschenkel lag. Erschrocken riss er die Augen auf und starrte Gordon an. Der zwinkerte ihm zu. Hermann wurde es heiß und kalt. Er sah sich um, doch niemand schien sie zu beachten. Langsam legte er seine Hand auf Gordons Hand und schob sie von sich weg, während er den Kopf schüttelte.

„Das-das war ... Ich weiß nicht", stammelte er.

Gordon zog seine Hand zurück. Das Lächeln verschwand von seinen Lippen. „Schade. Da habe ich wohl etwas falsch verstanden. Ich muss wieder, meine Gage will auch eingespielt werden."

Er nickte Hermann zu und ging zur Bühne zurück und Hermann verfluchte sich dafür, dass er nicht mutiger gewesen war.

KAPITEL 20

Dornburg und München,
14. Juli 1923

„Schlaf gut und träume etwas Schönes", sagte Hilde und streichelte Paulchen übers Haar. Die Augen ihres Sohnes gingen noch einmal auf, doch die Lider waren schon so schwer, dass er sie gleich darauf wieder schloss. Er gähnte, den kleinen Körper durchlief ein Zittern und dann war er eingeschlafen. Hilde beneidete ihn dafür, dass er so leicht in den Schlaf fand. Sie hatte oft große Schwierigkeiten damit. Das mochte daran liegen, dass sie gerne Kaffee trank. Sie wusste, dass das Getränk sie wach hielt, aber sie konnte nicht anders. Abends eine Tasse Kaffee zu genießen, war etwas Wunderbares. Andere tranken Wein, aber davon bekam sie Albträume. Die Erinnerung an die schrecklichen Ereignisse vor vier Jahren waren ihr nur zu gut ins Gedächtnis geschrieben. Immer, wenn der Frühling kam, wurde sie an den Einmarsch der Regierungstruppen erinnert, an die letzten Stunden, die sie mit Paul gehabt hatte. An seinen Tod. Bilder der Flucht zurück nach München blitzten auf. Das waren schreckliche Erinnerungen. Hilde wollte sie nicht haben. Aber sie wurde nicht gefragt. Sie kamen und gingen, wie es ihnen gefiel.

Sie sah ein letztes Mal zu Paulchen, dann trat sie hinaus in den Salon. „Er schläft tief und fest", sagte sie zu Frau Gerwig.

„Sehr gut. Dann können Sie jetzt ein bisschen ausgehen. Ich bin ja hier, falls er aufwacht."

Hilde lächelte der Frau zu. Sie war so unglaublich dankbar, dass sie sie als Unterstützung hatte. Ihr Leben wäre ein ganz anderes, wenn sie sich alleine um Paulchen kümmern müsste. Sie hatte im Vorkurs erlebt, wie eine Mutter ihr Kind immer wieder mitgebracht hatte. Itten hatte das zwar toleriert, aber Hilde hatte gesehen, dass es der Frau peinlich gewesen war, wenn ihr Kind sich gelangweilt und deswegen den Kurs gestört hatte. Hilde konnte es ihm nicht verdenken. Es wollte spielen, nicht irgendwelche abstrakten Kunstprinzipien verinnerlichen. Sie konnte sich nicht vorstellen, Paulchen in die Töpferei mitzunehmen. Nicht nur, dass sie dann ständig Angst haben musste, dass er irgendetwas kaputtmachte. Er würde sich langweilen. Mit diesem Zustand kam er schlecht zurecht und dann würde er alle stören. Und das wollte sie ihren Kommilitonen vor allem aber Paulchen ersparen.

Sie zog ihr Hütchen an und trat ins Freie. Fanny wartete bereits unten an der Treppe. Sie hatten vereinbart, dass sie zu einer Bank am Hang gehen wollten, um den Fluss und den Sonnenuntergang zu beobachten. Gemeinsam schlenderten sie durch den Ort.

„Bist du auch so auf die Ausstellung gespannt wie ich?", fragte Fanny.

Hilde spürte, wie ein elektrischer Schlag sie durchfuhr. Ahnte ihre Freundin etwas von ihren Ambitionen?

„Ja. Besonders bin ich auf das Haus am Horn und seine Inneneinrichtung gespannt. Jede Werkstatt soll etwas dazu beitragen, nicht wahr?", erwiderte sie, in dem Versuch, ihre Aufregung zu verbergen.

Fanny nickte. „Ja. Aber ich vermute, dass die klassischen Werkstätten, die mit Inneneinrichtung zu tun haben, bevorzugt werden. Die Möbelschreiner und die Weberei, die Teppiche auslegen soll. Vielleicht gönnen Sie uns irgendwo im Eck eine Vase, aber das wird dann wahrscheinlich ein Werkstück eines der Meister. Oder vielleicht darf Max ein Exemplar beisteuern. Uns werden Sie sicher nicht berücksichtigen. Wenn wir Glück haben, kommen wir bei der Ausstellung im Hochschulgebäude zum Zug. Aber da die Auswahl aus den Werkstücken der letzten vier Jahre getroffen wird, habe ich da wenig Hoffnung."

Ihre Worte machten Hilde traurig. Sie hoffte noch immer, dass ihr Service berücksichtigt würde. Aber sie wusste nicht, wie das gelingen konnte. Hatten die Meister ein Vorschlagsrecht? Sie traute sich nicht, danach zu fragen, denn damit hätte sie offenbart, dass sie ein Interesse daran hatte, vorgeschlagen zu werden. Und dafür reichte ihr neu gewonnenes Selbstbewusstsein bei Weitem nicht aus.

Ihre Gedanken wurden von einem lauten Schrei unterbrochen. Sie sah Fanny an.

„Das kam aus dem Hof da", sagte ihre Freundin und deutete auf ein Gebäude, das von einer kleinen Mauer umschlossen war, in der ein Tor offenstand. Vor einer Scheune saß ein älterer Mann auf einem Schemel. Er hatte einen Jungen, der vielleicht drei oder vier Jahre älter war als Paulchen, übers Knie gelegt, ihm die Hose heruntergezogen und war gerade dabei, ihm den Hintern zu versohlen.

„Das soll dich lehren", schrie der Mann.

„Na, dem werde ich gleich was lehren", knurrte Fanny und ehe Hilde sie zurückhalten konnte, stürmte ihre Freundin in den Hof, baute sich vor dem Mann auf und wetterte: „Schämen Sie sich nicht? Ein kleines Kind zu schlagen, das nicht einmal halb so groß ist wie Sie?"

Der Mann starrte sie mit einer Mischung aus Wut und Fassungslosigkeit an. „Wer sind Sie?", fragte er. „Was wollen Sie?"

„Das erste braucht sie nicht zu interessieren. Das zweite kann ich Ihnen jedoch leicht beantworten. Ich will, dass Sie aufhören, den Jungen zu schlagen."

Eine Ader an der Stirn des Mannes schwoll an und pochte bedrohlich.

„Ich lasse mir von einer dahergelaufenen Fremden doch nicht sagen, was ich mit meinem Sohn tun oder lassen soll. Scheren Sie sich aus meinem Haus, sonst prügle ich Sie hinaus!", schrie er.

„Ich gehe nicht, ehe sie den Jungen in Ruhe lassen."

Hilde hatte ein ungutes Gefühl bei der Sache. Der Mann ließ das Kind von seinem Knie gleiten, das sich daraufhin die Hose hochzog und ins Haus rannte. Er baute sich vor Fanny auf.

„Jetzt erkenne ich dich. Du bist eine von diesen Töpfern, dieses Studentengesindel. Mach, dass du verschwindest. Und lass dich hier nie wieder blicken. Oder soll ich dir einen Besuch abstatten im Marstall unterm Dach? Ich weiß, wo ihr wohnt. Und wenn du nicht sofort verschwindest, werde ich dir eine Lektion erteilen, die du dein Lebtag nicht vergessen wirst."

Hilde sah, dass ihre Freundin etwas erwidern wollte, aber sie hielt sie am Arm fest und zog sie mit sich. „Es reicht", sagte sie. Fanny ließ es geschehen, während der Mann ihnen Flüche nachrief.

„Du musst vorsichtiger sein", sagte Hilde. „Die Leute hier mögen uns nicht. Und sie mögen es auch nicht, wenn man sich in ihre Angelegenheiten einmischt."

„Das ist mir egal. Du müsstest das doch verstehen, du ehemalige Revolutionärin. Ich kann nicht zulassen, dass ein großer Mann, ein kleines Kind schlägt."

Hilde schluckte. Wo sie recht hatte, hatte sie recht.

***

„Du gehst jetzt mit deiner Gouvernante mit. Nein, keine Widerrede. Sofort!", sagte Friederike.

Erika sah Hermann mit ihren großen, flehenden Augen an. Sie saß auf seinem Schoß und hatte zugehört, wie er ihr etwas vorgespielt hatte. Dann war ihre Mutter hereingestürmt und hatte das Mädchen aufgefordert, schlafen zu gehen.

„Wir musizieren hier gemeinsam", sagte Hermann.

„Das ist mir gleichgültig. Erika gehört ins Bett. Und ich muss mit dir reden."

Hermann wollte vermeiden, dass es vor den Augen seiner Tochter zum Streit mit Friederike kam, deshalb umarmte er sie, streichelte ihr übers Haar und flüsterte ihr ins Ohr: „Ich spiele dir morgen wieder etwas vor, versprochen. Jetzt muss Papa mit der Mama reden. Geh du schon mal ins Bett, ich komme nachher noch, um dir gute Nacht zu sagen."

Erika zog eine Schnute, ließ aber zu, dass er sie zum Abschied auf die Stirn küsste und dann stürmte sie hinaus an ihrer Mutter vorbei, die sie keines Blickes würdigte.

Hermann baute in aller Seelenruhe seine Klarinette auseinander, trocknete das Mundstück ab und legte es in die Schale. Dann wandte er sich Friederike zu. „Was gibt es?"

Sie stieß ein höhnisches Lachen aus. „Tu nicht so, als ob du das nicht wüsstest."

Hermann seufzte. „Von wem weißt du, dass ich den Kredit an die NSDAP nicht vergeben werde? Hat Herr Hitler dir das persönlich gesagt oder hattest du Besuch von Herrn Heß? Der Mann ist ganz schön rot geworden, als er zugegeben hat, dass er dich häufiger sieht als ich. Läuft da etwas zwischen euch?"

Wenn Hermann gehofft hatte, seine Frau mit dieser kleinen Spitze aus dem Konzept zu bringen, hatte er sich geirrt. Sie winkte ab. „Heß ist weit unterhalb meiner Preisklasse. Und selbst wenn etwas zwischen uns laufen würde, bräuchte dich das nicht zu bekümmern. Diese Sphären haben nichts mit unserer Vereinbarung zu tun. Ich kann tun und lassen, was ich will. Und du übrigens genauso. Solange du keine Schande über uns bringst."

Hermann hätte sich an dieser Stelle wohl beglückwünschen können. Viele Männer in seiner Position würden sich von ihren Frauen erhoffen, einen Freifahrtschein zu bekommen. Aber ihm war das gleichgültig.

„Warum hast du Hitler den Kredit verweigert?", fragte sie. Sie klang nicht zornig, auch nicht so kalt wie sonst. In ihren Worten schwang etwas mit, das Hermann so in Konversationen, die sie geführt hatten, selten erlebt hatte. Er hatte es anderen Menschen gegenüber gehört, Menschen, die Meinungen hatten, die Friederike bewunderte. Ganz offenbar konnte sie nicht verstehen, warum Hermann den Kredit verweigert hatte.

„Ich werde keine Geschäfte mit Hitler machen, weil ich mich nicht mitschuldig machen will an dem gewalttätigen Putsch oder Umsturzversuch, den dein Herr Führer plant", sagte Hermann.

Friederike runzelte die Stirn. „Mitschuldig? Das würde ja bedeuten, dass du einen Umsturz der sogenannten Regierung als etwas Illegales ansehen würdest."

„Ja, genau das bedeutet das. Es wird dir nicht schmecken. Aber diese Regierung ist aus einem gewählten Parlament hervorgegangen. Wir haben eine ordnungsgemäße Exekutive sowohl in Bayern als auch im Reich. Die mag nicht in allen Punkten gute Politik betreiben. Ich bin beispielsweise als Bankier mit dem Umgang mit der Krise im Ruhrgebiet überhaupt nicht einverstanden. Aber sie ist gewählt und sie gewaltsam zu stürzen ist gegen unsere Verfassung. Es ist ungesetzlich. Deshalb werde ich nichts unterstützen, was in diese Richtung zielt."

Sie schlug mit der flachen Hand auf das Tischchen. „Wie kannst du nur so einen Schwachsinn von dir geben. Du warst im Zirkus Krone. Du hast Hitler reden hören."

„Eben darum. Ich habe gehört, was er gesagt hat. Ich habe mich nicht von seinem Schmierentheater blenden lassen. Ich habe dahinter geblickt, hinter die

Maske, die er aufzieht. Und dabei ist mir übel geworden. Dieser Mann ist kein charmanter Redner. Er ist ein Ungeheuer und so lange ich das Sagen in der Bank habe, wird er keinen Pfennig von mir sehen."

„Du verstehst gar nichts. Es ist genau, wie Hitler gesagt hat. Er ist wie der Messias, der von den eigenen Leuten verstoßen wurde, der nicht verstanden wird im eigenen Land."

Hermann lachte. „Das hat er gesagt? Er sich mit einem jüdischen Wanderprediger verglichen. Das ist stark."

„Du lästerst Gott nicht."

„Weil ich darauf hingewiesen habe, dass Jesus Jude war? Das soll Gotteslästerung sein?"

Friederikes Augen funkelten. „Ich weiß schon, worauf das hinausläuft. Du und deine jüdischen Freunde, ihr wollt uns verderben. Du hast dich ihnen angeschlossen. Ihr wollt Deutschland in den Untergang treiben. Aber das werde ich verhindern."

„Versuche es doch. Ich glaube nicht, dass du es schaffst, mich an irgendetwas zu hindern."

„Fürs erste werde ich alles tun, um dich daran zu hindern, meine Tochter mit deiner Untermenschenmusik zu quälen", entgegnete sie. „Wenn du damit nicht aufhörst, nehme ich sie und gehe zu meinem Vater."

Er hob die Hand und deutete mit dem Finger auf sie. „Das würdest du nicht wagen."

Sie nickte. „Doch. Das würde ich. Und es wäre nur der erste Schritt. Du hast dich gegen mich gestellt. Nun musst du mit den Folgen leben."^1

KAPITEL 21

Dornburg und München,
21. Juli 1923

Hilde saß gespannt auf ihrem Schemel. Die beiden Meister hatten für heute eine außerordentliche Versammlung der Lehrlinge einberufen. Sie hatten sich in der großen Halle des Marstalls eingefunden. Die ansonsten in einem Halbkreis um Krehans Töpferscheibe gruppierten Arbeitsgeräte der Schüler waren an den Rand geschoben worden. Und neben dem Schemel des Werkmeisters stand nun auch ein Hocker für den Formmeister. Die beiden Männer sahen ernst aus. Irgendetwas musste vorgefallen sein.

„Ich hoffe, die schließen das Bauhaus nicht", flüsterte ihr Fanny zu.

Hilde durchlief es heiß und kalt. Es hatte immer wieder Bestrebungen von rechten Kreisen gegeben, der Kunsthochschule die Gelder zu kürzen. Doch bislang hatte die linksgerichtete Regierung Thüringens all diese Bemühungen abgeschmettert. Aber die Gegner des Bauhauses ließen nicht locker. Sie versuchten es immer wieder mit neuen Finten. Hatten sie dieses Mal Erfolg gehabt?

Die Meister ließen sich nieder. Der Formmeister ergriff das Wort. „Wir haben Sie heute hier zusammengerufen, um Ihnen eine Mitteilung zu machen, die sich auf Ihr Studium am Bauhaus auswirken wird."

„Es handelt sich um eine Entscheidung der Führung des Bauhauses, die wir Ihnen heute nur einmal mitteilen", fügte der Werkmeister hinzu. „Wie wir das einschätzen und wie Sie sich positionieren werden, steht auf einem anderen Blatt. Darüber dürfen Sie sich gerne Gedanken machen, wenn Sie erfahren haben, worum es geht."

Hilde und Fanny wechselten einen Blick. Worauf sollte das hinauslaufen?

„Sie wissen, dass die Zeiten kritisch sind", fuhr Marcks fort. „Das Bauhaus steht nicht nur in der Kritik bestimmter politischer Kreise. Auch unsere Finanzlage ist prekär. Die Zuschüsse durch das Land reichen nicht aus, um die Kosten zu tragen. Deshalb sind wir darauf angewiesen, dass Sie Gewinne erwirtschaften. Die Leitung des Bauhauses hat deshalb nun entschieden, dass die vermittelten Inhalte stärker unter einem praktischen Aspekt gelehrt werden sollen."

Max meldete sich. „Was soll das bedeuten?", fragte er.

Der Formmeister hob eine Hand. „Wenn Sie mich ausreden lassen, erfahren Sie es gleich. Ich bin für die künstlerischen Aspekte ihrer Ausbildung verantwortlich. Und ein häufig gegen die Kunst gerichteter Vorwurf lautet, dass sie oft um ihrer selbst willen betrieben wird. Dass es den Künstlern gleichgültig ist, was sie damit erreichen, ob sie eine Wirkung oder gar einen Gewinn damit erzielen. Die Kunst würde nur um der Kunst willen betrieben, l'art pour l'art. Und bislang war dieses Prinzip in Ihre Ausbildung mit eingeflossen. Es ging darum, dass Sie sich ausprobieren, dass Sie Ihren Zugang zum Kunsthandwerk finden. Diese Freiheit wollen wir Ihnen auch in Zukunft nicht nehmen. Aber die Bauhausleitung drängt darauf, dass die Ergebnisse Ihrer Bemühungen verwertbar sein sollen."

„Ganz konkret bedeutet das, dass wir Ihnen beibringen sollen, wie Ihre Schöpfungen für einen größeren Markt tauglich gemacht werden können", fügte der Werkmeister hinzu.

Hilde sah, dass die Studenten Blicke tauschten. Teilweise lag Empörung darin, teilweise Unverständnis, teilweise jedoch so etwas wie Freude oder in einem Fall sogar Triumph. Hilde wusste selbst nicht genau, was sie davon halten sollte. Ein erstes Gefühl sagte ihr, dass das durchaus eine positive Entwicklung darstellen konnte. An guten Tagen konnte sie acht Tassen und vier Unterteller ihrer Service-Grundformen herstellen. Für den Massenmarkt war das viel zu wenig. Wenn Sie damit Gewinne erwirtschaften wollte, musste sie einen Weg finden, ihr Geschirr im industriellen Rahmen zu produzieren. Und wenn das das Ziel der neuen Ausrichtung des Bauhauses war, konnte sie daran keinen Nachteil erkennen.

„Das wollten wir Ihnen mitteilen", sagte der Formmeister. „Sie haben nun genügend Zeit, sich Ihre Gedanken über diese Veränderungen zu machen."

Die beiden Meister verabschiedeten sich und gingen hinaus. Sofort hob ein Getuschel an.

„Das ist ja furchtbar", sagte Fanny. „Alles wird der kapitalistischen Logik unterworfen. Ich könnte heulen vor Wut."

Hilde war erstaunt. „Findest du das wirklich so schlimm?"

Fanny zog eine Augenbraue nach oben. „Du etwa nicht?"

„Ich weiß nicht, ob sich dadurch in unserem Alltag viel ändert. Und ehrlich gesagt finde ich es gar nicht so schlecht, wenn wir lernen, unsere Produkte markttauglich zu gestalten."

„Aber wenn wir nur nach dem Markt und nur nach dem Massengeschmack gehen, verraten wir doch die Kunst." Fanny klang verzweifelt.

„Das sehe ich anders", erwiderte Hilde. „Wir sind nicht ausschließlich Künstler. Wir sind auch Handwerker. Und letztendlich wollen wir unseren Lebensunterhalt mit dem Töpfern verdienen. Es ist nicht mehr wie in früheren Zeiten, wo ein Künstler sich einen reichen Mäzen suchen musste, um überleben zu können. Dafür sind wir nun selbst verantwortlich."

Fanny schnaubte. „Du verdienst doch damit nicht den Lebensunterhalt. Notfalls kann dich deine Mutter finanzieren. Du hast deinen Mäzen in der eigenen Familie."

Hilde schluckte. Da war er wieder, der alte Vorwurf, die Kluft, die Fanny noch immer von Hilde trennte. Sie wusste nicht, wie sie dagegen argumentieren sollte. Doch Fanny ließ ihr auch keine Gelegenheit dazu. Sie stand auf, wandte sich um und ging davon. Und Hilde sah ihr betroffen nach.

***

Es war ein wunderbarer Tag. Die Dienstmädchen hatten auf der Terrasse gedeckt. Damit nicht jedes Mal der schwere Tisch aus dem Salon hinausgeschleppt werden musste, hatte Hermanns Mutter vor einiger Zeit ein spezielles Exemplar für die Terrasse herstellen lassen, das auf Rollen fahrbar war und in einem Schuppen untergebracht werden konnte, wenn es regnete. Das Personal hatte das schwere Batisttischtuch darauf ausgebreitet und ein feines Porzellanservice mit Goldrand gedeckt. Erika hatte keine Augen für das glänzende Porzellan und die schimmernden Löffel. Sie rannte quiekend auf den Rasen, wo der kleine Hase in einem Käfig saß und darauf wartete, von ihr gestreichelt und liebkost zu werden.

Hermanns Mutter klatschte in die Hände. „Mir geht das Herz auf, wenn ich Erikas Freude sehe", sagte sie.

„Ja, seitdem ich gesagt habe, dass wir dich besuchen, redet sie über nichts anderes mehr."

Elsa strahlte. „Es ist schön, als Großmutter einen solchen Platz im Herzen der eigenen Enkelin zu haben."

„Ich befürchte, liebe Elsa, dass nicht du diesen Platz im Herzen deiner Enkelin hast, sondern der Hase", sagte Lotte.

Hermann und Isolde brachen gleichzeitig in schallendes Gelächter aus. Seine Mutter machte eine sauertöpfische Miene, aber er sah sofort, dass diese nur aufgesetzt war.

„Nun, dann wollen wir das Mädchen mal mit ihrem Liebling alleine lassen. Setzt euch."

Hermann nahm zur Rechten seiner Mutter Platz, ihm gegenüber saß Lotte, neben ihr Isolde. Die Dienstmädchen trugen Kaffee auf, dann wurde eine Prinzregententorte serviert.

„Ich hoffe, ihr habt Hunger mitgebracht", sagte Elsa.

Hermann sah, dass Isolde und Lotte einen Blick wechselten.

„In letzter Zeit ist der Hunger wieder unser Begleiter geworden", sagte Lotte.

Hermann schluckte. Er erinnerte sich daran, wie er die beiden vor ein paar Wochen beim Spazierengehen getroffen hatte. Schon damals hatten sie über die Teuerung geklagt.

„Die Inflation trifft den Mittelstand am härtesten", sagte er.

„Ja, so ist es wohl", erwiderte Isolde. „Meine Ersparnisse sind weitgehend aufgezehrt. Ich kann von dem, was ich als Ärztin verdiene, gerade noch die Lebenshaltungskosten decken, aber ich weiß nicht, wie lange das reichen wird. Immerhin habe ich den Vorteil, dass viele meiner Patienten ebenfalls nicht bezahlen können. Sie bringen mir Naturalien. So viele Eier wie in den letzten Wochen habe ich lange nicht mehr gegessen. Und da ein Ei gestern auf dem Markt mehr als 40.000 Mark gekostet hat, ist es nicht übertrieben, zu behaupten, dass wir Millionenwerte verschlingen. Aber sie sind gut und nahrhaft. Und ich hoffe, sie bringen uns beide über diese schlechte Zeit. Die Inflation kann ja nicht ewig andauern."

„Wenn ihr etwas braucht ...", sagte Elsa. Hermanns Blick fiel auf die Torte auf dem Tisch. Wie viel die wohl gekostet hatte? Wahrscheinlich hatte seine Mutter eine gute Million Mark dafür bezahlt. Er schluckte.

„Nein, Schwesterherz", sagte Isolde. „Das Thema hatten wir bereits mehr als einmal zu den Akten gelegt. Ich bin die ältere von uns beiden. Wenn hier jemand für die andere sorgt, dann ich."

„Es geht doch nicht ums Sorgen. Es geht ums füreinander da sein. Ich habe nicht vergessen, dass du damals deine Ersparnisse zusammengekratzt hast, um mir das Startkapital für die Farm in Ostafrika zu geben."

Hermanns Augen weiteten sich. Die Geschichte kannte er ja noch gar nicht.

Isolde winkte ab. „Das kannst du nicht vergleichen. Dir ging es damals wirklich schlecht. Ich hatte Angst, dass du in diesem Sanatorium in Wugiri vor die Hunde gehst. Und was wäre dann aus Hilde geworden? Es war notwendig und es war gut angelegtes Geld. Wir beide kommen schon über die Runden, nicht wahr, Lotte?"

Ihre Freundin konnte nicht antworten, denn sie hatte den Mund voll Prinzregententorten.

„Aber wie sind denn die Aussichten?", fragte Elsa an Hermann gewandt. „Irgendwann muss diese Inflation doch einmal enden."

Hermann seufzte. „Die Regierung scheint zu glauben, dass die Inflation die einzige Waffe ist, die sie in der Hand hat. Sie will den Alliierten zeigen, dass die Reparationsforderungen die deutsche Wirtschaft in den Ruin treiben. Und das forciert sie. Irgendwann muss eine Seite nachgeben, das stimmt. Ich fürchte, das muss die Reichsregierung sein, aber bis dahin wird sie unvorstellbaren Schaden angerichtet haben. Und selbst wenn sie nachgibt, selbst wenn der Streik im Rheinland beendet wird, was dann? Dann brauchen wir einen Plan, wie die Währung stabilisiert werden kann. Es gibt Vorschläge. So kursiert gerade ein Gerücht, dass der Roggen als Basis für eine stabile Währung herangezogen werden soll."

„Roggen?", fragte Lotte, die inzwischen ihr Stück Prinzregententorten hinuntergeschluckt „Warum ausgerechnet Roggen?"

„Na, der Vorschlag kommt wohl von einem dieser preußischen Junker", erwiderte Hermann. „Die kennen nichts anderes als Getreide, davon haben sie mehr als genug. Ich weiß auch nicht, ob das zielführend ist. Aber irgendetwas muss sich ändern. Es kann so nicht weitergehen. Und gleichzeitig fürchte ich, dass alles noch viel schlimmer wird."

„Ja, da könntest du recht haben", sagte Isolde. „Ich hoffe nur, dass es nicht wieder zu einem Bürgerkrieg kommt. Der letzte hat mir schon gereicht."

Sie wechselte einen Blick mit Lotte und er ahnte, dass sie unter dem Tisch ihre Hände ineinander legten.

„Ja, die Sorge ist wohl berechtigt. Ich glaube, dieser Hitler steht Bereits in den Startlöchern."

„Diese primitive Mensch?", fragte Elsa.

„Er mag primitiv sein. Aber er kann die Massen mitreißen. Das macht mir Angst", sagte Lotte.

Am Tisch breitete sich ein betretenes Schweigen aus. Hermann schob ein Stück Kuchen in den Mund. Er suchte verzweifelt nach einem Thema, das die Stimmung etwas auflockern konnte. Da rief eine helle Kinderstimme: „Schau mal, der Hase hat ein Ei gelegt."

Die Köpfe fanden sich Erika zu, die an den Tisch kam. Sie hatte ihre kleine Handfläche nach oben gerichtet und darin lag ein einzelner Hasenköttel.

Der Bann war gebrochen und heiteres Gelächter hallte durch den Garten.

KAPITEL 22

Dornburg und München,
23. Juli 1923

Hilde sah auf ihre Drehscheibe. Inzwischen hatte sie ein sehr gutes Gefühl dafür, wie sie die Kraft mit dem Fuß dosieren konnte. Sie hatte alle 24 Tassen geformt, auch die Untertassen und die Teller waren fertig. Nun machte sie sich daran, eine Zuckerdose herzustellen. Die Herausforderung war in diesem Fall weniger das Gefäß selbst als vielmehr der Deckel. Sie hatte noch keine rechte Vorstellung davon, wie er aussehen sollte und das bereitete ihr Kopfzerbrechen.

„Was wird denn das?", hörte sie eine Stimme. Sie nahm ihre Aufmerksamkeit zunächst nicht von ihrem Werkstück, denn sie hatte das Gefühl, dass die Dose gerade die richtige Wanddicke hatte.

„Ich habe dich gefragt, was das wird", hörte sie die Stimme noch einmal.

Nun riss der Aufmerksamkeitsfaden und Hilde nahm den Fuß von der Schwungscheibe. Ihr Werkstück sank in sich zusammen wie ein Reifen, aus dem die Luft entweicht.

„Das hätte eine Zuckerdose werden sollen", sagte sie. Sie sah, dass es Max gewesen war, der sie angesprochen hatte. Was wollte denn der von ihr? Sonst redete er auch nicht mit ihr.

Er legte den Kopf schief. „Die soll wohl zu diesem Service gehören, das du angefertigt hast. Es ist ungewöhnlich, dass du gleich 24 Teile gemacht hast. Zwölf hätten für den Anfang doch vollkommen ausgereicht. Oder willst du in die Serienfertigung gehen? Ist das in Handarbeit nicht etwas mühsam?"

„Das mag sein", entgegnete Hilde. „Aber ehrlich gesagt, geht es dich nichts an."

Nun zog Max eine Augenbraue nach oben. „Jetzt werde mal hier nicht frech", sagte er.

„Na ja, es ist schon ein starkes Stück, dass du mich als frech bezeichnest. Schließlich bin nicht ich es, der jemanden anspricht, der in voller Konzentration bei der Arbeit ist, ihn dabei stört und dazu beiträgt, dass das Werkstück unbrauchbar wird."

Max rümpfte die Nase. „Das wäre wahrscheinlich ohnehin nichts geworden. Es sah nicht so aus, als ob du es stabil bekommen hättest. Und du darfst nicht vergessen. Eine Zuckerdose muss einen Deckel tragen. Die Wand muss dann stärker sein."

„Das kommt darauf an, wie man den Deckel gestaltet", erwiderte sie.

Er zog eine Augenbraue nach oben. „So, jetzt willst du Anfängerin mir einen Vortrag darüber halten, wie man die Statik eines Tongefäßes gestalten sollte? Das ist ein starkes Stück."

„Was willst du eigentlich von mir?"

Er hob die Hände. „Ich wollte dir helfen. Es sah so aus, als ob du mit deinem Werkstück nicht zurechtkämst. Da dachte ich, ich könnte dir ein wenig zur Hand gehen. Ich konnte ja nicht damit rechnen, dass du so unfreundlich bist und meine nett gemeinten Versuche, dir unter die Arme zu greifen, so rüde abwehren würdest."

„Ich weiß nicht, wie du auf den Gedanken kommen kannst, dass mein Werkstück nicht gelingen konnte. Ich war gut dabei. Wenn du mich nicht gestört hättest, wäre es auch was geworden. Und nein, ich glaube, ich komme ganz gut zurecht, ohne deine Hilfe. Konzentrier doch du dich auf deine Arbeit. Und ich mich auf meine. Ich glaube, das ist für uns beide besser."

Er rümpfte noch einmal die Nase und ging davon. Hilde erwartete, dass er zu seinem eigenen Stuhl und zur Drehscheibe ging, doch stattdessen durchquerte er den Raum, stürmte aus der Halle und knallte die Tür hinter sich in Schloss. Sie sah ihm irritiert nach.

„Was ist da gerade geschehen?", fragte Fanny, die eben aus dem Hof kam, wo sie einen frischen Eimer Wasser aus dem Brunnen geholt hatte. Hilde erzählte ihr, was vorgefallen war. Fanny kicherte.

„Ich finde das nicht besonders komisch", sagte Hilde. Fanny grinste. „Ich schon. Es war überfällig, dass Max irgendwann einmal einen Annäherungsversuch starten würde. Aber dass er sich so ungelenk dabei anstellen würde, hätte ich mir in meinen kühnsten Träumen nicht ausmalen können."

Hilde schluckte. „Ein Annäherungsversuch?"

„Jetzt behaupte doch nicht, dass du nichts gemerkt hättest. Der scharwenzelt seit Wochen um dich herum. Seitdem er dir damals geholfen hat, die Schwungscheibe einzustellen, beobachtet er dich aus den Augenwinkeln, wenn er glaubt, dass niemand ihm sieht. Und er hat bereits mindestens zweimal dazu angesetzt, ein Gespräch mit dir zu beginnen."

„Aber ich habe doch nie ein Zeichen gegeben, dass ich Interesse an ihm haben könnte, oder?", fragte Hilde, die spürte, wie sie ein Gefühl der Verzweiflung überkam. Sie wollte nicht, dass Max einen Annäherungsversuch startete. Sie mochte Max nicht. Und selbst wenn sie ihm positive Gefühle entgegengebracht hätte, hatte sie keinen Kopf für so etwas. Seit Pauls Tod hatte sie sich für keinen Mann mehr interessiert. Jahrelang hatte sie getrauert. Und jetzt, nachdem die Wunde, die Pauls Tod gerissen hatte, nicht mehr so furchtbar schmerzte, forderten ihre Arbeit und die Sorge um ihren Sohn ihre ganze Aufmerksamkeit. Sie wollte keinen Verehrer. Denn sie brauchte keinen Mann in ihrem Leben.

„Du glaubst doch nicht, dass ein toller Hecht wie Max sich davon abschrecken lässt, dass du ihn keines Blickes würdigst. Der ist davon überzeugt, dass du irgendwann erkennen wirst, wie grandios er ist."

Hilde schnaubte. „So viel Selbstbewusstsein möchte ich auch einmal haben", sagte sie.

Fanny schüttelte den Kopf. „Ich glaube nicht, dass Max besonders viel Selbstbewusstsein hat. Nach außen scheint er es zu zeigen, aber ich vermute, dass es in seinem Innern ganz anders aussieht."

Hilde zuckte mit den Achseln. „Das mag sein. Aber ich will gar nicht wissen, wie es in seinem Inneren aussieht. Vielmehr interessiert mich, wie ich das Innere dieser Zuckerdose hier gestalte."

Fanny nickte. „Das ist die richtige Einstellung. Du bist mein Mädchen."

***

Hermann sah die Treppe hinab. Er überlegte, ob er wieder umdrehen sollte. *Fegefeuer.* Nie hatte sich dieser Titel so passend angefühlt wie heute. In diesem Ort zwischen Himmel und Hölle wurden die Seelen von der Sünde reingewaschen, ehe sie ins Paradies gelangen konnten. Und deswegen war er hierhergekommen. Er hatte sich versündigt. Gordon gegenüber. Und nur hier würde er Vergebung finden. Zumindest hoffte er das. Gleichzeitig hatte er Angst. Wie würde Gordon reagieren? Würde er ihn überhaupt anhören? Das konnte er nur herausfinden, wenn er ins *Fegefeuer* hinabstieg. Er schloss noch einmal die Augen und atmete tief durch. In seinem Inneren fand er, wonach er suchte. Das Gefühl, als er Gordon geküsst hatte. Als ihre Lippen sich gefunden hatten. Dieses Glück, das ihn durchströmt hatte. Er griff danach und spürte, wie ihm die Erinnerung Kraft gab.

Er stieg die Treppe hinab und trat in den Gastraum. Die Band probte. Hermann kannte das Stück nicht. Es war langsamer als die anderen. Er überlegte, ob er umdrehen und die Musiker in Ruhe üben lassen sollte. Doch die Melodie hielt ihn fest. Das Tempo nahm zu. Die Klarinette spielte immer virtuoser auf, jauchzte, brillierte. Und dann, am Höhepunkt, brach das Stück einfach ab.

„Wunderbar, nicht wahr?", fragte der Wirt, der unbemerkt neben Hermann getreten war.

Dieser musste sich erst von dem Anblick und dem Gehörten lösen. Er nickte nur. Als er etwas erwidern wollte, war seine Kehle wie zugenäht. Er schluckte und räusperte sich. „Ja, Gordon ist ein fantastischer Klarinettist. Und Jerry und Bill sind auch großartig. Aber was sie zusammen auf die Beine stellen, ist unbeschreiblich."

Gordon hatte seine Klarinette abgenommen. Sie lag auf seinen Knien. Er hob den Blick und entdeckte Hermann. Ohne Hast stellte er die Klarinette auf seinen Ständer und ging auf ihn zu. Sie setzen sich an Hermanns angestammten Tisch.

„Ich bin gekommen, um mich bei dir zu entschuldigen", begann Hermann.

Gordon lehnte sich zurück. „Wofür willst du dich entschuldigen?"

„Dafür, dass ich dich neulich abgewiesen habe. Als du ..." Er atmete noch einmal tief durch. „Als du deine Hand auf mein Knie gelegt hast."

Gordon legte den Kopf schief. „Dafür brauchst du dich nicht entschuldigen. Wenn du nicht willst, dann musst du nicht. Ich werde dich nicht zu etwas zwingen, was dir widerstrebt."

Hermann spürte, wie ihm die Röte ins Gesicht schoss. „Aber es widerstrebt mir nicht. Ich hätte mir nichts mehr gewünscht, als dass du weitermachst."

Er hielt sich eine Hand vor den Mund. Hatte er das gerade wirklich eben laut gesagt.

Auch Gordon schien verblüfft zu sein. Seine Augen wurden zunächst klein, dann weiteten sie sich. „Den Eindruck hast du mir aber nicht gemacht. Was ist denn los?"

„Ach, ich bin mir nicht ganz sicher. Vielleicht liegt es daran, dass ich noch nie mit einem Mann ..." Wieder atmete er tief durch. „Dass ich noch nie mit einem Mann zärtlich war. Und gleichzeitig habe ich Angst. Ich weiß, es ist feige, aber ich habe viel zu verlieren. Für meine

Frau wäre es ein willkommenes Geschenk, wenn Sie mich mit einem Mann erwischen würde."

Gordon nickte. „Ich habe schon gespürt, dass du Angst hast. Als ich dich berührt habe, bist du erstarrt. Ich kann dir diese Angst nicht nehmen. Ein Stück weit kann ich es sogar nachvollziehen. Es ist etwas Unbekanntes, etwas Neues für dich. Und gleichzeitig etwas Bedrohliches, etwas Verbotenes. Du hast viel zu verlieren, das stimmt. Bei mir ist das anders, ich falle nicht tief. Zudem schützt mich mein Status als Amerikaner davor, in deinem Land bestraft zu werden. Es tut mir leid, dass es dir so geht. Ich würde mir wünschen, dass wir entspannter mit unseren Wünschen und Bedürfnissen umgehen können. Aber das wird wohl Zukunftsmusik bleiben."

Hermann schluckte. „Ich möchte nicht, dass das irgendwie zwischen uns steht. Ich möchte, dass wir weiterhin freundschaftlich miteinander verbunden sein können."

Gordon grinste. „Natürlich können wir das. Es ist doch nichts geschehen. Du hast mir eine Grenze gezeigt und ich habe sie eingehalten. Und wenn du sie doch einmal überschreiten möchtest, bin ich da und helfe dir gerne darüber. Bis dahin, lass uns musizieren. Hast du Lust, bei unserem neuen Stück mitzuspielen?"

Hermann riss die Augen weit auf. „Ob ich Lust habe? Aber natürlich. Warte, ich gehe rasch nach Hause und hole meine Klarinette."

KAPITEL 23

*Dornburg und München,
24. Juli 1923*

Hilde spürte, wie ihr Herz bis zum Hals klopfte. Sie hatte die Hälfte ihres Services auf ein Tablett gestellt. Zwölf Tassen, zwölf Untertassen, zwölf Kuchenteller, die Zuckerdose mit dem filigranen, flachen Dach, das eher einem noch kleineren Unterteller glich als einem klassischen Deckel, und das von der dünnen Wand sicher und fest getragen wurde. Dazu ein Milchkännchen, ein Kuchenteller und sogar eine Kaffeekanne mit einem etwas größeren Deckel im selben Design. Die Studenten hatten den Auftrag bekommen, die Arbeiten auszuwählen, die sie für die fortgeschrittensten hielten. Sie präsentierten sie auf ihrem Drehteller, während die Meister die Reihe abschritten und jedes Werkstück bewerteten.

Eben waren sie bei Max. Hilde sah, dass dieser ihr immer wieder Seitenblicke zuwarf, während sich Krehan und Marcks darin überboten, seine Kreation zu loben. Max hatte ein Konzept entwickelt, wie man Keramik in industriellem Rahmen vervielfältigen konnte. Er arbeitet nicht mehr direkt an der Drehscheibe, sondern hatte Förmchen hergestellt, in die die Rohmasse gegossen wurde, wodurch vollkommen identische Werkstücke in großer Zahl produziert werden konnten.

„Ich denke, wir haben den Beitrag der Töpferei zur Inneneinrichtung des Haus am Horn gefunden", sagte der Werkmeister und schüttelte Max die Hand.

Der Formmeister nickte und Hilde spürte, wie ihr Herz eine Etage tiefer sank. Natürlich hatte sie insgeheim befürchtet, dass es so kommen würde. Max hatte laut genug herumposaunt, wie innovativ sein Ansatz war und wie gut er zur Vorgabe der Bauhaus-Leitung passte, die Produkte, die die Studenten herstellten, marktreif zu gestalten. Er konnte seine Formen an die Industrie verkaufen und die würde Tausende, Zehntausende oder gar Millionen seiner Tassen produzieren und alle würden sie gleich aussehen. Das Hochwertige daran war dann nicht mehr die Herstellung, sondern das Design. Dadurch unterschieden sich die Produkte aus der Bauhaus-Schule von der billigen Konkurrenz.

Was konnte sie schon dagegen setzen? Ein aufwendig hergestelltes Einzelstück, ein Service, das zwar schön anzusehen war, das aber nur mit großem Aufwand reproduzierbar war. Es war nichts für den Massenmarkt. Sie wurde aus den Gedanken gerissen, als die beiden Meister zu ihr traten.

„Was haben wir denn da?", fragte der Formmeister.

Hilde räusperte sich. „Ich habe ein Kaffeeservice hergestellt. Es ist eine klassische Arbeit, die an der Töpferscheibe entstanden ist. Trotzdem ist es mir gelungen, die Teile weitgehend identisch zu gestalten. Nur dem geübten Auge fällt auf, dass jede Tasse trotzdem ein Einzelstück bleibt. Ich habe ein einfaches Design gewählt und darauf verzichtet, den Henkel zu durchbrechen. So können gerade Kinder die Tassen fester halten, was ihre Lebensdauer erhöht.

Der Formmeister nickte. „Sehr schön, Sie haben Ihren eigenen Hintergrund mitgebracht. Haben Sie Ihrem Sohn schon einmal eine Tasse gegeben?", fragte er.

Hilde lächelte. „Ja, er hat einen der Prototypen bekommen. Und er will aus nichts anderem mehr trinken. Er kann den Henkel sehr gut zwischen Daumen und Zeigefinger pressen. Es passt gerade so viel Flüssigkeit hinein, dass die Tasse ihm dann nicht zu schwer wird."

Marcks nickte. „Nun bin ich ja nicht der Fachmann für die Funktion, sondern eher für das Design. Das gefällt mir sehr gut. Sie haben es wirklich einfach gehalten. Ein konischer Körper. Ein Henkel ohne Durchbruch. Und diese flachen Deckel, die gefallen mir sehr gut."

Hilde spürte, wie das Lob ihr hinunterlief wie Honig. Gut, ihre Werkstücke würden nicht bei der Leistungsschau ausgestellt. Aber den Formmeister hatte es überzeugt. Sie hatte genau das abgeliefert, was er von ihr gefordert hatte, als er ihr seine aufmunternden Worte gegeben hatte, damals, vor wenigen Wochen, als sie draußen auf der Bank gesessen und gezweifelt hatte, ob sie überhaupt jemals ein Tongefäß herstellen würde.

Sie sah nun den Werkmeister an, der die Stirn runzelte. „Ich muss meinem Kollegen Recht geben, dass das Design gelungen ist. Aber es ist eine schöne Übung, mehr nicht. Die Herstellung ist aufwendig und zeitraubend. Sie werden keine hohen Stückzahlen produzieren können."

Marcks nickte erneut. „Sie haben etwas Ansehnliches geleistet. Aber in Zukunft werden wir daran gemessen werden, ob wir mit unseren Designs Geld verdienen können. Und dafür müssen Sie viele Teile in kurzer Zeit herzustellen. Sind Sie dazu in der Lage?"

Hilde fühlte sich, als ob der Formmeister ihr einen Eimer kalten Wassers über den Kopf geleert hätte. „Ich-ich glaube, dass ich einen Weg finden kann, wie ich das Service in industriellem Rahmen herstellen kann", stammelte sie.

„Sie glauben?", fragte Marcks. „Gut, dann bekommen Sie eine Hausaufgabe von mir. Zeigen Sie mir, wie Sie das anstellen wollen. Ich will nicht, dass Sie etwas glauben. Sie sollen es wissen und Ihr Wissen soll auf Erfahrung beruhen."

Er nickte Hilde zu und die beiden Meister gingen von dannen. Sie widmeten sich Fannys Werkstück, einer extravagant aussehenden Vase, die eine breite Basis hatte, in der Mitte schmal zulief und sich oben wieder öffnete, dabei aber keinerlei Verzierungen aufwies. Offenbar lobten sie das Werkstück, denn Fanny strahlte breit. Hilde nahm es nur am Rande wahr. In ihrem Kopf wirbelten bereits die Gedanken umher. Sie würde einen Weg finden, wie sie die Produktion ihres Services rationalisieren konnte. Und damit würde sie Max endgültig das überhebliche Grinsen vom Gesicht wischen.

***

Hermann spielte den letzten Ton und ließ ihn leise verklingen. Er wollte nicht, dass das Musikstück endete. Denn das würde bedeuten, dass die Probe vorbei war, dass er seine Klarinette wegpacken musste, dass er sich von Gordon verabschieden und wieder nach Hause zurückkehren musste, wo eine vor Wut tobende und schnaubende Friederike auf ihn wartete. Sie hatte ihm noch nicht verziehen, dass er Hitlers Partei keinen Kredit gegeben hatte. Wahrscheinlich würde sie ihm das niemals vergeben. Er musste wohl darauf acht geben, dass sie nicht irgendwann Gift in sein Essen mischte, um an das Erbe zu gelangen. Er schluckte und die Bewegung seines Kehlkopfes führte dazu, dass der Ton früher abbrach, als er es im Sinn gehabt hatte.

Gordon, der die Augen geschlossen hatte, während er eine Terz höher den Ton gehalten hatte, öffnete sie nun und sah Hermann an. „Was ist los?", fragte er.

Hermann setzte die Klarinette ab. „Ach, ich musste an meine Frau denken. Und dann konnte ich mich nicht mehr auf die Musik konzentrieren."

„Es ist schon erschreckend, wie viel Macht deine Frau über dich hat", sagte Gordon.

Hermann schnaubte. „Da hast du leider recht. Mir graut davor, nach Hause zu kommen. Ich weiß nicht, was mich dort erwartet. Meine Tochter wird wahrscheinlich schon schlafen. Ich kann versuchen, mich leise in mein Bett zu schleichen, aber wenn ich Friederike begegne, wird sie mir eine Standpauke halten. Und das will ich auf jeden Fall vermeiden."

Gordon nahm das Blatt aus seiner Klarinette und sah Hermann nicht an, als er sagte: „Ich könnte dir bei mir Unterschlupf gewähren. Ich habe zwar nicht viel Platz, aber wenn du nicht nach Hause willst, verbringe die Nacht doch bei mir."

Hermann spürte, wie sein Mund austrocknete. „Hast du denn ein Gästezimmer?", fragte er.

Gordon brach in ein schallendes Gelächter aus. Hermann sah ihn entgeistert an. „Was ist los?", fragte er. „Was ist so lustig daran?"

„Das ist eine Frage, die auch nur Menschen stellen können, die sich um Geld keine Sorgen machen müssen. Natürlich habe ich kein Gästezimmer. Ich kann dir den Boden anbieten oder mein Bett, wenn es dir da nicht zu eng wird. Denn ich würde ebenfalls dort schlafen."

Hermann sah sich verstohlen um. Der Wirt war nicht an der Theke und das Lokal war leer.

„Du brauchst dir keine Sorgen machen. Niemand hier hat mein Angebot mitbekommen."

Hermann spürte, wie eine heiße Röte ihm durch das Gesicht wusch. „Nein, so habe ich es nicht gemeint. Ich mache mir keine Sorgen. Ich war nur überrascht", sagte er.

Gordon hob die Hand. „Na gut. Aber selbst, wenn du es so gemeint haben solltest, es ist in Ordnung. Was ich dir angeboten habe, ist in Deutschland verboten, ebenso wie dort, wo ich herkomme. Wie ich gehört habe, wird man hier dafür ins Gefängnis gesperrt. Bei mir zu Hause sind die Leute da nicht so zimperlich. Die knüpfen dich am nächsten Telegrafenmasten auf. Aber nur, wenn du Glück hast. Wenn du Pech hast, wirst du davor geteert und gefedert."

Hermann schluckte. „Was ist denn das?"

„Es ist das, wonach es klingt. Sie schmieren dich von oben bis unten mit Teer ein und spicken dich mit Federn. Wenn der Teer deine Haut nicht verätzt, erstickst du am Gefieder."

Hermann verzog das Gesicht. „Das ist barbarisch", sagte er.

Gordon lachte. „Genau das würden meine Landsleute über uns sagen. Dass wir die Barbaren sind, die sich benehmen wie die Tiere. Und gleichzeitig bestreiten Sie, dass das, was wir tun, natürlich ist. Sie widersprechen sich und sie merken es nicht einmal. Oder sie wollen es nicht merken. Sie sind einfach nur dagegen."

Hermann wusste nicht, was er darauf erwidern sollte. Er hatte sich noch nie mit einem anderen Menschen über dieses Thema ausgetauscht. Gut, das stimmte so nicht. Friederike hatte es einmal angesprochen, damals, als er zum zweiten Mal um ihre Hand angehalten hatte. Sie hatte ihm unterstellt, dass seine Gefühle für Paul mehr als nur freundschaftlich gewesen waren. Damals hatte Hermann sich das nicht eingestehen können oder wollen. Inzwischen war ihm klar, dass sie recht gehabt hatte. Er hatte nie Freude oder gar Lust dabei empfunden, seinen ehelichen Pflichten nachzukommen. Friederikes Reize hatten ihn kalt gelassen, um überhaupt im Schlafzimmer funktionieren zu können, hat er sich Paul vorgestellt. Und da war ihm klar geworden, dass er einer Frau nichts abgewinnen konnte. Doch das war genau mit den Schwierigkeiten verbunden, die Gordon gerade angesprochen hatte. Niemand durfte es wissen. Es wäre das Ende seiner gesellschaftlichen Stellung. Er würde im Gefängnis landen, die Bank würde unter Friederikes Kontrolle geraten und sie würde ihm auch seine Tochter wegnehmen. Es war ein Jammer, denn Gordons Angebot, bei ihm zu übernachten, hatte eine fieberhafte Unruhe in ihm ausgelöst. Er wollte es so sehr, wie schon lange nichts mehr.

„Wie steht es denn?", fragte Gordon. „Ich würde jetzt etwas essen und dann nach Hause gehen. Kommst du mit?"

Hermann schluckte. Ein Teil von ihm war schockiert, dass Gordon ihm so unverblümt anbot, ihn zu begleiten und die Nacht mit ihm zu verbringen. Er setzte sich selbst einer großen Gefahr damit aus. Und andererseits verstand er genau, warum sein Musikerfreund so handelte. Die Musik hatte sie zusammengeführt. Und alles, was sie voneinander trennte, war verschwunden. Bis auf die eine Grenze, die Hermann gesetzt hatte. Er sehnte sich so sehr danach, sie zu überschreiten, und gleichzeitig graute es ihm vor den Folgen.

Gordon sah ihn erwartungsvoll an. Hermann spürte, wie sein Mund noch trockener wurde. Er lechzte nach einem großen Schluck Cognac. Aber seinen Flachmann hatte er zu Hause gelassen. Und er wusste, dass er diese Entscheidung lieber nüchtern treffen musste. Was sollte er tun?

KAPITEL 24

Dornburg und München,
14. August 1923

Hermann erwachte, weil ihm der erste Sonnenstrahl durch die Lücke zwischen seinen Augenlidern drang. Er fühlte sich seltsam wohl. So ganz konnte er nicht greifen, was es war, das dieses Gefühl ausgelöst hatte. Wenn er morgens aufwachte, plagten ihn meistens Kopfschmerzen, weil er am Vorabend zu viel oder zu wenig getrunken hatte. Doch heute pochte keine Pein hinter seinen Schläfen. Vielleicht rührte dieses Wohlsein daher. Es war seltsam, wie die Gedanken im Halbschlaf sich ergaben. Es war eine zeitlose Phase, ohne Erinnerung, aber auch ohne Zukunft. Immer ganz auf eine Empfindung konzentriert. Der Moment dauerte nicht lange an. Er öffnete die Augen und zuckte zurück. Er war nicht allein. Nur wenige Zentimeter entfernt war ein anderes Gesicht.

Und dann kam die Erinnerung an den Vorabend zurück. Das gemeinsame Essen in einer Künstlerkneipe in Schwabing. Sie hatten sich eine Flasche Wein und ein Hähnchen geteilt. Und selten hatte Hermann so gut gegessen und das Mahl so sehr genossen wie an diesem Abend. Doch sie hatten nicht allzu viel Zeit in dem Gasthaus verbracht, denn beide sehnten sich nach Zweisamkeit. Gordon führte Hermann in sein Zimmerchen, das er in einem baufälligen Wohnblock im Osten Schwabings bezogen hatte. Er wohnte dort zur Untermiete, aber als sie dort angekommen waren, war seine Vermieterin schon längst im Bett.

„Die Frau ist weit über 80. Sie schläft nur noch. Es würde mich nicht wundern, wenn ich eines Tages die Wohnung verliere, weil ihre Nachkommen sie tot in ihrem Bett finden und mich hinauswerfen, um jemand dort einzuquartieren, der mehr Miete zahlen kann. Aber aus irgendeinem Grund mag die alte Frau mich", hatte Gordon erzählt, als sie leise die Treppe hinaufgestiegen waren und er den Schlüssel in sein Schloss geschoben hatte.

Als Hermann den Raum betrat, fühlte er sich ein wenig an das Gemälde von Spitzweg erinnert, den armen Poeten, der in der Neuen Pinakothek hing. Es zeigte einen Mann in dicker Kleidung, der in seinem Bett in einem heruntergekommenen Kämmerchen saß, einen Schirm über seinen Kopf gespannt, weil es durch die Decke regnete. Hermann sah nirgendwo einen Schirm und der Boden sah trocken aus, aber das Zimmerchen selbst hatte eindeutig schon bessere Zeiten gesehen. Immerhin verfügt es über eine elektrische Lampe, eine nackte Glühbirne, die von der Decke hing und die Gordon nun einschaltete. Er zog die Vorhänge zu, dann trat er auf Hermann zu. Ohne Umschweife legte er seine Hände auf Hermanns Schultern und küsste ihn. Es war kein freundschaftlicher Kuss, kein kurzer, verstohlener Kuss. Sondern ein langer, leidenschaftlicher Kuss. Und mit diesem Kuss hatte etwas begonnen, was Hermann nie für möglich gehalten hatte. Er hatte in dieser Nacht Dinge erlebt, von denen er lange geträumt hatte, die er sich aber nie hatte erlauben wollen, Träume, nach denen er stets mit schlechtem Gewissen aufgewacht war. Nun waren sie Wirklichkeit geworden. Und als er an diesem Morgen erwachte, bereute er keine Minute davon.

„Wie geht es dir?", hörte er Gordon fragen. Er sah ihn erstaunt an. Seine Lippen hatten sich bewegt, aber seine Augen war noch geschlossen.

„Mir geht es sehr gut", sagte Hermann. „Und dir?"

Gordon lächelte. „Mir geht es blendend. Es war eine wunderbare Nacht. Vielen Dank dafür."

Hermann spürte, wie eine leise Röte sein Gesicht überzog, als er daran dachte, wofür Gordon sich genau bedankte.

„Ich glaube, ich habe dir zu danken. Du hast mich nicht nur davor bewahrt, dass ich einen furchtbaren Abend zu Hause verbracht hätte, ständig auf der Hut vor meinem Drachen von Ehefrau. Du hast mir die schönste Nacht meines Lebens geschenkt."

Nun öffnete Gordon seine Augen. „Die schönste Nacht deines Lebens? Wirklich?"

Hermann nickte. „Ich habe noch nie ... Du weißt schon. Mit einem Mann. Und ... Ich habe mich lange danach gesehnt, habe es mir aber auch nie erlaubt, diese Sehnsucht jemals in die Tat umzusetzen. Ich hatte zu viel Angst. Aber du hast mir diese Angst genommen. So einfach und so natürlich. Und dafür möchte ich dir danken."

Das Lächeln auf Gordons Lippen wurde nun breiter. Er grinste. „Nun, wie jemand der Angst davor hatte, hast du heute Nacht nicht gewirkt."

Hermann lachte. „Das liegt nur daran, dass ich dir vertrauen kann und das ist schön."

Ihre Lippen fanden sich wieder zu einem Kuss. Und dann gaben sie sich ein weiteres Mal ihrer Leidenschaft hin. Doch als sie danach eng umschlungen auf den Kissen lagen, spürte Hermann, wie das schlechte Gewissen zurückkehrte.

„Ich muss aufbrechen", sagte er. „Sie erwarten mich in der Bank."

„Ja, es ist spät. Die Uhr hat neun geschlagen."

Hermann schreckte auf. „Neun? Dann wird sehr viel los sein auf den Straßen. Was, wenn mich jemand sieht, wenn ich das Haus verlasse?"

Gordon schmunzelte. „Nun, so ganz scheinst du den alten Hermann nicht abgelegt zu haben. Mach dir keine Sorgen. Neun ist eine unverdächtige Uhrzeit, um einem Musikerfreund einen Besuch abzustatten. Besser jedenfalls, als morgens um fünf dabei beobachtet zu werden, wie du mein Haus verlässt. Nimm deine Klarinette mit, klemm sie dir unter den Arm und tu so, als ob du mich heute vor der Arbeit aufgesucht hättest, um einen Rat wegen einer besonders schwierigen Stelle in einem der Stücke zu holen, die wir gestern Abend geübt haben. Kein Mensch wird ahnen, was wir stattdessen getan haben."

Hermann stand auf, zog sich an und sah noch einmal zu Gordon hinab, der im Bett liegen blieb.

„Wann sehen wir uns wieder?", fragte Hermann.

„Wenn du bereit dazu bist", erwiderte Gordon.

***

„Nimm dir das doch nicht so zu Herzen", sagte Fanny. „Marcks hat dir eine Hausaufgabe gegeben. Das ist keine Abschlussprüfung. Deine Lösung muss nicht perfekt sein."

Hilde mied den Blick ihrer Freundin und sah in Richtung der Saale, die sich unten im Tal träge vorbei wälzte. Sie waren auf dem Weg vom Marstall hinauf in das Dorf und Fanny schien bemerkt zu haben, dass Hilde im Vergleich zu den letzten Tagen ungewöhnlich schweigsam gewesen war. Sie hatte nachgebohrt und schließlich hatte Hilde ihr gesagt, dass die Worte des Werkmeisters ihr weiterhin nachgingen.

„Du hast gut reden", sagte Hilde. „Deine Vase haben sie in den höchsten Tönen gelobt. Und weder Marcks noch Krehan haben von dir verlangt, sie in Serie herzustellen."

Fanny winkte ab. „Weil es eine Vase ist. Vasen dürfen Einzelstücke sein. Du hast dich mit einem ganzen Service an die Öffentlichkeit gewagt. Und offenbar hat den beiden Meistern dein Design so gut gefallen, dass sie es in industriellem Rahmen produzieren wollen. Das ist doch großartig."

Hilde riss die Augen auf. „Meinst du wirklich? So habe ich es noch gar nicht gesehen."

Fanny winkte ab. „Ja, und damit haben wir den springenden Punkt. Ich mag dich, Hilde. Sehr gern sogar. Aber etwas an dir treibt mich ständig in den Wahnsinn. Wenn du etwas Positives erlebst, dann nimmst du es einfach wahr. Es geht durch dich hindurch und scheint keine große Wirkung zu hinterlassen. Sobald dir aber auch nur die kleinste Kleinigkeit gegen den Strich läuft, ist alles ein großes Drama."

Hilde schluckte. „Wie meinst du das?"

„Na, so, wie ich es eben gesagt habe. Du erlebst hier so viel Schönes. Deine Entwicklung ist enorm. Vor drei Monaten konntest du nicht einmal eine Drehscheibe bedienen. Nun hast du schon Tassen hergestellt, die selbst ein geübtes Auge nicht voneinander unterscheiden kann. Du hast riesige Fortschritte gemacht. Aber das siehst du nicht. Du siehst nur die Kleinigkeit, die dir zur Perfektion fehlt. Wach auf, Hilde! Das ist ein unerreichbares Ideal."

„Das ist sie", hörte Hilde eine Stimme sagen. Sie hatte etwas erwidern wollen, aber der Ruf brachte sie durcheinander. Sie sah sich um. Sie hatten beinahe den Dorfeingang erreicht, doch die Straße war blockiert. Ein halbes Dutzend Männer und zwei Frauen standen dort. Einen der Männer erkannte sie. Es war der Vater, der neulich seinen Sohn gezüchtigt hatte und von Fanny deswegen zurechtgewiesen worden war.

„Habe ich es mir doch gedacht. Bauhauspack", sagte der Mann. Die anderen lachten.

„Ihr stört hier", sagte eine Frau. „Verschwindet!"

Hilde sah, dass Fanny erbleichte.

„Warum sollen wir hier verschwinden? Die Hochschule hat den Marstall gemietet. Ich lebe hier, und bezahle jeden Monat meine Miete. Wir bringen Geld nach Dornburg. Was wollen Sie denn mehr?", fragte Hilde.

„Wir wollen, dass Judenweiber wie dieses hier verschwinden", sagte einer der Männer. Hilde sah nun, dass Fanny noch mehr erbleichte. Sie konnte es ihr nicht verdenken. Hilde griff nach ihrem Arm und zog sie mit sich. Es war fruchtlos, mit diesen Leuten zu diskutieren. Sie mussten hier weg. Doch die Menge machte keine Anstalten, auf die Seite zu treten. „Ihr habt kein Recht, hier zu sein", schrie der Mann. „Ihr seid Fremde. Ihr gehört nicht hierher. Also verschwindet! Und zwar am besten freiwillig. Sonst könnten wir uns gezwungen sehen, dabei nachzuhelfen."

Hilde und Fanny tauschten einen Blick. Sie saßen in der Falle. Ob die Männer ihnen etwas antun würden? Ihre Blicke waren feindselig und einer hatte die Hand zur Faust geballt.

„Mama, Mama", hörte Hilde einen Ruf. Sie sah die Straße hinauf. Dort kam Frau Gerwig ihr entgegen und an ihrer Hand lief Paulchen. Er riss sich los und rannte auf Hilde zu. Die verdutzten Männer machten ihm Platz und durch diese frisch entstandene Gasse stürmte ihr Sohn hindurch wie die Israeliten durch das Rote Meer. Hilde breitete ihre Arme aus und Paulchen stürzte sich hinein. Sie drückte ihn fest an sich. Sie war froh, dass er da war, und gleichzeitig hatte sie Angst um ihn. Doch als sie sich umsah, bemerkte sie, dass die Blicke der Umstehenden sich abwandten. Die Menge zerstreute sich, die Leute gingen auseinander.

„Das ist gerade noch einmal gut gegangen", sagte Fanny. Sie wirkte ehrlich erschüttert.

Hilde nickte. „Ich befürchte, dass wir beim nächsten Mal nicht so glimpflich davonkommen werden."

KAPITEL 25

Dornburg und München,
20. August 1923

Hilde stieg die Treppen in den ersten Stock des Marstallgebäudes empor. Sie klopfte an Fannys Tür. Niemand antwortete und sie klopfte ein weiteres Mal.

„Lass mich in Ruhe", sagte Fanny. „Ich habe dir schon gesagt, dass ich nichts von dir will."

Hilde runzelte die Stirn. Sie dachte kurz nach, doch dann erkannte sie, dass diese Anrede eindeutig nicht ihr gegolten haben konnte. Sie drückte die Klinke hinunter und wollte die Tür aufmachen, doch sie war abgeschlossen.

„Verschwinde!", rief Fanny.

„Ich bin es, Hilde", sagte sie.

Sie hörte rasche Schritte, dann wurde der Schlüssel im Schloss gedreht. Die Tür öffnete sich.

„Du? Was willst du denn hier?", fragte Fanny.

„Ich will mit dir reden. Aber für wen hast du mich denn gehalten?"

Fanny verdrehte die Augen. „Komm rein, dann erzähle ich es dir."

Ihre Freundin deutete auf den Schemel, sie selbst setzte sich auf das Bett. „Ich hatte gedacht, dass Max klopft", sagte sie.

„Max? Warum sollte der bei dir klopfen?", fragte Hilde.

Fanny verzog das Gesicht. „Nun, da er bei dir nicht landen konnte, hat er es bei mir versucht. Er hat mir unverblümt vorgeschlagen, dass wir doch eine Nacht zusammen verbringen könnten. Ich habe ihn ausgelacht. Aber du kennst ihn. Max hat ein unerschütterliches Selbstbewusstsein. Er hat nicht locker gelassen. Schließlich musste ich ihm die Tür vor der Nase zuschlagen. Doch auch das hat ihn nicht davon abgehalten, weiter zu klopfen und mich aufzufordern, ihm zu öffnen. Er ist erst gegangen, als ich lautstark den Schlüssel umgedreht habe."

Hildes Augen weiteten sich. Das konnte doch nicht wahr sein.

„Das solltest du den Meistern sagen. Du musst dich über Max beschweren", sagte sie.

Auf Fannys Gesicht erschien ein trauriges Lächeln „Ach, Hilde. Du glaubst doch nicht im Ernst, dass das etwas bringt. Max ist ihr Liebling. Da werden erst wir hinausgeworfen, ehe Max bekäme, was er verdient. Nein. Ich werde meine Tür abschließen und versuchen, dunkle Ecken zu meiden. Mehr kann ich nicht tun."

„Noch ein Grund mehr, dass wir miteinander reden", erwiderte Hilde.

Fanny runzelte die Stirn. „Wie meinst du das?"

„Ich möchte dir einen Vorschlag machen. Und ich befürchte, dass dir nicht gefallen wird, was ich zu sagen habe."

Die Furchen auf Fannys Stirn wurden tiefer. „Na, dann schieß mal los."

„Das neulich. Diese Meute, die sich uns in den Weg gestellt hat. Die wollten nichts von mir. Die hatten es auf dich abgesehen."

Fanny nickte. „Ja, ich bin denen nicht deutsch genug. Keine Ahnung, wie die herausgefunden haben, dass ich Jüdin bin. Es würde mich nicht wundern, wenn Max es im Ort herum erzählt hätte."

Hilde nickte. „Sie haben es auf dich abgesehen. Ich glaube, dass du in Dornburg nicht sicher bist. Und selbst der Marstall ist nun ein gefährlicher Ort. Das ist doch kein Leben."

Fanny zuckte mit den Achseln. „Was kann ich dagegen tun?"

Hilde holte tief Luft. „Du könntest dein Studium hier abbrechen und an einen Ort gehen, an dem es sicherer ist. In den großen Städten gibt es auch Kunsthochschulen."

Fanny sah sie an, als ob sie ihr vorgeschlagen hätte, mit dem Papst Polka zu tanzen. „Aber ich will hier nicht weg. Es war mein Traum, am Bauhaus zu studieren. Mal ganz abgesehen davon, dass ich es mir nie leisten könnte, an einer anderen Hochschule zu studieren."

„Und da kommt mein Vorschlag ins Spiel. Ich würde meine Mutter bitten, dir ein Stipendium zu gewähren."

Fanny hob beide Hände. „Das ist lieb von dir. Aber ganz ehrlich, dass ich eine Jüdin bin, ist etwas, das sich mit Geld allein nicht auslöschen lässt. Nein. Ich werde hierbleiben. Ich lasse mir meinen Traum nicht von diesen Judenhassern zerstören."

In ihren Augen glitzerte ein Feuer. Es war ein Anblick, den Hilde gut kannte. Paul hatte genauso ausgesehen, als er in seinen Tod gegangen war. Sie wusste, dass sie

Fanny nicht dazu bewegen würde, ihren Vorschlag anzunehmen.

„Also gut. Aber wenn du meine Hilfe brauchst, werde ich immer für dich da sein."

Fanny grinste. „Gut. Und jetzt lass uns an deinen Gussformen arbeiten. Ich bin zwar keine Freundin der industriellen Fertigung, aber in diesem Fall mache ich eine Ausnahme. Ich möchte Max' Gesicht sehen, wenn er erkennt, dass sein Konzept bei Weitem nicht so einzigartig ist, wie er es immer behauptet."

***

Hermann saß auf dem Stuhl auf der Bühne des *Fegefeuers* und klopfte ungeduldig mit dem Fuß auf den Dielenboden. Wo blieb Gordon denn nur? Er war doch sonst nicht so unpünktlich. Hermann war schon früher bei der Arbeit gegangen, hatte kurz zu Hause vorbeigeschaut, um sich umzuziehen und mit seiner Tochter zu Abend zu essen. Die Kleine war so redselig gewesen und Hermann war das Herz aufgegangen. Wie glücklich er doch war, dass es zwei Menschen in seinem Leben gab, bei denen er sich wohlfühlte. Er hatte Erika ins Bett gebracht und ihr ein Gute-Nacht-Lied gespielt. Dann hatte er sich umgezogen, seine Klarinette in das Köfferchen gepackt und war zu der Kellerkneipe aufgebrochen, wo er sich um acht Uhr mit Gordon verabredet hatte.

Doch nun war es schon zwanzig nach acht und von Gordon war weit und breit nichts zu sehen.

„Vielleicht ist er aufgehalten worden", sagte der Wirt. „Oder er hat den Termin einfach vergessen. Sie wissen ja, wie diese Künstler so sind."

Hermann schüttelte den Kopf. „So ist Gordon nicht."

Der Wirt lachte. Hermann blieb noch eine Weile sitzen, doch als die Uhr halb neun schlug, hielt es ihn nicht mehr auf seinem Stuhl. Er packte die Klarinette ein, nahm das Köfferchen und ging zur Tür.

Der Wirt warf ihm einen seltsamen Blick zu, sagte aber nichts. Hermann konnte es ihm nicht übel nehmen. Es war doch eher ungewöhnlich, dass ein Gast, der eindeutig einer feineren Gesellschaftsschicht angehörte als der, mit dem er sich treffen wollte, sich um sein Gegenüber sorgte und dann sogar so weit ging, dass er sich auf die Suche nach ihm begab. Aber das war Hermann gleichgültig. Er machte sich Sorgen um Gordon.

Es war nicht weit bis zur Wohnung des Musikers. Hoffentlich war ihm nichts zugestoßen. Die Sorge ließ plastische Bilder vor seinem inneren Auge entstehen. Was, wenn er die Treppe hinabgefallen war und sich das Bein gebrochen hatte? Wenn ihn niemand gefunden hatte? Wenn er mit höllischen Schmerzen im Stiegenhaus lag?

Er bog um eine Ecke und sah einen Menschenauflauf vor sich. Hermann schluckte. Da waren Männer in braunen Hemden. Sie trugen Armbinden, auf denen auf weißem Grund schwarze Hakenkreuze prangten. SA, die Sturmabteilung, Hitlers Schläger. Er war ihnen ab und zu auf den Straßen begegnet, aber noch nie hatte er so viele von ihnen gesehen. In der Zeitung hatte er gelesen, dass sie gezielt Veranstaltungen anderer

Parteien aufsuchten, um sie zu sprengen, Schlägereien zu provozieren und Politiker zu bedrohen.

Hermann überlegte, ob er einen Umweg nehmen sollte. Aber es gab keine Alternative. Das Haus, in dem Gordon wohnte, war nur wenige Meter von dem Auflauf entfernt. Hermann wechselte die Straßenseite und wollte sich vorbeischleichen, als er einen der SA-Männer rufen hörte: „Bleib liegen, wo du hingehörst! Du siehst ja ohnehin aus wie Dreck."

Seine Kumpane quittierten die Bemerkung mit einem lauten Lachen. Einer der Männer trat auf etwas ein, das am Boden lag. Zu seinem Schrecken erkannte Hermann, dass es sich um einen menschlichen Körper handelte. Er hielt inne und sah näher hin, doch er konnte das Gesicht der Person nicht erkennen. Ein anderer SA-Mann trat der Gestalt in die Seite und sie stöhnte auf. Etwas an dem Geräusch fuhr Hermann durch Mark und Bein. Er hatte dieses Stöhnen schon einmal gehört. Aber in einem ganz anderen Kontext. Und es war nicht der Schmerz gewesen, der es der Person entlockt hatte. Das war Gordon. Die SA-Leute hatten ihn zusammengeschlagen.

Hermann spürte, wie eine gewaltige Wut ihn erfüllte. Die leise Stimme der Vernunft warnte ihn davor, den nächsten Schritt zu tun. Aber Hermann konnte nicht anders. Er musste einschreiten. Er ging über die Straße direkt auf die Menschenmenge zu.

„Was ist hier los?", fragte er.

Zwei der SA-Leute wandten sich ihm zu und musterten ihn von oben bis unten.

„Und wer will das wissen?", fragte einer der beiden. Auf seinen Lippen erschien ein höhnisches Grinsen.

„Mein Name ist Hermann von Lampeck. Im Krieg habe ich eine Kompanie an der Westfront befehligt. Ich bin der Schwiegersohn des Generals von Steinbeiß. Meine Frau ist eine Vertraute eures Führers. Ich will es wissen."

Hermann war erstaunt darüber, dass es ihm nach wie vor gelang, einen Offizierston anzuschlagen, obwohl er seit vier Jahren kein Soldat mehr war. Seine Worte erzielten die gewünschte Wirkung, denn nun sahen ihn alle SA-Männer an. Die beiden, die sich eben noch frech gegeben hatten, wirkten nun beinahe duckmäuserisch.

„Wir haben dieses Stück Dreck gefunden und ihm gegeben, was er verdient", sagte einer.

Hermann sah auf den am Boden liegenden Gordon. Er hatte die Augen geschlossen und stöhnte leise vor sich hin.

„Das ist mutig von euch. Ich zähle 14 Mann. Das muss ein starker Gegner gewesen sein, dass es so viele von euch gebraucht hat, um ihn zu Fall zu bringen. Euer Führer wird stolz auf euch sein", sagte Hermann.

Er sah, dass mindestens drei Gesichter rot anliefen. Und einer der Männer musterte Hermann mit einem herausfordernden Blick. Offenbar wägte er ab, ob er es wagen konnte, ihm entgegenzutreten. Hermann hatte sich nicht zurückgehalten. Seine Worte waren provokant gewesen. Aber das war ihm gleichgültig. Und selbst wenn dieser Mann ihn schlagen wollte, dann sollte er es doch tun. Am Ende würde er neben seinem Freund im Staub liegen, aber das würden die Kerle teuer bezahlen.

Doch dazu kam es nicht. Die Männer murrten und fluchten, letztendlich trollten sie sich aber. Als sie außer Sicht waren, kniete Hermann sich neben Gordon. Sein Freund schlug die Augen auf. Das Gesicht war geschwollen, ein Auge konnte er gar nicht ganz öffnen. Seine Nase schien auch gebrochen zu sein, aus einem Nasenloch lief Blut.

„Was haben sie mit dir gemacht?", fragte Hermann.

„Offenbar hat ihnen nicht gefallen, wie ich aussehe", sagte er, verzog dann aber das Gesicht und schwieg.

„Kannst du aufstehen? Ich bringe dich zu meiner Tante. Sie ist Ärztin."

Vorsichtig half ihm Hermann beim Aufstehen und langsam machten sie sich auf den Weg zu Isoldes Praxis.

KAPITEL 26

Weimar und München,
22. August 1923

Hermann schluckte. Er mochte Krankenhäuser nicht. Schon von Weitem wirkte das Gebäude abweisend auf ihn, obwohl das Schwabinger Klinikum eines der modernsten Häuser in München war. Als er den Bau betrat, umfing ihn der altbekannte Geruch nach Desinfektionsmittel, Körperflüssigkeiten und Tod und er musste sich kurz an der Wand festhalten, denn auf einmal waren da wieder diese Bilder. Die Schwärze nach der Explosion. Pauls Gesicht. Dann nichts mehr. Dann das Lazarett hinter der Front. Der Geruch nach Chloroform. Die Schmerzen in seinem Arm. Unwillkürlich ballte er seine Finger zur Faust, doch glücklicherweise blieb der Schmerz aus. Das Klarinettespielen hatte ihn geheilt. Gordon hatte ihn geheilt. Der Gedanke an den Musiker vertrieb die bösen Erinnerungen. Hermann ging zu der Schwester am Empfang.

„Guten Tag, ich suche Herrn Johnson", sagte er.

Die junge Frau lächelte ihm freundlich zu. „Der Amerikaner, der zusammengeschlagen worden ist?"

Hermann nickte. Er unterließ es, sie darauf hinzuweisen, dass ihre Worte eine gehörige Untertreibung darstellten. Gordon war nicht nur zusammengeschlagen worden. Die SA-Meute hatte versucht, ihn zu ermorden. Wenn Hermann nicht eingeschritten wäre, hätte es übel ausgehen können für seinen Musikerfreund.

„Er liegt in Zimmer 114. Sie gehen die Treppe hoch in den ersten Stock und dann es ist die vierte Tür rechts."

Hermann folgte der Wegbeschreibung. Im Treppenhaus kamen ihm zwei Ärzte entgegen, auf dem Kittel des einen prangte ein großer Blutfleck. Ob er aus Gordons Zimmer kam?

Er hatte seinen Freund nach dem Angriff zu Isolde gebracht. Die Sprechstundenhilfe hatte bei seinem Anblick die Hände über dem Kopf zusammen geschlagen, und auf ihr Rufen hin war seine Tante aus ihrem Untersuchungszimmer gekommen, wo sie gerade eine alte Frau abgehört hatte, die über einen Reizhusten klagte. Die Unmutsäußerungen der halb entkleideten Patientin hatten sich mit den Schmerzenslauten gemischt, die Gordon von sich gab. Isolde hatte veranlasst, dass er in ein Nebenzimmer gebracht wurde, hatte rasch die alte Frau verarztet und sich dann daran gemacht, Gordon zu untersuchen.

„Ich befürchte, seine Rippen sind gebrochen. Hoffentlich hat er keine inneren Verletzungen. Das Gesicht sieht übel aus, auch da können wir nur hoffen, dass kein Schädelknochen gebrochen ist."

Sie holte eine Lampe und leuchtete in seine Pupillen. Dann machte sie einige Untersuchungen, die Gordon offenbar starke Schmerzen bereiteten. Hermann fühlte sich so hilflos wie noch nie in seinem Leben.

„Er muss in ein Krankenhaus", sagte Isolde schließlich. „Allein schon zur Sicherheit. Wenn er schwerer verletzt wurde, können die ihm da am besten helfen."

Hermann ging hinaus zu Sprechstundenhilfe und diese organisierte ein Taxi, das wenig später eintraf. Die Fahrt war eine Tortur für den jungen Musiker. Jedes Schlagloch, jedes Rumpeln ließ ihn aufschreien. Als sie endlich im Schwabinger Krankenhaus eintrafen, dauerte es eine Ewigkeit, bis ein Arzt sich Gordons annahm. Der Mediziner, ein junger Schnösel mit strengem Seitenscheitel und kleinem Bärtchen, wirkte zunächst überhaupt nicht erfreut, dass er Gordon behandeln sollte. Offenbar war ihm seine Hautfarbe ein Dorn im Auge. Aber Hermann trat in seiner Offiziersrolle auf und so wagte der Arzt keine Widerworte. Gordon wurde in ein Bett gelegt und auf ein Zimmer gebracht. Am liebsten hätte Hermann ihn begleitet, doch er hatte sich ohnehin bereits verdächtig gemacht. Er durfte nicht den Eindruck erwecken, dass er mehr für Gordon war als nur ein guter Freund. Und so war er nach Hause gegangen, anstatt Tag und Nacht an seinem Bett zu wachen.

Er klopfte an das Zimmer mit der Nummer 114. Dann trat er ein. Sechs Patienten lagen in den Betten. Gordon entdeckte er am Fenster. Sein Kopf war verbunden, aber er lächelte seinem Freund zu. Hermann hatte keinen Blick für die anderen Patienten, er ging direkt zu Gordons Bett.

„Wie geht es dir?", fragte er.

„Es ging mir schon einmal besser", sagte Gordon. „Diese Kerle haben mir ganz schön zugesetzt. Sie haben mir vier Rippen gebrochen und meine Schulter ist ausgekugelt. Aber ich habe großes Glück gehabt. Meine Finger und meine Hände sind unverletzt. Auch mein Kiefer und mein Mund sind nicht in Mitleidenschaft gezogen worden. Ich kann also weiterhin meinen Lebensunterhalt mit Musik bestreiten. Das ist viel Wert."

„Es ist bewundernswert, dass du es so sehen kannst. Diese Schweine. Was sie nur mit dir angestellt haben!"

„Nun, ich war wohl zur falschen Zeit am falschen Ort", sagte er. „Ich verstehe inzwischen gut genug Deutsch, dass ich weiß, warum sie mich angegriffen haben. Denen hat meine Hautfarbe nicht gefallen. Und sie haben die ganze Zeit etwas von Senegalesen gesprochen. Hast du eine Ahnung, was sie damit meinten?"

Hermann seufzte. „Jetzt ist mir klar, was dahinter steckt. Die haben dich gezielt ausgesucht. Sie dachten, du wärst einer dieser Senegalesen, von denen in der Zeitung zu lesen ist. Die Franzosen, die das Rheinland besetzt haben, haben dafür Soldaten aus ihren Kolonien eingesetzt, darunter Männer aus dem Senegal. Die Zeitungen schreiben, dass diese sich durch besondere Brutalität gegenüber deutschen Frauen auszeichnen."

Gordon verzog das Gesicht. „Ich wusste bis eben nicht, wo der Senegal überhaupt ist. Und ich kann dir sagen, ich habe noch nie eine Frau auch nur schief angeschaut."

Trotz der beklemmenden Situation musste Hermann lächeln. „Ja, das kann ich mir gut vorstellen."

Gordon schloss die Augen und Hermann sah, dass er Schmerzen litt.

„Soll ich einen Arzt holen, dass er dir ein Schmerzmittel gibt?"

Gordon schüttelte den Kopf. „Nein, es geht schon."

„Ich hoffe jedenfalls, dass du bald wieder gesund wirst."

„Das hoffe ich ebenso. Und dann muss ich so schnell wie möglich aus München verschwinden."

Hermann spürte, wie ihm heiß und kalt wurde. „Du willst München verlassen?"

Gordon nickte. „Hier bin ich nicht sicher. Und ich habe ein Angebot aus Berlin."

Berlin? Hermann, der so glücklich gewesen war, seinen Freund lebend und einigermaßen wohlbehalten zu sehen, spürte, wie seine geheimsten Sehnsüchte zu Staub zerfielen.

***

Hilde stand vor dem flachen, einstöckigen Bungalow, dessen weiß getünchte Außenwände von dem saftigen grünen Gras des Rasens abstachen, der es umgab. Ein mit Steinplatten belegter Weg führte zum Eingang.

„Das ist das Haus am Horn?", fragte Fanny. In ihre Stimme klang so etwas wie Enttäuschung mit. Und auch Hilde musste sich eingestehen, dass sie von dem Musterhaus, das den Beitrag der Architekten zur Leistungsschau des Bauhauses darstellen sollte, mehr erwartet hatte. Doch dann fiel ihr ein, dass das töricht war. Etwas, das von außen wenig her machte, konnte in seinem Innern wahre Schätze beherbergen. Und vielleicht war das auch hier so.

Sie gingen den Weg hinauf zum Eingang und traten in das Gebäude. Sofort erkannte Hilde ihren Irrtum. Im Inneren war das Haus tatsächlich eine Offenbarung. Sie durchschritten einen kleinen Flur und kamen in eine große Halle, die über zwei Fenster in der hohen Decke mit Tageslicht beleuchtet wurde. Es handelte sich wohl um ein Wohnzimmer. Um einen niedrigen Tisch standen mehrere Sessel, der Boden war mit wild gemusterten Teppichen ausgelegt. In einer kleinen Nische sah sie einen Schreibtisch, der direkt an das Fenster gestellt war. Eine kluge Lösung, denn hier würde den ganzen Tag über Licht einfallen.

Sie gelangten in ein einfaches Schlafzimmer, an das ein Bad und ein weiteres Schlafzimmer angrenzten. Dann kamen sie in ein Kinderzimmer, in dem bunt verziertes Holzspielzeug ausgestellt war.

„Hier würde es Paulchen gefallen", sagte Fanny. Hilde spürte einen Stich. Sie hatte ihren Sohn in Dornburg bei Frau Gerwig zurückgelassen und bei ihrem Abschied am frühen Morgen hatte Paulchen bitterlich geweint. Aber sie wollte sich diesen Tag gönnen, wollte mit Fanny die Bauhaus-Ausstellung besuchen. Mit einem quengelnden Kleinkind an der Hand war das nur schwer möglich. Und wieder spürte sie den Stich des schlechten Gewissens, weil sich andere Mütter das nicht leisten konnten.

Nach dem Kinderzimmer betraten sie ein kleines Esszimmer. Als Hilde sah, was auf dem Tischchen dort ausgestellt wurde, verkrampfte sich ihr Magen. Es war das Service, das Max gegossen hatte.

„Komm schnell, das musst du dir anschauen", sagte Fanny. Sie zog Hilde mit sich in den nächsten Bereich.

„Das ist ja mal eine Küche", sagte sie. Auf engstem Raum war alles versammelt, was man benötigte. Sogar ein moderner Elektroherd.

Als sie wieder ins Freie traten, sagte sie zu Fanny: „Es ist eine neue Art der Architektur. Keine hohen Decken mehr. Keine Holzvertäfelung. Und alles ist so praktisch zugeschnitten."

„Ja, mir ist das fast ein wenig zu praktisch", erwiderte Fanny. „Es wirkt so steril. Wahrscheinlich, weil es momentan noch eine Ausstellungsfläche ist. Da müsste mal jemand leben. Dann würde ich gerne zu Besuch kommen und schauen, wie der Alltag in so einem Haus aussieht."

„Und jetzt?", fragte Hilde.

„Jetzt gehen wir ins Hochschulgebäude. Da haben die einzelnen Werkstätten ihre Ausstellungsräume eingerichtet."

Hilde spürte kurz den Impuls, ihrer Freundin vorzuschlagen, dass sie stattdessen doch etwas Essen gehen und wieder nach Dornburg zurückfahren könnten. Der Anblick von Max' Geschirr hatte sie schwerer getroffen, als sie es einzugestehen bereit war. Natürlich war das kindisch. Der Wettbewerb mit Max war nie fair gewesen. Er war ihnen mehrere Jahre voraus und beherrschte sein Handwerk. Natürlich war seine Entwicklung der industriellen Fertigung seiner Keramiken innovativ. Er hatte sogar erlaubt, dass die anderen Studenten seine Technik benutzen durften, und darauf wollte Hilde nun ihre nächsten Schritte aufbauen. Vielleicht wollte sie deswegen nach Dornburg zurückfahren und an ihren eigenen Förmchen arbeiten, damit sie bei der nächsten Ausstellung seinen Platz einnehmen konnte. Es war seltsam. Sie war doch sonst kein ehrgeiziger Mensch. Aber nun brannte sie darauf, Max zu zeigen, dass sie es mit ihm aufnehmen konnte.

„Hallo, bist du noch da?", hörte sie Fanny fragen.

Hilde blinzelte. „Ja, ja, lass uns ins Hochschulgebäude gehen."

Sie schlenderten hinunter in den Park, gingen an Goethes Gartenhaus vorbei, überquerten die Ilm und gelangten nach weiteren zehn Minuten zum Bauhausgebäude.

Die erste Ausstellung, die sie dort besuchten, war die der Möbelwerkstätten. Als Hilde die Arbeiten ihre Mitstudenten sah, bedauerte sie, dass sie dort nicht angenommen worden war. Dort wären die Chancen größer gewesen, dass ihre eigenen Werke ausgestellt wurden. Holz und Leder zu bearbeiten, lag ihr im Blut. Aber das war nicht mehr ihr Weg und sie war froh, dass es so gekommen war, denn in Dornburg lernte sie etwas Neues.

Sie besichtigten die Werkstücke der Weberei und dann führte Fanny sie in einen Raum, der mit Töpferwaren vollgestellt war. Hilde spürte, wie ihr der Mut sank. Nun würde sie die Arbeiten ihrer Mitstudentinnen bewundern dürfen und sich wieder darüber ärgern, dass sie nicht berücksichtigt wurde.

Ihr Blick fiel auf ein Tischchen und sie hielt den Atem an. Das konnte doch nicht wahr sein.

Sie sah zu Fanny, die breit grinste. „Ich wusste es auch nicht", sagte sie. „Ist das großartig oder ist das großartig?"

Hilde sah wieder zu dem Tischchen hin. Dort stand eine ihrer Tassen auf einer Untertasse, zudem die Kanne, die Zuckerdose und das Milchkännchen. Und daneben Fannys Vase, in der eine Sonnenblume ihre prachtvolle Blüte präsentierte.

„Das sind unsere Werkstücke", sagte Hilde, die es immer noch nicht fassen konnte.

Sie spürte, wie Fanny einen Arm um ihre Schulter legte. „Nun, das bedeutet wohl, dass wir es geschafft haben. Unsere Arbeiten sind es wert, ausgestellt zu werden. Die Welt steht uns offen."

KAPITEL 27

Dornburg und München,
24. August 1923

„So ein Mist", sagte Hilde, als ihr die Klammer von der Form sprang und mit einem summenden Geräusch durch den halben Raum flog. Fanny zog den Kopf ein, um nicht getroffen zu werden. Die Form klaffte auf und die Masse, die sie gerade eben hinein gefüllt hatte, quoll an der Öffnung heraus.

„Das kann doch nicht so schwer sein", zischte Hilde, als sie sich erhob, um nach der Klammer suchen. „Das hat Max erfunden."

Sie hörte Fanny kichern. „Dass du ihn nicht magst, heißt nicht, dass du ihm nicht ein gewisses Maß an Kreativität zusprechen musst. Immerhin hat er die Methode entwickelt, mit der wir arbeiten."

„Ja, aber sie ist weit davon entfernt, praktisch zu sein. Wir brauchen größere Klammern. Und wenn wir schon dabei sind, sollten sie den Druck gleichmäßiger auf den beiden Hälften der Form verteilen. Gestern sind mir im Ofen drei geplatzt. So wird das nichts mit der Massenproduktion."

Sie sah Fanny an, die breit grinste. „Ja, du kannst deine Mutter nicht verleugnen."

„Wie meinst du das?", fragte Hilde.

„Du sprichst wie eine Unternehmerin. Massenproduktion. Das ist nun mal so gar nicht meins."

„Ja, ich weiß. Deins ist, kleine Meisterwerke zu erschaffen, meins, Lösungen für die industrielle Herstellung zu finden. Aber ich glaube, dass sich das durchaus vereinbaren lässt. Ich möchte den Meistern zeigen, dass mein mit den Händen erschaffenes Service auch in der Masse herstellbar ist."

„Aha, die beiden Damen profitieren von den Früchten meiner Arbeit", hörte sie eine Stimme sagen.

Hilde verdrehte die Augen. Das konnte doch nicht wahr sein. „Ich dachte, du bist die ganze Zeit in Weimar und scharwenzelst im Haus am Horn um dein Service herum", sagte sie und drehte sich langsam zu Max um.

Er rümpfte die Nase. „Höre ich da den Neid aus dir sprechen? Nur, weil du es nicht ins Haus am Horn geschafft hast, musst du mir meinen Erfolg nicht madigmachen."

„Ich mache dir nichts madig. Mir ist klar, dass deine Formen und die Möglichkeit, dein Service im industriellen Rahmen herzustellen, perfekt zur neuen Ausrichtung des Bauhauses passen. Deshalb ist es folgerichtig, dass Gropius deine Arbeit als Ausstellungsstück für das Haus am Horn ausgewählt hat."

„Wie gnädig von dir. Ich hoffe, dir ist klar, dass du ohne meine Innovation die Aufgabe nie meistern könntest, die Marcks dir gestellt hat."

„Ja, das mag sein und trotzdem hast du viel Arbeit vor dir, bis deine Erfindung wirklich massentauglich ist."

Max runzelte die Stirn. „Wie meinst du das?"

„Noch bersten zu viele deiner Formen beim Brennen. Du musst das Material verändern. Und die Klammern sind auch nicht optimal."

Sie sah, dass eine erstaunlich dunkle Röte in das Gesicht von Max stieg. „So so. Du willst mir also Ratschläge geben, wie ich meine Formen verbessern soll? Vor einem halben Jahr wusstest du nicht einmal, wie man eine Töpferscheibe bedient. Und jetzt spielst du dich schon auf wie die große Expertin."

Hilde schüttelte den Kopf. „Ich kann anerkennen, dass du der Experte bist. Aber ich arbeite mit dem, was du entwickelt hast. Und ich muss feststellen, dass es nicht optimal ist. Dass ich das mit dir bespreche, bedeutet, dass ich dir zutraue, es besser zu machen. Du solltest das als Aufmunterung annehmen und nicht als Vorwurf."

Es hatte versöhnlich klingen sollen, doch offenbar stachelte es ihn weiter an. „Du impertinentes Stück. Marcks hat recht, Frauen haben in dieser Werkstatt nichts zu suchen. Ich hätte gute Lust, dir die Erlaubnis zu entziehen, mit meinen Formen zu arbeiten. Aber da ich den Meistern zugesagt habe, dass alle Studenten sie nutzen können, kann ich das nicht tun, obwohl es reine Materialverschwendung ist. Du wirst scheitern, dir fehlt das Talent."

Er drehte sich um und stürmte aus der Werkstatt. Hilde sah ihm mit zusammengekniffenen Augen nach.

„Puh, das war ein Auftritt", sagte Fanny. „Den hast du an jedem wunden Punkt gekitzelt, an dem man ihn nur treffen kann." Sie grinste.

Hilde war nicht zum Lachen zumute. „Ja, dabei wollte ich das gar nicht. Aber er fordert es geradezu heraus, so wie er sich immer aufführt. Ich hoffe nur, dass er es nicht an mir auslässt."

„Wie sollte er?", fragte Fanny.

„Er wird schon einen Weg finden. Wenn man ihm eine Stärke zugestehen muss, dann ist es die Kreativität."

***

Hermann saß hinter seinem Schreibtisch. Er war froh, dass er sich nach der dreistündigen Vorstandssitzung in sein Büro hatte zurückziehen können. Wenn es ein Wort gab, das er nicht mehr hören konnte, war das ‚Inflation'. Krötzinger hatte eine seiner Analysen zur wirtschaftlichen Situation des Reichs präsentiert. Der Mann wusste, wovon er sprach. Er war ein ausgewiesener Experte und Hermann war froh, dass er ihn hatte. Aber gleichzeitig wusste er nicht, welche Schlüsse er aus diesen Analysen ziehen sollte. Letztendlich war es Sache der Reichsregierung, das Inflationsspiel zu beenden. Die Banken konnten nichts tun. Sie konnten versuchen, Schadensbegrenzung zu betreiben und sich selbst den Hals aus der Schlinge zu ziehen. Doch das wurde immer schwieriger. Da half es auch nichts, stundenlang darüber zu reden, zu überlegen, was zu tun war. Die Regierung musste handeln. Doch der Streik im Ruhrgebiet ging weiter und jeden Tag stiegen Deutschlands Schulden ins Unermessliche.

Es half ebenso nicht weiter, dass Hermanns Gedanken immer wieder abschweiften. Zuletzt hatte er jede freie Minute an der Seite seines Freundes verbracht. Gordon war nach zwei Wochen aus dem Krankenhaus entlassen worden. Doch er war sehr wacklig auf den Beinen gewesen und so hatte Hermann keine Kosten und Mühen gescheut, ihm eine bequemere Unterkunft zu besorgen, die noch dazu den Vorteil hatte, dass sie in der Nähe des Palais lag. So konnte er ihn jeden Abend besuchen, sich um ihn kümmern, ihm die Hand halten, ihn versorgen. Und je weiter seine Genesung fortgeschritten war, ihn auch wieder liebkosen. Gleichzeitig waren da aber seine Pflichten in der Bank. Und mit Erika wollte er ebenfalls Zeit verbringen. Hermann fühlte sich zerrissen. Er musste sich immer häufiger entscheiden, ob er bei Gordon oder bei Erika sein wollte. Ein Klopfen an der Tür riss ihn aus seinen Gedanken.

Ohne auf eine Aufforderung zu warten, trat der General ein. Hermann unterdrückte einen Fluch. Er hatte seinen Schwiegervater schon länger nicht mehr gesehen und das war ganz angenehm gewesen. Er mochte den alten Mann nicht. Und doch, es half nichts. Der General hatte ihn in der Hand. Er konnte jederzeit dafür sorgen, dass Lotte übel mitgespielt wurde.

„Was bringt Sie zu mir?", fragte er.

Der General ließ sich ächzend auf den Stuhl fallen und sah Hermann an. „Friederike hat mir erzählt, dass du die Partei dieses Herrn Hitler nicht unterstützen willst."

Hermann unterdrückte ein Seufzen. Also darum ging es. „Ja, ich habe ihr das klargemacht. Ich halte Hitler für eine Gefahr für Deutschland. Und deshalb werde ich ihm kein Geld geben. Meine Entscheidung ist unumstößlich."

Der General nickte. „Und das akzeptiere ich."

Hermann zog eine Augenbraue nach oben. „Wirklich?"

Der General stieß ein heiseres Lachen aus. „Ich kann verstehen, dass dich das überrascht. Aber du kennst mich nicht. Du denkst, mir wäre jedes Mittel recht, um die Regierung zu stürzen. Dieses jedoch widerstrebt mir. Im Krieg war dieser Hitler nur ein einfacher Gefreiter. Und er zieht Leute an, mit denen ich mich nicht gemein machen will. Diese Privatarmee, die er sich hält, diese Saalschläger. Widerliche Kreaturen sind das."

Hermann nickte. „Ja, da haben Sie recht. Ich bin neulich dazu gekommen, wie sie einen Passanten verprügelt haben."

„Na, dann wollen wir einmal hoffen, dass das ein Jude war. Dann hat er wenigstens bekommen, was er verdient."

Hermann fluchte innerlich. Da hatte er einmal einen Schritt auf seinen Schwiegervater zugemacht und ihm eine positive Gesinnung unterstellt und dann kam wieder so ein Kommentar. Es war vergebens.

„Lange Rede, kurzer Sinn", sagte der General. „Ich bin nicht gekommen, um mit dir über diesen Herrn Hitler zu reden. Das macht Friederike wahrscheinlich häufig genug. Ich kann nicht verstehen, warum sie sich so für diesen Mann erwärmt. Aber ich muss auch nicht alles verstehen."

„Lassen Sie mich raten, die DNVP braucht wieder Geld?", fragte Hermann.

Der General zuckte mit den Achseln. „Eine Partei braucht immer Geld. Aber dieses Mal ist der Zweck ein äußerst ehrenhafter. Wir versuchen, bedeutende, ethisch hochstehende Persönlichkeiten von unserer Sache zu überzeugen. Und wir stehen kurz davor, dass sich einer der erfolgreichsten Militärführer aller Zeiten für uns erklärt."

„Hindenburg?"

„Das wäre zu schön. Nein, Ludendorff."

Hermann verzog das Gesicht. „Ausgerechnet Ludendorff."

Der General runzelte die Stirn. „Ich weiß, dass du ihn nicht ausstehen kannst. Aber ich verstehe nicht, warum. Ich habe ihn im Generalstab erlebt. Er war ein kompetenter Militärführer. Wenn es nach ihm gegangen wäre, hätten wir den Krieg gewonnen. Aber die Regierung ist uns in den Rücken gefallen."

Hermann rollte mit den Augen. „Ja, die alte Legende vom Dolchstoß. Ludendorff wiederholt sie ständig."

„Das ist keine Legende", rief der General und schlug mit der Faust auf den Tisch.

Hermann ließ sich nicht einschüchtern. „Doch. Es ist ein Märchen. Unsere Niederlage war unausweichlich. Ich war an der Front. Ich habe mit eigenen Augen gesehen, wie uns die Leute in Scharen davongelaufen sind, wie die Übermacht der Amerikaner immer erdrückender wurde. Wir hätten diesen Krieg nie gewinnen können."

Aus der Miene des Generals entnahm Hermann Geringschätzung. „Ich sehe schon, hier ist kein Staat zu machen. Eigentlich hatte ich dich bitten wollen, mich zu Ludendorff zu begleiten, um ihn zu überzeugen, sich unserer Sache anzuschließen. Aber du würdest seine Exzellenz eher abschrecken."

„Das schätzen Sie korrekt ein. Und sehen Sie es mir bitte nach, dass ich Ihnen nicht viel Erfolg bei Ihrem Vorhaben wünsche."

Der General erhob sich ächzend und ging ohne einen Abschiedsgruß zur Tür hinaus. Hermann sah ihm nach. Er hatte das Gefühl, dass hier das letzte Wort noch nicht gesprochen worden war und das war kein gutes Gefühl.

KAPITEL 28

Dornburg und München,
30. September 1923

Etwas war anders an diesem Morgen, als Hilde in die Werkstatt kam. Es war so still. Sie war selten die Erste. Meistens waren bereits ein oder zwei oder manchmal auch alle anderen Studenten da, saßen an ihren Töpferscheiben und sie hörte den singenden Ton, wenn sich die Scheiben drehten, und das schmatzende Geräusch, wenn sich die Finger in den Ton gruben. Doch die Geräte standen still. Und nur eine Person war im Raum, Gerhard Marcks, der Formmeister.

„Guten Morgen", sagte Hilde. „Wo sind die anderen?"

Marcks deutete auf den Hocker vor ihrer Drehscheibe. „Ich habe sie angewiesen, draußen zu warten, weil ich etwas mit Ihnen besprechen muss."

In Hildes Bauch machte sich ein brennendes Gefühl breit. Etwas stimmte hier nicht. Aber sie wusste nicht, was es war. Was wollte der Formmeister mit ihr besprechen? Auf dem kurzen Weg zu ihrem Schemel versuchte sie sich an irgendetwas zu erinnern, was sie falsch gemacht haben könnte. Aber es fiel ihr nichts ein und das beruhigte sie ein wenig. Sie sagte sich, dass es so schlimm gar nicht kommen konnte. Sie nahm Platz und sah Marcks erwartungsvoll an, der stehen blieb und die Arme vor der Brust verschränkte.

„Ich will gleich zum Punkt kommen", sagte er. „Es liegen schwere Vorwürfe gegen Sie vor. Ein Lehrling hat sich darüber beschwert, dass Sie eine seiner Formen gestohlen und verändert hätten, um sie als Ihre auszugeben. Der Werkmeister und ich haben daraufhin Ihren Arbeitsplatz untersucht und das hier gefunden."

Er hielt eine metallene Form hoch, ein Exemplar von denen, die Max entwickelt hatte, um Keramik zu gießen. Allerdings war das Material mit einem Hämmerchen bearbeitet worden, sodass es nun aussah wie eine der Vorlagen, die Hilde für ihre eigenen Designs verwendete. Hilde spürte, wie ihr Herz in die Hose sank. Das konnte doch nicht wahr sein.

„Was sagen Sie dazu?", fragte der Meister.

Hildes Mund war so trocken, dass ihre Zunge am Gaumen klebte.

„Ich war das nicht", erwiderte sie. „Warum sollte ich Formen stehlen und umarbeiten? Ich stelle meine eigenen her aufgrund der Vorlagen, die Max uns zur Verfügung gestellt hat", brachte sie dann doch heraus.

Der Werkmeister verzog das Gesicht. „Möglicherweise wollten Sie es sich leicht machen und von der Vorarbeit Ihres Kommilitonen profitieren. Was auch immer Sie dazu bewogen hat, es ist eindeutig. Die Form wurde an Ihrem Arbeitsplatz gefunden. Wenn Sie so etwas tun, dann haben Sie doch wenigstens den Mumm, es zuzugeben, wenn man Sie erwischt."

Hilde spürte, wie die Panik in ihrem Bauch sich in Wut verwandelte. „Wenn Sie schon Anklage erheben und mir Gelegenheit geben, mich zu verteidigen, dann sollten Sie meine Antwort anerkennen. Ich war das nicht. Und ich kann mir vorstellen, von wem die Vorwürfe kommen. Es war Max selbst, nicht wahr?"

Marcks nickte. „Ja. Unser begabtester Student. Es ist natürlich, dass Sie zu ihm aufsehen. Er hat mir erzählt, dass er sie abgewiesen hat, als sie sich ihm an den Hals werfen wollten. Doch dass Sie dann seine Arbeit stehlen, das geht zu weit. Der Werkmeister und ich haben uns beraten und wir waren gestern in Weimar, um mit dem Meisterrat zu sprechen. Der Rat hat Ihren sofortigen Ausschluss vom Studium am Bauhaus verfügt."

Hildes Unterkiefer klappte nach unten. „Das kann doch nicht wahr sein. Ich bin unschuldig. Max verdreht die Tatsachen. Nicht ich habe mich ihm an den Hals geworfen, er hat sich mir aufgedrängt. Ich habe ihn abgewiesen. Und nun rächt er sich an mir, indem er mich des Diebstahls bezichtigt. Warum bekomme ich keine Gelegenheit, das vor dem Rat zu besprechen?"

Die Miene des Formmeisters hatte sich verdüstert. „Es sind unsere Regeln. Nicht Ihre. Packen Sie Ihre Sachen zusammen und verlassen Sie die Werkstatt. Ihr Service können Sie mitnehmen."

Der Werkmeister wandte sich um und ging davon. Hilde saß auf ihrem Schemel und starrte vor sich hin. Was war da eben passiert? Sie hörte eine Tür. Etwas in ihr hoffte, dass es Max war. Sie würde sich auf ihn stürzen und so lange auf ihn einprügeln, bis er die Wahrheit von sich gab. Doch es war Fanny. Tränen standen in ihren Augen.

„Ist es wahr? Max erzählt allen, dass du ausgeschlossen wirst, weil du eine seiner Formen gestohlen hast?"

Hilde nickte nur.

„Du musst dich wehren. Fahr sofort nach Weimar, rede mit Gropius. Das ist unerhört. Die können dich doch nicht einfach ausschließen."

„Doch, das können sie. Du darfst nicht vergessen, dass Max das Lieblingskind der Meister ist. Und er ist ein Mann. Ich bin ihm in zweierlei Hinsicht unterlegen. Die werden mir nie glauben."

„Aber das kann doch nicht wahr sein. Nur, weil du Max verschmäht hast, kann er dir nicht so in die Parade fahren. Das ist ungerecht."

„Ja, das ist es."

„Aber dann musst du doch dagegen kämpfen. Du hast mir von deiner Zeit als Revolutionärin in München erzählt. Ihr seid doch gegen die Ungerechtigkeit aufgestanden. Warum kämpfst du denn nicht? Fahr nach Weimar. Rede mit Gropius. Du kannst etwas bewegen, ich bin mir sicher."

Hilde schüttelte den Kopf. „Das ist doch nur der Anfang. Selbst wenn ich Gropius umstimme. Max hat mich im Visier. Und Marcks mochte mich noch nie. Die werden mir hier das Leben zur Hölle machen. Das muss ich mir nicht antun."

Fanny stieß ein bitteres Lachen aus. „Hast du es gut", sagte sie.

Hilde zog eine Augenbraue nach oben. „Wie meinst du das?"

„Na, so wie ich es gesagt habe. Du kannst einfach sagen, dass du dir das nicht antun willst. Das ist mir nicht vergönnt. Ich kann mein Jüdischsein nicht ablegen. Und ich will es auch nicht. Ich muss kämpfen. Du kannst dich zurückziehen. Das ist der Unterschied.

Nun gut. Schade. Ich hätte gerne weiter mit dir zusammen gearbeitet. Aber wenn du nicht willst. Wenn du lieber den bequemen Weg gehst. Dann tu das."

Sie wandte sich um und ging davon. Und Hilde sah ihr fassungslos nach.

***

Hermann saß im Salon und lächelte. Es war ein schöner Abend gewesen. Er hatte das seltene Glück genossen, dass er ihn mit den beiden Menschen hatte verbringen können, die er liebte. Zunächst hatte er Erika etwas vorgespielt und sie ins Bett gebracht. Dann war er zu Gordon gegangen und hatte zwei Stunden in seiner Gesellschaft verbracht. Das Einzige, was den Abend getrübt hatte, war, dass er wieder nach Hause gehen hatte müssen, aber dieses Mal hatte es sich nicht vermeiden lassen. Er hatte am nächsten Tag früh morgens einen Termin in der Bank und er musste ordentlich angezogen sein, rasiert und frisch. Und alle drei Punkte wäre nicht gegeben, wenn er die Nacht mit seinem Geliebten verbracht hätte. Er sah in das Eck, wo die Klarinette auf ihrem Ständer wartete. Wie sehr er dieses Instrument liebte. Es hatte ihm Glück gebracht. Ohne die Klarinette hätte er nie Gordon kennengelernt. Und auch die Beziehung zu seiner Tochter hatte sich durch das Instrument vertieft. Unwillkürlich fiel sein Blick in die andere Ecke. Dort stand das Schränkchen, das nun abgeschlossen war. Wie lange war es schon her, dass er zuletzt Cognac getrunken hatte? Er wusste es nicht und es war ihm gleichgültig. Was sollte er damit? Er hatte andere Quellen der Freude.

Das Gefühl des Glücks verschwand, als sich die Tür öffnete und Friederike eintrat. Er verzog das Gesicht. Sie lachte. „Es ist immer wieder herzerfrischend, wie liebevoll du dein Eheweib begrüßt, Ehemann", sagte sie.

„Du machst es mir nicht gerade einfach", erwiderte er. „Ich wüsste nicht, warum ich mich freuen sollte, wenn ich dich sehe. Bisher war es so, dass du immer etwas von mir verlangt hast, was ich dir nicht geben wollte. Ich schätze, dieses Mal wird es ebenso sein."

Sie lächelte. „Man kann Vieles über dich sagen, aber deine Auffassungsgabe ist nach wie vor gut. Der Alkohol hat sie offenbar nicht weggewaschen. Ja, ich will etwas von dir. Aber heute wirst du es mir geben. Und zwar ohne Widerrede."

„Gut, ich bin gespannt."

„Ich will, dass du mit sofortiger Wirkung als Vorstand der Bank zurücktrittst und den Posten meinem Vater übergibst."

Hermann starrte sie fassungslos an. Was hatte er da eben gehört?

„Bist du jetzt vollkommen verrückt geworden?", fragte er.

Er hatte gehofft, mit dieser Bemerkung das überlegene Lächeln von ihren Lippen zu wischen, doch es war nach wie vor da, wurde sogar ein wenig maliziöser. „Nein, ich bin ganz bestimmt nicht verrückt geworden. Ganz im Gegenteil. Ich bin so vernünftig wie noch nie in meinem Leben."

„Warum sollte ich ausgerechnet deinen Vater als Vorstand empfehlen, nachdem ich selbst zurückgetreten bin? Wenn wir einmal davon absehen, dass ich nicht weichen werde, verstehe ich deine Motivation nicht. Warum dein Vater? Du willst doch Hitler unterstützen. Dein Vater nicht. Der favorisiert Ludendorff."

„Nun ist es aber so, dass Hitler und Ludendorff beschlossen haben, sich zusammenzutun. Es ist eine große Entwicklung, endlich hat der Führer einen Verbündeten gefunden, der Einfluss hat und der ihn in den gehobenen Kreisen der Gesellschaft einführen kann. Doch es ist wie immer, er braucht Geld. Deine Bank hat genug davon. Insbesondere Devisen. Mit diesen wertlosen Reichsmark können wir nichts anfangen. Und da du diese Devisen nicht hergeben willst, brauchen wir jemand anderen, der sie freigibt. Mein Vater eignet sich gut für diese Rolle. Er macht etwas her, er hat diese Gravitas, die man von einem Bankdirektor erwartet. Er hat nicht besonders viel Ahnung, aber dafür hat er mich und ich kann ihm sagen, wie er das Geld verwenden soll. Und als er gehört hat, dass Ludendorff nun Hitler protegiert, hat er sich sogar von seiner geliebten DNVP losgesagt und ist in die NSDAP eingetreten."

„Ludendorff ist nur eine Puppe für euch, nicht wahr?", fragte Hermann.

Friederike schüttelte den Kopf. „So würde ich das nicht sagen. Er hat sich im Krieg verdient gemacht. Ludendorff ist sicher ein großer Mann. Aber dem Führer kann er nicht das Wasser reichen. Noch brauchen wir ihn, irgendwann jedoch wird er auf der Strecke bleiben."

Hermann winkte ab. „Aber das sind alles Spielereien. Dein Plan hat einen Schönheitsfehler. Ich werde bestimmt nicht von meinem Posten zurücktreten."

Wieder erschien dieses Lächeln auf Friederikes Lippen. „Ich neige nicht zum Glücksspiel, aber in diesem Fall würde ich um sehr viel Geld mit dir wetten, dass du zurücktreten wirst."

„Diese Wette gehe ich gerne ein. Also, warum sollte ich zurücktreten?"

Friederike trat einen Schritt auf hinzu. Sie lehnte sich zu ihm herab und flüsterte ihm ins Ohr: „Gordon Johnson."

Hermann erstarrte. Ein eiskalter Schauer lief ihm über den Rücken. Friederike richtete sich wieder auf und grinste.

„Ah, der Name zeigt offenbar seine Wirkung."

Hermann schüttelte den Kopf in der Hoffnung, den Schockzustand zu verbergen, den Friederikes Worte hervorgerufen hatten. Doch es war schon zu spät. Seine Frau hatte gesehen, dass sie einen Treffer erzielt hatte.

„Warum sollte der Name meines Klarinettenlehrers mich dazu bewegen, dass ich von meinem Posten zurücktreten?"

Friederike lachte. „Wenn er doch nur einzig dein Klarinettenlehrer wäre. Aber er ist so viel mehr für dich, nicht wahr? Ich habe dich die letzten Wochen beschatten lassen. Von einem Privatdetektiv. Es ist ein wenig wie in den Sherlock-Holmes-Romanen, nur dass der Kerl nicht so intelligent ist. Dafür hat er seine Arbeit ordentlich erledigt. Ich habe ein Protokoll darüber, wann du dich mit diesem Klarinettenlehrer getroffen hast. Und, o Schreck, du hattest nicht immer eine Klarinette dabei. Und im Gebäude war kein Klarinettenspiel zu hören. Dafür jedoch andere Geräusche, wenn man genauer lauschte. Das hat mein Privatdetektiv getan. Du hast einen Liebhaber. Und dann auch noch einen Amerikaner. Einen schwarzen Amerikaner. Du machst deiner Rasse jede Schande, die du nur über sie bringen kannst. Ich verachte dich dafür. Und trotzdem freut es mich, dass du diesen einen Schritt zu weit gegangen bist. Du hast nur eine Chance, deinen Ruf zu wahren und nicht ins Gefängnis zu wandern. Tritt mit sofortiger Wirkung aus dem Vorstand zurück und mache den Weg frei für meinen Vater."

KAPITEL 29

Dornburg und München, 1. Oktober 1923

„Aber Mama, is will nis weg. Donbug is sön."

Paulchens Augen waren rot vom Weinen. Natürlich verstand er nicht, warum sie gehen mussten. Wie sollte er? Er war so klein. Es zerriss Hilde das Herz. Doch was sollte sie hier? Sie durfte nicht mehr am Bauhaus studieren, hatte ihren Platz durch eine Intrige verloren. Wenn sie genau darüber nachdachte, war es beinahe lächerlich. Ihr war das Gleiche passiert wie ihrer Tante fast 30 Jahre zuvor. Gut, Isolde hatte sich ihre Lehrstelle zurück erkämpft, weil sie beweisen konnte, dass eine Auszubildende ihr gestohlenes Geld untergeschoben hatte und die Atelierräume an den Wochenenden für ihre eigenen Projekte benutzte. Aber das waren andere Voraussetzungen gewesen. Isoldes Chefinnen waren ihr wohl gesonnen gewesen. Und sie waren mit Argumenten zu überzeugen gewesen. Hilde dagegen fehlten die Verbündeten und auf das Verständnis der Meister konnte sie nicht zählen. Es gab keinen anderen Weg. Sie musste zusammenpacken.

Frau Gerwig hatte bereits die Kleider eingepackt, Hilde hatte die Tassen und Unterteller des Services in Zeitungspapier gewickelt und in einem Köfferchen verstaut. Sie hoffte, dass dieses die Reise überstehen würde. Im Zug wäre es nicht so schlimm, aber bis dahin würden sie einen holprigen Wagen nehmen müssen. Wahrscheinlich wäre es am besten, wenn sie das Köfferchen auf den Schoß nahm. Doch nein, da würde Paulchen sitzen. Er brauchte ihre Nähe mehr als das Geschirr.

„Is will bleiben", klagte Paulchen.

„Die Oma freut sich sicher, dich wieder zu sehen", sagte Frau Gerwig. Hilde schluckte. Ihr graute es davor, ihrer Mutter mit eingezogenem Schwanz unter die Augen zu treten. Wahrscheinlich würde Elsa es sie nicht spüren lassen, dass sie insgeheim froh drüber war, dass Hilde nicht mehr am Bauhaus studieren durfte. Sie würde sie mit offenen Armen empfangen und das würde es Hilde noch schwerer machen. Denn, obwohl sie es sich nur zögerlich eingestand, die Zeit, die sie fern von München verbracht hatte, hatte ihr gutgetan. Sie war aufgelebt. Unbelastet durch die dunklen Erinnerungen, die sie zu Hause stets geplagt hatten. Und auch Paulchen war aufgeblüht. Das lag wohl vor allem daran, dass sie nun eine bessere Mutter sein konnte. Aber all das war Vergangenheit. Nun musste sie wieder nach München zurückkehren. Und sie wusste nicht, wie sie dort überleben sollte.

„Is will nis zu Oma", klagte Paulchen.

„Deine Oma hat einen Hasen gekauft. Den hast du noch gar nicht kennengelernt, oder?", sagte Hilde. Sie erinnerte sich daran, dass ihre Mutter ihr geschrieben hatte, dass sie das Tier für Erika angeschafft hatte. Vielleicht sollte sie ihre Rückkehr per Telegramm ankündigen, dann hatte Elsa Zeit, einen zweiten Hasen für Paulchen zu besorgen. Vielleicht würde ihm dieser seine Eingewöhnung in München erleichtern.

Sie wickelte eine weitere Tasse in Zeitungspapier ein. Dann sah sie zum Fenster hinaus. Das Wetter draußen spiegelte ihr Innenleben wider. Es war ein regnerischer, trüber Herbsttag. Über dem Tal der Saale hing Nebel und sie konnte den Fluss nicht erkennen. Die Bäume in der Umgebung waren braun und gelb, aber die Farben leuchteten nicht, wie sie es die letzten Tage getan hatten. Es war trist und trüb und genau so fühlte sie sich auch. Der Kohlenofen in der Ecke gab eine enorme Hitze von sich und Hilde spürte, dass ihr die Kehle eng wurde. Sie ging zum Fenster auf der anderen Seite und öffnete es, um ein wenig frische Luft hereinzulassen.

„Ja, sie reist ab. Ich weiß nicht warum. Aber vielleicht ist es besser so. Eine weniger."

Die Stimme, die von unten heraufdrang, war eindeutig die ihrer Vermieterin. Eine zweite Frauenstimme erwiderte: „Wir sollten die ganze Bande zum Teufel jagen. Was wollen die hier? Töpfer. Wir brauchen gutes, billiges Steingut. Das ist vollkommen ausreichend."

Hilde atmete tief durch. Wenn sie etwas nicht vermisste, dann die Kleingeister an diesem Ort. Es war eine schöne Gegend, aber die Leute hier waren so furchtbar engstirnig. Sie hatte sich nie willkommen gefühlt. Sie wusste, dass es den anderen Studenten ebenso gegangen war. Das Bauhaus war immer ein Fremdkörper geblieben. Sie wollte das Fenster wieder schließen, als sie ihre Vermieterin sagen hörte:

„Und Jüdinnen sind auch dabei. Mindestens eine. Das sieht man der auf hundert Schritt Entfernung an."

„Ja, aber für die haben wir etwas vorbereitet. Die wird ihre lange Nase nicht mehr in Sachen stecken, die sie nichts angeht. Ich will nicht zu viel verraten, aber es könnte sein, dass jemand heute Nacht eine Abreibung bekommt, die sie ihr Leben lang nicht vergisst."

Hilde durchlief es heiß und kalt. Das konnte nur auf Fanny gemünzt gewesen sein. Sie hielt inne, hörte genau hin. Hoffentlich sagte die Frau noch etwas. Doch die beiden Frauen verabschieden sich voneinander und Hilde hörte nur die Haustür und Schritte, die sich auf der Straße entfernten.

Sie wusste sofort, was zu tun war. „Können Sie bitte fertig packen?", sagte sie zu Frau Gerwig. Dann zog sie ihren Mantel an und verließ das Haus.

***

Hermann saß im Ohrensessel im Salon. Mit beiden Händen hielt er ein Cognacglas umklammert. Es war halb mit der goldgelben Flüssigkeit gefüllt. Er wusste nicht, ob er davon trinken würde. Ob er standhalten würde. Aber er wusste auch nicht, warum er eigentlich widerstehen sollte. Er hatte alles verloren. Am Morgen hatte er Krötzinger erklärt, dass er als Vorstandsvorsitzender der Bank zurücktreten wolle und dass er dem Vorstand empfehlen wolle, seinen Schwiegervater an seiner Stelle zu ernennen. Krötzinger war schockiert gewesen und das hatte Hermann am meisten entsetzt. Der alte Haudegen hatte seine Gefühle stets makellos unter Kontrolle. Doch nach Hermanns Ankündigung waren seine Züge entgleist.

„Aber warum? Und, wenn Sie mir die Frage erlauben, warum dann ausgerechnet Ihren Schwiegervater?"

Hermann war vage geblieben. Was hätte er sagen sollen? *Meine Frau erpresst mich, weil ich eine Liebschaft mit einem schwarzen Musiker aus den USA habe? Sie zwingt mich dazu, den Vorsitz der Bank meinem Schwiegervater abzugeben, weil sie mir sonst mit Gefängnis droht? Und mit dem Entzug meiner Tochter?* Er hatte gesehen, wie Krötzingers Achtung, die Hermann sich in den letzten Jahren mühsam erworben hatte, ins Bodenlose sank. Und das hatte ihn fast am meisten geschmerzt. Er mochte den alten Mann inzwischen gern. Doch nun hatte er etwas getan, was Krötzinger nicht nachvollziehen konnte. Er war enttäuscht von Hermann. Das war ein altes Gefühl. Das kannte er nur zu gut. Sein Großvater hatte es ihm oft genug vermittelt. Dass er eine Enttäuschung war. Dass er nicht an die Brillanz seines Vaters heranreichte. Hermann sah in den Cognac. Auf der stillen Oberfläche spiegelten sich die Umrisse seines Gesichts. Er konnte keine Details erkennen. Aber er ahnte, dass seine Augen blutunterlaufen waren, dass er bleich war. Auf seinem Kinn standen Barthärchen. Er hatte vergessen, sich am Morgen rasieren zu lassen. Aber es war gleichgültig. Er hatte die Bank verloren. Und bald würde er auch Gordon verlieren, der plante, nach Berlin abzureißen. Und dann vielleicht weiter nach Paris, nach London oder zurück in die Vereinigten Staaten. Wahrscheinlich würden sie sich nie wieder sehen. Er würde nur eine ferne Erinnerung bleiben, jemand, der Hermann für einen kurzen Moment das Gefühl gegeben hatte, zu leben. Er würde auf ewig für diesen kurzen Glücksmoment büßen. Und das war bitter.

Die damit verbundenen Gefühle waren nur schwer auszuhalten und deshalb hob er das Glas und führte es an seine Lippen, als es an die Tür klopfte. Er fürchtete, es könnte Friederike sein, die ihn auslachen wollte, aber dann kam ihm der Gedanke, dass seine Frau sicher nicht anklopfen würde. Die Tür öffnete sich und der Leibdiener sah herein.

„Der Herr von Linden bittet, eingelassen zu werden", sagte er.

Hermann kniff die Augen zusammen. Was wollte den Johann von Linden von ihm? Sie hatten sich schon länger nicht mehr gesehen, was wohl vor allem daran lag, dass Hermann zuletzt mehr mit Klarinettespielen beschäftigt gewesen war. Er mochte von Linden sehr gern, schließlich war der Mann sein Trauzeuge und hatte einige dunkle Stunden mit ihm durchgestanden. Er war ein sympathischer und gutherziger Mensch. Und etwas in Hermann war froh darüber, dass von Linden gerade jetzt auftauchte. Vielleicht war er wieder einmal sein Retter. Er bat den Diener, ihn hereinzuführen, und kurz darauf erschien sein Besucher im Türrahmen. Er hatte ein wenig zugenommen, war noch fülliger geworden und inzwischen war er komplett kahl. Er lächelte Hermann zu, aber das Lächeln war irgendwie zurückhaltend, es erreichte kaum seine Augen. Hermann stellte das Cognacglas beiseite. Er erhob sich, trat auf von Linden zu und gab ihm die Hand.

„Johann, schön dich zu sehen. Was führt dich zu mir?"
„Die Umstände. Leider."
Hermann runzelte die Stirn. „Welche Umstände?"

„Die politischen Umstände. Ich habe etwas mit dir zu besprechen. Es duldet keinen Aufschub. Und ich hoffe, dich dazu bringen zu können, mir zu helfen."

Normalerweise hätte Hermann einen instinktiven Widerwillen dagegen gespürt, wenn jemand in sein Haus gekommen wäre, um ihn zu bitten, ihm in einer politischen Angelegenheit zu helfen. Sein Schwiegervater hatte das jahrelang versucht. Aber bei Johann konnte er nicht einfach ablehnen. Und er wollte es auch nicht. Er deutete auf den zweiten Ohrensessel und sein Gast nahm Platz.

„Du weißt, dass ich in München gut vernetzt bin", begann Johann.

Hermann nickte. Das war allseits bekannt. Johann von Linden war so etwas wie die gute Seele der Münchner Gesellschaft. Er pflegte Beziehungen zu allen Seiten, war vorurteilsfrei und beliebt. Es gab kaum jemanden in München, der etwas Schlechtes über ihn zu sagen hatte, wenn man einmal von Friederike absah, die ihn nicht leiden konnte. Aber das sagte eher etwas über Johann von Lindens makellosen Charakter aus.

„Und mir ist etwas zu Ohren gekommen, was mich erschüttert hat. Ein Putsch scheint bevorzustehen."

Hermann zog eine Augenbraue nach oben. „Ein Putsch? Wer plant das? Hitler?"

Von Linden winkte ab. „Der ist ein Wirrkopf. Er macht eine Menge Lärm und lenkt dabei von den eigentlichen Verschwörern ab."

„Wer ist es?"

Von Linden seufzte. „Leider spielen die Bayern eine nicht allzu ehrenhafte Rolle darin. Unser Generalstaatskommissar, der Ritter von Kahr, der bayerische

Reichswehrchef General von Lossow und eine Reihe weiterer konservativer Reichsfeinde. Sie planen eine Herbstaktion, einen Marsch auf Berlin, und hoffen, den Reichswehrchef von Seeckt auf ihre Seite zu ziehen. Und die Verhältnisse sind ja günstig dafür. Nach der Aufgabe des Streiks im Ruhrgebiet durch die neue Reichsregierung herrscht allgemeine Unzufriedenheit. Vor allem, weil die Preise weiter steigen. In Sachsen und Thüringen steht die Reichswehr kurz vor dem Einmarsch, um die kommunistischen Aufstände nieder zu werfen. Da ist die Aufmerksamkeit der Reichsregierung nicht auf München gerichtet. Wenn die Wehrmacht sich auf die Seite der Aufständischen schlägt, ist es rasch vorbei mit unserer Demokratie. Vor allem, weil die Verschwörer seit kurzem einen hochrangigen Weltkriegsgeneral zu den ihren zählen."

„Ludendorff", sagte Hermann.

Von Linden nickte. „Du weißt es also schon?"

„Mein Schwiegervater hat es angedeutet und meine Frau hat es bestätigt. Allerdings hat sie behauptet, dass Ludendorff und Hitler sich verbündet hätten."

„Hitler ist nicht das Problem. Aber Ludendorff ist eine enorme Bereicherung für die Verschwörer. Denn die in Bayern stationierten Reichswehreinheiten werden sich weigern, auf Ludendorff zu schießen. Sie werden nicht eingreifen. Ich habe mich nie in die Politik eingemischt. Aber das muss verhindert werden. Deshalb komme ich zu dir. Ich bitte dich, mir zu helfen."

„Mich bittest du? Warum ausgerechnet mich?"

Von Linden sah ihn ernst an. „Weil du ein ehrenhafter Mensch bist, von dem ich weiß, dass er in der

Stunde der Not das Richtige tut. Und darum bitte ich dich. Hilf mir. Hilf Bayern. Hilf dem Reich."

KAPITEL 30

Dornburg und München,
2. Oktober 1923

Hilde eilte die Gasse hinab. Es war Nacht und die Beleuchtung war schlecht. Zudem war es rutschig und sie glitt mehrfach aus und wäre beinahe gestürzt, konnte sich in letzter Sekunde aber noch abfangen. Es war gleichgültig, ob ihr Kleid Schaden nahmen oder ob ihre Schuhe einrissen. Sie musste Fanny warnen. Sie hatte schon die Hälfte des Weges zurückgelegt, als sie an dem Gebäude vorbeikam, an dem sie damals dem Mann begegnet waren, der seinen Sohn gezüchtigt hatte. Im Innern des Hofes standen mehrere Männer, einer von ihnen trug eine Fackel. Hilde zog sich in den Schatten zurück und schaute genauer hin. Sie konnte den Mann erkennen, der den Jungen geschlagen hatte. Aber da war ein weiteres Gesicht. Es war Max.

„Ich habe den Schlüssel für den Marstall dabei", sagte Max. Er zog einen ziemlich großen Gegenstand aus der Tasche.

„Ich führe euch ins Obergeschoss, die Jüdin hat ihre Kammer ganz hinten. Die Tür ist nicht besonders stabil. Ein Tritt sollte ausreichen. Wir überraschen sie, packen sie, knebeln sie und nehmen sie mit. Und dann werden wir ihr eine Abreibung verpassen, an die sie sich ihr Lebtag lang erinnern wird."

„Und du bist sicher, dass ihr niemand zu Hilfe kommen wird?", sagte einer der Männer, in dem Hilde zu ihrem Schrecken den Bäckermeister erkannte, bei dem sie immer Brot gekauft hatten. Das waren ja ganz normale Bürger hier!

Max lachte. „Die haben alle viel zu viel Angst. Da wird keiner auch nur die Tür öffnen. Und es wird so schnell gehen, dass die Meister noch schlafen, wenn wir schon wieder raus sind."

Hilde hatte genug gehört. Sie schlich sich am Feuerschein vorbei und eilte den Berg hinab. Als sie etwa einhundert Schritte zurückgelegt hatte, drehte sie sich um und zu ihrem großen Schrecken erkannte sie, dass die Männer sich ebenfalls in Bewegung gesetzt hatten. Glücklicherweise war es so dunkel, dass sie sie wahrscheinlich nicht sahen, da sie selbst keine Lichtquelle bei sich trug, die Männer dagegen weiterhin die Fackel hochhielten.

Hilde beschleunigte ihre Schritte. Sie musste vor den Männern am Marstall ankommen. Sie erreichte das Gebäude, doch dann erkannte sie, dass sie in der Falle steckte. Sie hatte keinen Schlüssel für die große Tür. Da fiel ihr ein, dass es einen kleinen Seiteneingang gab. Vielleicht war der nicht abgeschlossen. Sie rannte um das Gebäude herum, dabei sah sie, dass die Verfolger nicht mehr weit waren. Sie erreichte die Seitentür, öffnete sie und betrat den Marstall. Es war finster, doch sie kannte sich genug aus, um die Treppe zu finden. Sie stieg hinauf, eilte den Gang entlang und gelangte zur Tür am Ende. Sie klopfte dagegen. Dieses Mal wartete sie nicht, bis ein „Herein" ertönte. „Ich bin es, Hilde. Du bist in Gefahr", rief sie.

Es dauerte ein paar Momente, dann antwortete eine schwache Stimme. „Was? Was ist los?"

Offenbar hatte sie ihre Freundin aus dem Schlaf geweckt. „Ich bin es, Hilde. Die Dorfbewohner wollen dir eine Abreibung verpassen. Max ist auch mit von der Partie."

Sie hörte etwas rumpeln, dann wurde die Tür geöffnet. Fanny stand vor ihr. Sie trug nur ein Nachthemd. „Hilde? Was wollen die denn?"

„Sie wollen dir wehtun. Komm schnell! Wir müssen hier weg."

In aller Eile warf Fanny sich einen Morgenmantel über und schlüpfte in ihre Schuhe. Hilde nahm sie bei der Hand und zog sie durch den Gang. Sie erreichten die Treppe, doch als sie hinabsteigen wollten, hörten sie, wie unten das Haupttor aufgeschlossen wurde. Ein schwacher Lichtschein erhellte das Treppenhaus.

Hilde hielt inne. Ihr Herz klopfte ihr bis zum Hals. Der einzige Fluchtweg war ihnen versperrt.

„Sie kommen. Was machen wir jetzt?", fragte Fanny.

Hilde sah sich um. Sie waren im obersten Stockwerk. Aber das Treppenhaus endete hier noch nicht.

„Wohin führt die Treppe?", fragte sie.

„In den Dachstuhl. Da können wir unsere Wäsche aufhängen."

Hilde zögerte nicht lange und zog ihre Freundin mit nach oben. Sie erreichten eine kleine Tür, Hilde wollte sie öffnen, doch Fanny hielt sie zurück. „Die knarrt. Das musst du ganz vorsichtig und langsam tun."

Hilde ließ Fanny den Vortritt und sie schob die Tür behutsam auf, bis diese einen Spalt breit offen stand.

Sie knarrte und quietschte ein wenig, aber glücklicherweise veranstalteten die Männer im Treppenhaus einen gewaltigen Lärm. Fanny schob sich zuerst hindurch, dann Hilde. Es war stockdunkel. Nur durch den Spalt drang ein schwacher Lichtschein, doch Fanny zog die Tür hinter sich zu. Hilde spürte, wie ihre Freundin sie bei der Hand nahm und mit sich riss. Es ging über einen Dielenboden. Unter sich hörten sie die Männer.

„Wir sind direkt über dem Gang", flüsterte Fanny ihr zu.

Es knallte, dann splitterte Holz.

„Jetzt haben sie deine Tür eingetreten", flüsterte Hilde Fanny zu.

Sie hielten den Atem an. Stimmen waren zu hören. Wütende Stimmen.

„Sie ist weg. Jemand muss sie gewarnt haben", sagte einer der Männer.

„Das kannst doch nur du gewesen sein, oder?", knurrte ein anderer.

„Ich war das nicht. Ich will doch auch, dass sie eine Abreibung erleidet", hörte sie Max sagen. Er klang kleinlaut und seine Stimme zitterte ein wenig.

„Das ist Zeitverschwendung. Und dafür bin ich extra länger wach geblieben. Ich muss doch in die Bäckerei wie jeden Morgen."

Ein dumpfer Schlag ertönte, gefolgt von einem Schmerzensschrei.

„Das soll dich lehren, anständige Leute hinters Licht zu führen. Bauhausgesindel. Ihr seid alle gleich", hörte sie den Bäcker sagen. Dann stapften Schritte über den Gang und bald schlossen sich die übrigen Männer an.

Sicherheitshalber blieben sie noch eine Weile im Dunkeln sitzen. Als kein Geräusch mehr zu hören war, schlichen sie zurück zu dem Türchen. Das Treppenhaus lag wieder im Dunkeln.

„Und was machen wir jetzt?", fragte Fanny.

„Ich weiß, dass es dir widerstrebt, der Gefahr zu weichen. Aber es gibt keinen anderen Weg. Beim nächsten Mal wirst du vielleicht nicht so viel Glück haben. Wir gehen jetzt in dein Zimmer und packen deine nötigsten Sachen zusammen. Dann kommst du mit zu mir. Und morgen früh brechen wir gemeinsam auf. Du kommst erst einmal mit nach München. Und dann sehen wir weiter."

***

Hermann erkannte den Offizier schon von Weitem. Dabei trug er heute gar nicht seine ordensgeschmückte Uniform, sondern war in Zivil gekleidet. Wie so viele andere hatte sein Freund Ilja von Durckow, der aus einem alten baltischen Adelsgeschlecht stammte, nach dem verlorenen Krieg und der Verkleinerung der Reichswehr seinen Soldatenrock gegen einen Anzug eingetauscht und war in die Wirtschaft gegangen. Doch vor Kurzem hatte es ihn in die Politik verschlagen und seit Antritt der Regierung Stresemann war er Unterstaatssekretär im Finanzministerium.

Von Durckow hatte ihn inzwischen ebenfalls entdeckt. Er trat unter den Bäumen am Rand des Hofgartens hervor und ging breit lächelnd auf Hermann zu. Sie schüttelten sich die Hände. „Schön, dich zu sehen", sagte Ilja.

„Wie lange ist das schon her?", fragte Hermann. „Das letzte Mal sind wir uns vor zwei Jahren in Berlin begegnet, oder?"

Ilja verzog das Gesicht. „Ja, das war bei diesem furchtbaren Treffen der ehemaligen Offiziere im großen Generalstab. Dass sie uns als einfache Meldegänger eingeladen haben, war wohl eher ein Akt der Verzweiflung. Die haben dringend nach Verbündeten gesucht, die sie für ihre Freikorps anwerben können."

„Na ja, bei dir scheint das nicht gefruchtet zu haben. Du arbeitest für die Regierung. Ich konnte dir noch gar nicht dazu gratulieren, dass du Staatssekretär geworden bist."

Ilja winkte ab „Unterstaatssekretär. Und so beeindruckend ist das auch gar nicht. Wir haben im Finanzministerium gerade alle Hände damit zu tun, die neue Währung einzuführen. Das ist ganz schön komplex."

„Wann ist es dann so weit?", fragte Hermann.

„Am 15. November soll die Rentenmark eingeführt werden. Ich hoffe, dass wir damit die Inflation stabilisieren können. Das Konzept ist tragfähiger als diese Spinnerei mit der Finanzierung auf Roggenbasis. Nichtsdestotrotz sind die Zeiten kritisch."

Hermann nickte. „Deshalb komme ich zu dir." Er sah sich um und Ilja tat es ihm nach. Sie waren beinahe alleine im Hofgarten. Trotzdem sprach Hermann leise. „In Bayern ist eine Verschwörung am Laufen. Der Generalstaatskommissar, der Chef der bayerischen Polizei und der Chef des bayerischen Reichswehrkontingents planen einen Marsch auf Berlin, um die Regierung zu stürzen."

Ilja nickte. „Ja, das deckt sich mit den Informationen, die wir in Berlin haben. Und die patriotischen Verbände ziehen ihre Truppen bereits an der Grenze zu Thüringen und Sachsen zusammen. Offiziell behaupten sie, dass sie die Kommunisten dort stürzen wollen. Aber die warten auf den Zeitpunkt, loszuschlagen und nach Berlin zu marschieren."

„Ihr wisst Bescheid? Aber warum tut ihr dann nichts?" Hermann war erschüttert.

Ilja winkte ab. „Wir tun schon etwas. Aber eben nur im Rahmen unserer Möglichkeiten. Stresemann und der Chef der Wehrmacht liefern sich einen Machtkampf. Es hängt tatsächlich am seidenen Faden. Wenn Seeckt sich für die Verschwörer erklärt, ist es aus. Gleichzeitig liebäugelt der Reichspräsident mit der Einsetzung eines Direktoriums, das wäre eine Vorform der Diktatur. Dieses Gremium könnte natürlich auch der Oberbefehlshaber der Wehrmacht leiten. Wir stehen kurz vor einem Bürgerkrieg. Und deshalb ist die Rentenmark zum Erfolg verdammt. Wenn wir es nicht schaffen, die Währung zu stabilisieren und dafür zu sorgen, dass die Leute an Nahrungsmittel kommen, ist es vorbei mit der Demokratie in diesem Land."

Hermann schluckte. „Ich wusste nicht, dass es so kritisch steht."

Ilja seufzte. „Es ist schon seit Monaten kritisch. Aber es spitzt sich immer mehr zu. Wolltest du mich nur warnen oder hast du noch andere Hiobsbotschaften?"

„Ich wollte dir meine Hilfe anbieten. Ich wollte dich fragen, was ich tun kann. Ihr braucht sicher Verbündete in Bayern und ich bin bereit, mich vorbehaltlos auf die Seite der Regierung zu stellen."

Ilja lächelte. „Dass ehrt dich. Und es ist willkommen. Einen Bankvorstand auf unserer Seite zu wissen, ist sehr gut. Wenn du uns wirklich helfen willst, dann solltest du alles tun, damit diese Verschwörer nicht an Geld kommen. Verweigere ihnen Darlehen. Und wenn es möglich ist, kündige bestehende Kredite. Du wirst sicherlich einen Vorwand finden. Bring diese Leute in Geldnot, dann können sie ihre Truppen nicht finanzieren, ihre Ausrüstung nicht mehr bezahlen. Dadurch kannst du ihnen viel mehr Schaden zufügen, als wenn du ihnen mit der Waffe in der Hand an der sächsischen Grenze entgegentrittst."

Hermann spürte, wie ihm die Kehle eng wurde. „Ich bin nicht mehr der Vorstand meiner Bank. Ich musste sie an meinen Schwiegervater abgeben."

Nun sah er, dass Ilyas Augen sich vor Schreck weiteten. „Du musstest was? Das ist eine Katastrophe. Dein Schwiegervater ist doch ein Sympathisant der DNVP, oder? Er wird die Finanzmittel der Bank nutzen und die Verschwörer mit Devisen versorgen."

Er trat auf Hermann zu und legte ihm eine Hand auf die Schulter. „Das musst du verhindern. Bitte, Hermann, das ist wichtig für die Demokratie."

KAPITEL 31

München,
3. Oktober 1923

Im traurigen Monat November war es, die Tage wurden trüber. Der Wind riss von den Blättern das Laub, da reist ich nach Deutschland hinüber.

Hilde sah aus dem Fenster des Taxis, das sie vom Bahnhof zur Villa ihrer Mutter brachte und musste an die Worte denken, mit denen das Lieblingsbuch von Paul begonnen hatte – *Deutschland ein Wintermärchen* von Heinrich Heine. Zwar war sie nicht aus Frankreich eingereist, sondern innerhalb Deutschlands von Thüringen nach Bayern, aber das Wetter glich dem, das der Dichter beschrieb. Die Tage waren trüb, die Bäume waren kahl und es war kalt.

Paulchen saß eng an sie gekuschelt auf ihrem Schoß. Er war im Zug eingeschlafen. Als sie in München angekommen waren, war er wieder aufgewacht, er hatte gequengelt und sie hatte am Bahnhof von ihren letzten Millionen-Mark-Scheinen eine Brezel kaufen müssen, an der er nun herumkaute. Die Kinderfrau hatte auf dem Beifahrersitz Platz genommen. Neben Hilde saß Fanny. Sie war bleich und sah aus dem gegenüberliegenden Fenster. Was wohl in ihr vorging? Sie hatte einen Anschlag auf ihr Leben knapp überlebt. Und sie hatte ihren Traum begraben müssen, am Bauhaus zu studieren. Auch Hilde teilte ihr Schicksal, aber für Fanny waren die Folgen wesentlich einschneidender. Sie hatte niemanden, an den sie sich wenden konnte. Ihre Eltern waren verstorben und der Kontakt zu ihrem Bruder war abgebrochen, nachdem dieser zwei Jahre zuvor in die Vereinigten Staaten ausgewandert war. Hilde dagegen würde von ihrer Mutter mit offenen Armen empfangen werden und trotzdem bereitete ihr die Rückkehr nach München enormes Kopfzerbrechen.

Sie erreichten die Villa. Hilde stieg aus und trug Paulchen durch den Vorgarten, während sich Frau Gerwig um die Koffer kümmerte, die sie dem herbeieilenden Butler übergab. Fanny hielt sich dicht hinter Hilde. Im Türrahmen stand ihre Mutter. Ihre Augen glänzten. Und schon dieser Anblick überforderte Hilde.

„Schön, dass ihr wieder zu Hause seid", sagte Elsa und breitete ihre Arme aus. Hilde ließ es zu, dass ihre Mutter sie an sich drückte. Dann trat sie einen Schritt zu Seite, um ihre Begleiterin vorzustellen. „Das ist Fanny, eine Freundin. Ihr wurde in Thüringen nach dem Leben getrachtet. Ich habe angeboten, dass sie erst einmal bei uns wohnen kann."

Sie rechnete es ihrer Mutter hoch an, dass sie den nicht angekündigten Gast herzlich willkommen hieß und die Hausmädchen aufforderte, sofort das leer stehende Zimmer von Isolde herzurichten. Dann gingen sie in den Salon, wo bereits alles für den Nachmittagskaffee vorbereitet war. Die Küchenmädchen deckten rasch ein weiteres Service für Fanny auf, die Platz nahm und mit versteinerter Miene aus einer Kaffeetasse trank.

„Wo is Hase?", fragte Paulchen.

Elsa lachte. „Also hat es sich schon zu dir herumgesprochen, dass ich einen flauschigen Mitbewohner habe? Deine Kinderfrau bringt dich zu ihm."

Sie nickte Frau Gerwig zu, die den Jungen bei der Hand nahm und hinausführte. Wie rasch ihre Mutter wieder das Kommando übernommen hatte.

„Jetzt musst du mir aber erst einmal erzählen, was genau vorgefallen ist", sagte Elsa. „Dein Telegramm hat mich vollkommen überrascht. Ich dachte, dir gefällt es so gut in der Töpferei. Und dann wird dir plötzlich der Platz gekündigt. Und du musst Hals über Kopf hierherkommen und hast eine Flüchtige im Schlepptau. Was ist geschehen?"

Hilde spürte einen großen Widerwillen, alles noch einmal durchzukauen, doch sie konnte nicht anders. Sie wusste, dass ihre Mutter keine Ruhe geben würde, bis sie jedes Detail erfahren hatte. Und so erzählte sie, was geschehen war. Wie sie die Annäherungsversuche von Max zurückgewiesen hatte, wie dieser seine Intrige gesponnen hatte, die sie ihren Studienplatz gekostet hatte. Wie sie vom Plan der Dorfbewohner erfahren hatte, Fanny nach dem Leben zu trachten. Wie sie ihre Freundin gerettet hatte und wie sie schließlich nach München zurückgekehrt waren.

Elsa schüttelte den Kopf. „Die Zeiten werden immer verrückter. Was sind das nur für Menschen? Jemand anderem nach dem Leben zu trachten, nur weil er jüdischen Glaubens ist? Diese Tiere."

Auch das rechnete Hilde ihrer Mutter hoch an. Sie hatte einen ausgeprägten Sinn für Gerechtigkeit. Und das Verhalten der Einwohner des Dorfes fand sie abstoßend. Fanny musterte ihre Mutter nun mit Interesse. Dann meldete das Mädchen, dass das Gästezimmer bereitstehe. Fanny verabschiedete sich, um sich ein wenig auszuruhen. Nun war der Moment gekommen, vor dem es Hilde gegraut hatte. Sie war allein mit ihrer Mutter.

„Ich weiß, was du mir jetzt sagen willst", sagte sie.

Elsa zog eine Augenbraue nach oben. „Kannst du nun sogar Gedanken lesen? War das Teil deiner Ausbildung in Weimar?"

„Nein. Aber du warst von Anfang an dagegen, dass ich nach Weimar gehe. Mein Scheitern dort hat dir nun bewiesen, dass du recht gehabt hattest."

„Ja, ich hatte meine Zweifel. Es ging dir so schlecht die letzten Jahre. Und ich hatte die Sorge, dass der Halt der gewohnten Umstände wegbrechen könnte, wenn du in der Fremde bist. Dass dir das vollkommen den Boden unter den Füßen wegzieht", erwiderte Elsa.

Hilde schüttelte den Kopf. „Genau das Gegenteil ist geschehen. Ich habe mich wohlgefühlt. Und ich habe auch etwas geschaffen. Es geht mir besser als noch vor einem Jahr."

Auf Elsas Gesicht erschien ein Lächeln. „Nun, dann waren deine Erfahrungen in Weimar doch kein Misserfolg. Vielleicht sind sie die Basis für einen Neubeginn hier in München."

„Ich weiß nicht, wie das gelingen soll. Ich habe hier nichts zu tun. Wenn wir ehrlich sind, habe ich meine Tage damit verbracht, im Garten zu sitzen und auf den Boden zu starren, während Paulchen um mich herumgetobt ist. In Weimar bin ich zum ersten Mal wieder aufgelebt. Aber ich weiß nicht, was ich mit diesem neuen Lebensgefühl in München anfangen kann."

Elsa legte den Kopf schief. „Mir würde da schon etwas einfallen. Du weißt, dass ich mir nichts sehnlicher wünsche, als dass du meine Nachfolge in der Firma antrittst. Du könntest morgen dort anfangen. Ich würde dich einarbeiten. Du würdest alle Abteilungen kennenlernen. Und du könntest die Energie und den Schwung, den du aus Weimar mitgebracht hast, dort wieder einsetzen."

„Ich will das nicht", sagte Hilde.

Elsa runzelte die Stirn. „Gut, wir können es etwas langsamer angehen lassen und –"

Hilde hob eine Hand und ihre Mutter verstummte. „Hör mir bitte zu. Ich will die Firma nicht übernehmen. Ich bin nicht dazu geschaffen, etwas so Großes zu leiten. Ich habe gut mit Fanny zusammengearbeitet. Die Arbeit in der Werkstatt hat mir Spaß gemacht. Aber eine Firma leiten? Das kann und das will ich nicht. Das ist mir in Weimar und in Dornburg klar geworden. Meine Zukunft liegt nicht hier in München. Zumindest nicht als Chefin der Firma."

Sie sah, dass ihre Mutter bleich geworden war. Ihre Augen glänzten. Sie wandte sich kurz ab. Dann räusperte sie sich und sagte: „Gut, wie du meinst. Komm erst einmal an und dann sehen wir weiter."

***

Hermann sah Gordon ins Gesicht. Er hatte die Augen wieder geschlossen, lag auf dem Kopfkissen und atmete leise vor sich hin. Sie hatten eine weitere wunderbare Nacht miteinander verbracht. Aber es war gut möglich, dass das die letzte gewesen war, denn bald würde Gordon nach Berlin aufbrechen.

Er erhob sich leise, um seinen Geliebten nicht zu wecken. Dann zog er sich an und verließ das Haus. Er sah sich um, doch den Privatdetektiv konnte er nirgendwo entdecken. Hatte Friederike ihn vielleicht abgezogen? Die Ausgabe konnte sie sich sparen. Sie hatte genügend belastendes Material gegen ihn in der Hand. Und sie hatte erreicht, was sie wollte. Ihr Vater dirigierte die Bankgeschäfte und Hermann zweifelte nicht daran, dass der General große Summen in die Vorbereitung der rechten Umsturzpläne pumpte. Wie dumm er gewesen war. Er hatte sich hinters Licht führen lassen und seine Entscheidung hatte nicht nur für ihn einschneidende Konsequenzen, sondern möglicherweise sogar für den Fortbestand der Demokratie. Wenn er doch nur etwas dagegen tun könnte.

Er überlegte, wohin er sich wenden sollte. Nach Hause zurückkehren wollte er nicht. Aber er musste es, allein schon um seiner Tochter willen. Er rief ein Taxi. Als er am von Lampeck'schen Palais ausstieg, sah er, dass auf den Stufen zwei Männer herumlungerten, die braune Hemden trugen. SA. Er stieg die Treppen hinauf, doch die beiden Kerle stellten sich ihm in den Weg.

„Lassen Sie mich durch", sagte Hermann.

Die SA-Leute bewegten sich nicht vom Fleck.

„Mir gehört dieses Haus hier. Sie hindern mich nicht daran, es zu betreten."

„Und wie wir dich daran hindern werden", sagte einer. „Frau von Lampeck hat uns angewiesen, niemand hereinzulassen. Sie ist die Herrin des Hauses."

„Das wird ja immer schöner", rief Hermann. Er wollte sich vorbei drängen, doch einer hielt ihn fest, der andere stieß ihn mit der Faust vor die Brust. Hermann verlor das Gleichgewicht und kippte nach hinten. Im letzten Moment konnte er sich umdrehen und den Sturz mit den Händen abfangen, doch dabei schürfte er sich die Handflächen auf.

Einer der Männer nahm einen Knüppel, der neben ihm am Geländer gelehnt hatte, und trat auf ihn zu. Hermann stand auf. Er wich einen Schritt zurück. Hier war kein Staat zu machen.

„Das wird euch noch leidtun", sagte er, wandte sich um und humpelte davon. Er war hocherregt. Das konnte nicht wahr sein. Friederike konnte ihm doch nicht den Zugang zu seinem eigenen Haus verwehren. War es schon so weit gekommen? Fühlte sie sich so sicher im Rausch ihres Sieges? Nein, er musste handeln. Er überlegte, ob er Johann von Linden aufsuchen sollte, befürchtete aber, dass der keine große Hilfe sein würde. Stattdessen zog es ihn zu seiner Mutter. Sie hatte Erfahrung mit Krisen und konnte ihm möglicherweise einen Rat geben. Eine Stunde später hatte er die Villa in Bogenhausen erreicht. Der Butler führte ihn ins Wohnzimmer. Zu seinem Erstaunen sah er Hilde dort sitzen.

„Was tust du denn hier?", fragte er. „Ich dachte, du töpferst in Weimar?"

„Da hat man mich rausgeworfen", erwiderte sie. „Aber das erzähle ich dir ein anderes Mal. Was ist mit dir los? Du siehst ja aus, als ob du dem leibhaftigen Tod begegnet wärst."

„Friederike verweigert mir den Zugang zu meinem Haus. Sie lässt mich meine Tochter nicht mehr sehen. Ich habe alles verloren, was mir wichtig ist", sagte er. Seine Kehle war mit einem Mal eng und in seinen Augenwinkeln sammelten sich Tränen.

Hildes Augen weiteten sich. „Das kann sie doch nicht tun! Wie ist es dazu gekommen?"

Hermann atmete tief durch. Und dann begann er zu erzählen. Er ließ nichts aus. Er schämte sich nicht. Und seine Schwester verurteilte ihn nicht. Sie hörte zu, legte ihm den Arm um die Schultern, wenn ihn ein Weinkrampf schüttelte. Sie war da für ihn, gab ihm den Raum für seine Geschichte. Als er fertig war, schwieg sie eine Weile. Dann sagte sie: „Das ist ja schrecklich. Das tut mir so leid, Hermann."

Er holte ein Taschentuch aus seiner Hose und wischte sich die Augen trocken.

„Ich weiß nicht, was ich tun soll. Ich will Erika nicht verlieren, sie ist das Einzige, was mir bleibt, wenn Gordon nach Berlin geht. Und gleichzeitig will ich Friederike und diese rechten Verschwörer aufhalten."

Hilde legte den Kopf schief. „Ich kenne mich in der Politik nicht aus. Ich weiß nicht, was ich dir wegen dieser Putschpläne raten kann. Aber ich habe auch ein Kind, das mir das Liebste im Leben ist, und ich kann verstehen, wie es dir mit Erika geht. Soll ich zu Friederike gehen und mit ihr reden? Vielleicht kann ich sie dazu bewegen, dich wenigstens wieder ins Haus zu lassen, damit du deine Tochter siehst."

Hermann schüttelte den Kopf. „Das kann ich nicht von dir verlangen."

Hilde lachte leise. „Genauso wenig hatte ich von dir verlangen können, dass du Paul befreist und dass du Lotte über die Grenze bringst. Wie hast du das damals so schön gesagt? Wir sind Familie. Als Familie müssen wir zusammenhalten. Das ist das wichtigste im Leben. Du bist meine Familie, Hermann. Und Erika ist auch meine Familie. Sogar Friederike ist meine Familie, obwohl sie nie ein gutes Haar an mir gelassen hat und wir sicher nicht mehr als ein paar eisig-höfliche Worte miteinander gewechselt haben, seitdem wir uns kennen. Aber das ist gleichgültig. Es geht um die Familie. Also, soll ich zu Friederike gehen?"

KAPITEL 32

München,
4. Oktober 1923

Hilde sah die beiden Schläger der SA schon von Weitem. Unschöne Erinnerungen an den Mob in Thüringen, dem sie nur knapp entkommen waren, erwachten. Die hier waren zwar nur zu zweit, aber sie sahen brutaler aus als die Dörfler in Dornburg. Friederike wusste offenbar, wie Abschreckung auszusehen hatte. Sie richtete sich kerzengerade auf und ging direkt auf die Treppe zu. Einer der Männer sah sie an.

„Was wollen Sie?", fragte er.

„Ich muss mit Friederike von Lampeck sprechen", sagte Hilde.

Der Mann zog eine Augenbraue nach oben. „Und aus welchem Grund?"

Hilde hielt seinem Blick stand. Was für eine Frechheit. „Ich glaube nicht, dass Sie das etwas angeht."

Er runzelte die Stirn. „Aber Sie müssen an uns vorbei, wenn Sie mit Frau von Lampeck sprechen wollen. Und deshalb würde ich Ihnen raten, dass Sie etwas –"

Die Türe hinter den beiden Männern öffnete sich und Karl, Hermanns Leibdiener, erschien auf dem Treppenabsatz.

„Fräulein Müller, guten Tag. Was kann ich für Sie tun?", fragte er.

Hilde ignorierte den SA-Mann und lächelte dem Kammerdiener zu. „Ich möchte gerne mit meiner Schwägerin sprechen."

„Kommen Sie herein. Ich melde Sie an."

Hilde drängte sich an den Schlägern vorbei, die ihr widerwillig Platz machten. Sie folgte dem Leibdiener in einen Salon und nahm auf einem Sofa Platz. Ob er wohl aus dem Fenster geschaut hatte und sie erkannt hatte? Es war ein Glücksfall, sie glaubte nicht, dass die SA-Männer sie ansonsten vorbei gelassen hätten.

Friederike kam wenig später. Als sie durch die Tür trat, nickte sie ihr zu. Hilde erhob sich und streckte ihr die Hand entgegen. Friederike sah sie einen Moment lang an und Hilde war sich unschlüssig, ob sie sie ergreifen wollte, aber dann schüttelte sie sie. Sie deutete auf die Sitzgruppe und die beiden nahmen Platz.

„Ich vermute, dein Bruder schickt dich?", begann Friederike die Unterhaltung.

„Das ist nur halb richtig. Gekommen bin ich aus eigenem Antrieb. Ich habe Hermann angeboten, mit dir zu sprechen."

Auf Friederikes Lippen erschien ein spöttisches Lächeln. „Hat er dir sein Herz ausgeschüttet? Ich bin gespannt, ob er dir die ganze Wahrheit erzählt hat."

„Nun, um es kurz zusammenzufassen, er hat mir erzählt, dass er einen Mann liebt, dass du dahintergekommen bist, ihn gezwungen hast, als Vorstand der Bank zurückzutreten, damit dein Vater die Rolle einnehmen kann, und dass du ihm nun sogar verweigerst, das Haus zu betreten und seine Tochter zu sehen. Fasst es das in etwa zusammen? Oder hat er etwas ausgelassen?"

Friederike schürzte die Lippen. „Ich hätte nicht gedacht, dass er seine Verfehlung öffentlich ausspricht. Aber so sind sie, diese Sodomiten."

„Ich habe noch nicht so viel Lebenserfahrung", erwiderte Hilde. „Aber auch ich habe inzwischen gelernt, dass es gleichgültig ist, wen man liebt. Hauptsache man liebt."

Friederike lachte, doch es war nicht herzlich, sondern es war kalt. „Ich hätte ja nicht gedacht, dass dein Hermann überhaupt zum Lieben fähig ist."

Hilde lag auf der Zunge, zu erwidern, dass sie nicht von sich selbst auf andere schließen sollte, aber sie sagte nichts.

„Also, was will Hermann?"

„Er will Zutritt zu seinem Haus und er will seine Tochter sehen."

Wieder erschien dieses unschöne Schmunzeln auf Friederikes Lippen. „So, er stellt also Forderungen. Und dich schickt er als Parlamentärin? Dann wollen wir einmal verhandeln."

Hilde sah sie erwartungsvoll an. Sie sagte nichts, sondern wartete darauf, dass Friederike sprach. „Wenn ich ihn wieder hier einziehen lasse, dann hat er in der Öffentlichkeit in jeder Hinsicht als mein Ehemann aufzutreten. Er hat mich zu allen Anlässen zu begleiten, auch, wenn ich Veranstaltungen meiner Partei besuche. Er hat regelmäßig mit mir in die Oper zu gehen. Natürlich muss er diesen Musiker in die Wüste schicken, da wo er hingehört, dieser Affe. Und ich will ein zweites Kind. Ein Stammhalter wäre schön."

„Und wie würde Hermanns Leben dann aussehen? Was würdest du ihm erlauben, wenn er diese Bedingungen erfüllt?"

Sie zuckte mit den Achseln. „Dann kann er Erika Klarinette vorspielen, so viel er will. Mir ist das gleichgültig."

Nun gelang es Hilde nicht mehr, ihren Ekel zurückzuhalten. „Erika ist für dich nur ein Spielball. Sie ist Verhandlungsmasse. Mehr nicht, oder?"

Friederike lachte. „Dein Bruder ist ein Weib und deshalb hat er es nicht geschafft, einen Sohn zu zeugen. Erika hat keinen Wert für mich. Klar, ich kann sie irgendwann verheiraten, aber mit ihr verdorrt die Linie. Deshalb muss Hermann noch einmal das Bett mit mir teilen, selbst wenn er das vermutlich abscheulich findet. Ich finde ebenso wenig Vergnügen daran."

„Ich verstehe das nicht. Bei dir war es doch genauso. War dein Vater auch so enttäuscht, dass er nur eine Tochter bekommen hat?"

Und nun sah Hilde, dass Friederike zum ersten Mal eine emotionale Reaktion zeigte. Ihr Gesicht rötete sich.

„Das kannst du nicht vergleichen. Ich bin aus ganz anderem Holz geschnitzt als Erika. Sie schlägt nach deinem Bruder. Und das ist nichts Gutes. Ich sehe das Gespräche als beendet an. Du kannst Hermann meine Bedingungen überbringen. Wenn er darauf eingeht, gut. Wenn nicht, dann wird er dieses Haus nie mehr betreten."

Sie erhob sich und Hilde tat es ihr nach. Sie verabschiedete sich nicht, sondern ging hinaus. Ihr Herz klopfte. Sie war so wütend wie schon lange nicht mehr.

***

Hermann saß im Salon seiner Mutter und trommelte mit den Fingern auf den Tisch. Vor ihm stand ein bis an den Rand gefülltes Schnapsglas. Er hatte den Butler gefragt, ob seine Mutter Alkohol im Haus habe. Zunächst hatte der Mann verneint, dann war ihm jedoch eingefallen, dass Elsa eine Flasche Enzianschnaps verwahrte, von der sie gelegentlich abends einen Schluck trank, wenn sie nicht einschlafen konnte. Hermann hatte den Mann angewiesen, ihm die Flasche zu bringen. Sie stand nun neben dem Schnapsglas. Er mochte Kräuterbrände nicht. Die waren ihm zu scharf. Deshalb liebte er ja den Cognac so. Der war weich, schmiegte sich an seinen Gaumen und seine Speiseröhre und in seinem Magen erzeugte er ein warmes, wohliges Gefühl, das lange anhielt und nur langsam abebbte. Ganz anders dagegen der Schnaps. Der brannte sich seinen Weg durch seine Eingeweide. Der Rausch war schnell da, aber er war auch rasch wieder vorbei. Nichts, was Hermann wirklich Befriedigung verschaffte. Er trommelte weiter einen Rhythmus und erkannte, dass es ein Lied war, das er immer mit Gordon gespielt hatte. Wenn er doch nur seine Klarinette hier hätte. Aber die war zu Hause. Wahrscheinlich hatte Friederike das Instrument in den Ofen geworfen und verbrannt. Das wäre ihre ultimative Rache an ihm. Es war schon erschreckend. Hermann traute seiner Frau sehr viel zu. Sie war zu allem fähig. Wie hatte er es nur jemals für eine gute Idee halten können, sie zu heiraten? Die Umstände hatten ihn damals dazu gezwungen. Und nun war er erneut in einer Zwangslage und wieder waren ihm die Hände gebunden. Was sollte er tun?

Die Tür zum Salon öffnete sich und Hilde trat ein. Sie sah Hermann an, dann entdeckte sie den Schnaps auf dem Tisch und verzog das Gesicht.

„Es ist doch noch nicht einmal Mittag", sagte sie.

„Ich weiß. Aber je nachdem, was du mir jetzt sagst, weiß ich nicht, ob ich den Rest des Tages nüchtern ertragen kann."

Hilde streifte ihre Handschuhe ab und legte sie auf den Tisch. Dann setzte sie sich auf den Stuhl neben Hermann und sah ihn an.

„Ich habe mit Friederike gesprochen. Die Schläger am Eingang wollten mich nicht einlassen, aber dann hat dein Kammerdiener mich gesehen und mich zu ihr geführt."

„Und, was hat sie gesagt?"

„Sie hat in Aussicht gestellt, dir zu erlauben, wieder nach Hause zurückzukehren."

Hermann zog eine Augenbraue nach oben. „Wie gnädig von ihr. Aber dafür muss ich doch bestimmt Bedingungen erfüllen, oder? Umsonst bekomme ich nichts von meiner Frau."

Hilde nickte. „Sie erwartet von dir, dass du makellos die Rolle des Ehemanns spielst, sie auf jeden Anlass begleitest, den sie vorgibt und vor allem erwartet sie auch, dass du Gordon nicht mehr siehst. Und sie will ein zweites Kind. Einen Sohn."

Hermann spürte, wie ihm die Kehle eng wurde. Natürlich hatte er genau das erwartet. So war Friederike. Das waren die Bedingungen, die sie stellen würde. Sie ging nach wie vor davon aus, dass ihre Ehe ein Zweckbündnis war. Zwar hatten sich die Machtverhältnisse verschoben, seitdem ihr Vater die Bank kontrollierte. Aber sie brauchte Hermann immer noch. Nicht nur, dass er zwei Drittel der Besitzanteile der Bank hielt. Sie trug auch seinen Namen. Und mit diesem Namen durfte kein Skandal verbunden sein, wenn sie die feine Münchner Gesellschaft für Hitler gewinnen wollte. Hermann musste in ihrem Spiel funktionieren. Es war eine kalte, berechnende Art, die Dinge zu sehen. Aber so war Friederike nun einmal.

„Ich habe wohl keine andere Wahl, als mitzuspielen, oder?", fragte er.

Hilde legte ihre Hand auf seinen Unterarm und sah ihn eindringlich an. „Ich weiß nicht, ob es mir zusteht, dir einen Ratschlag zu geben. Ich liebe mein Kind. So wie du dein Kind liebst. Friederike liebt Erika nicht, das ist mir klar geworden. Sie benutzt sie, um dich zu erpressen. Aber ein Kind darf nicht benutzt werden. Niemals. Als Mutter kann ich dir deshalb nur raten, dich den Bedingungen zu fügen. Es geht um Erikas Wohl."

Hermann nickte. „Natürlich geht es um sie. Unter allen anderen Umständen würde mir die Entscheidung leichtfallen. Wenn es Erika nicht gäbe, würde ich Friederike den Laufpass geben. Es ist mir gleichgültig, wie gewaltig der Skandal wäre, den ich damit auslösen würde. Ich will mich nicht mehr verstellen müssen, will nicht vor aller Welt den treu sorgenden Ehemann spielen müssen. Ich will der sein, der ich bin. Aber Erika kann ich das nicht antun."

Hilde lächelte. „Du bist ein wunderbarer Vater, Hermann."

Er spürte, wie ihm die Tränen in die Augen traten. „Nein, das bin ich nicht. Ich habe diese Situation herbeigeführt, das hätte nie geschehen dürfen. Ich hätte meine Tochter nie in diese Lage bringen dürfen."

Hilde seufzte. „Das ist etwas, das ich als Mutter gelernt habe. Du bist zwar für dein Kind verantwortlich und dein größtes Bestreben sollte sein, dass es deinem Kind gut geht. Aber du darfst dich dabei nicht vergessen. Du hast die Liebe gefunden mit Gordon. Und das ist etwas Schönes. Ich vermisse Paul jeden Tag. Friederike will dich zwingen, Gordon nie wieder zu sehen. Gordon lebt dann zwar noch, anders als Paul. Aber auch er wird eine Art Tod für dich sterben müssen. Und das ist grauenvoll. Du musst dich entscheiden, ob du den Menschen, den du liebst, gehen lassen willst, oder ob du für deine Tochter da sein willst. Vor diese Wahl sollte niemand gestellt werden."

Nun rannen die Tränen. Hermann kramte ein Taschentuch hervor und wischte sich die Augen aus. Er schluchzte. „Wenn es doch nur einen Ausweg gäbe, eine dritte Möglichkeit. Es kann nicht sein, dass ich mich zwischen zwei Katastrophen entscheiden muss."

„Du könntest Mutter um Rat fragen. Sie hat so viele Krisen gemeistert, da kann sie dir sicher weiterhelfen."

Hermann schüttelte den Kopf. „Daran habe ich auch schon gedacht. Sie würde mir raten zu kämpfen. Und sie würde mir anbieten, mich dabei mit allen ihr zur Verfügung stehenden Mitteln zu unterstützen. Aber das wäre nicht richtig."

Hilde runzelte die Stirn? „Warum? Sie ist deine Mutter."

Er seufzte. „Ja, das ist sie. Aber unser Verhältnis zueinander ist kompliziert. Es beruht für beide Seiten auf einer wackligen Balance zwischen Nähe und Unabhängigkeit. Und letztere müsste ich aufgeben, wenn ich die Hilfe unserer Mutter annähme. Deshalb werde ich in ein Hotel ziehen, obwohl sie mir sicherlich hier ein Zimmer anbieten würde. Allein bei dem Gedanken daran sträubt sich alles in mir. Nein, ich muss selbst eine Lösung finden."

„Ich fürchte, das wird schwierig. Friederike hat die Macht. Sie kontrolliert die Bank und sie hat dich vollkommen im Griff. Ihre Position ist viel stärker als deine. Ich kenne das. Genau das ist mir im Bauhaus widerfahren. Die Meister standen auf der Seite dessen, der mich des Diebstahls bezichtigt hat. Wer die Macht hat, bestimmt."

Hermann richtete sich auf. Das war es. „Da hast du etwas Weises gesagt", sagte er. „Wer die Macht hat, bestimmt. Wenn Friederike die Macht verlieren würde, die sie über mich hat, müsste ich die Entscheidung nicht treffen. Dann könnte ich Gordon weiterhin in meinem Leben haben. Und Erika."

Hilde runzelte die Stirn. „Und wie willst du das anstellen? Verzeih mir meine Skepsis, aber ich glaube nicht, dass du die Kontrolle über die Bank wiedererlangen kannst. Friederike würde dich sofort wegen deiner Beziehung zu Gordon anzeigen."

Hermann schüttelte den Kopf. „Ich glaube, es gibt einen weiteren Weg. Den müsste ich zunächst mit Herrn Krötzinger und Johann von Linden besprechen." Er erhob sich. „Ich kläre das. Aber ich werde nicht aufgeben.

Ich werde für Erika kämpfen. Und ich werde um Gordon kämpfen." Er sah noch einmal das Schnapsglas an. Er spürte den Drang, sich Mut anzutrinken. Doch er widerstand ihm.

KAPITEL 33

München,
5. Oktober 1923

Hilde hatte eben das Dienstmädchen gerufen, damit es die Schnapsflasche und das Glas wegräumte, als der Butler Tante Isolde ankündigte. Gleich darauf führte er sie herein. Ihre Tante breitete die Arme aus und Hilde warf sich hinein.

„Oh, so stürmisch. Ich hätte nicht gedacht, dass ich dich vor Weihnachten schon wiedersehe", sagte Isolde.

Hilde löste sich aus der Umarmung. „Ja, ich auch nicht. Aber es ist alles schiefgegangen, was schief gehen konnte."

„Magst du mir davon erzählen?", fragte Isolde.

Bei ihrer Mutter hatte Hilde einen Widerstand gespürt. Ihr hatte sie ungern berichtet, was vorgefallen war. Bei Tante Isolde war es anders. Diese hörte ihr vorurteilsfrei zu. Und vor allem wusste sie, dass Isolde selbst einmal in einer ähnlichen Situation gewesen war. Sie setzten sich an den Tisch und Hilde begann zu erzählen. Sie ließ nichts aus und es dauerte beinahe eine Stunde, bis sie alles geschildert hatte. Isolde hatte währenddessen kein Wort gesagt. Sie hatte sie nur angesehen, immer wieder genickt oder leise Laute ausgestoßen. Als sie fertig war, spürte Hilde, wie erschöpft sie war. Die Tränen standen ihr in den Augen. Isolde erhob sich, trat auf sie zu und nahm sie in die Arme.

„Du Arme. Das ist ja furchtbar", sagte sie.

Hilde schniefte. „Ja, und ich weiß nicht, ob es richtig war, zu gehen. Es hat mich so an die Situation erinnert, die du damals im Fotoatelier erlebt hattest. Das war doch ähnlich, oder?"

Isolde verzog das Gesicht. „Oh, die Sache mit Antonie. Das hätte ich beinahe vergessen. Ja, das war eine ähnlich gelagerte Intrige. Antonie war eifersüchtig darauf, dass ich ihr den Rang ablaufen könnte. Was für ein Schwachsinn. Und dann hat sie Geld versteckt und mir einen Diebstahl in die Schuhe geschoben. Aber da hören die Parallelen dann auch schon auf. Ich hatte es nicht mit einem Mann als Gegner zu tun. Das ist wichtig. Leider immer noch. Männern wird eher geglaubt, vor allem, wenn Männer die Entscheidung darüber treffen, wer schuldig ist und wer nicht. Ich hatte damals das Glück, dass Anita und Sophia die Richterinnen waren. Und dass ich Emily und deine Mutter hatte, die mir zur Seite gestanden haben und mit denen ich einen Weg finden konnte, Antonie zu überlisten. All diese Mittel hattest du nicht zur Verfügung."

„Fanny hatte mir angeboten, mir zu helfen. Sie hat nicht verstanden, dass ich nicht kämpfen will. Sie war sogar böse. Sie hat mir gesagt, dass ich es gut habe, weil ich mich einfach so zurückziehen kann."

Isolde nickte. „Das Letztere mag stimmen. Aber ich glaube, deine Einschätzung war realistisch. Was hättet ihr beide den tun wollen? Die Meister hatten ihre Entscheidung getroffen. Selbst wenn ihr beweisen hättet können, dass dieser Max dir die Form untergeschoben hat, hätte er als der Lieblingsschüler es doch so hindrehen können, dass er unschuldig war. Es wäre immer an dir hängen geblieben. Du hast richtig gehandelt. Und doch ist es schändlich, dass dieser Max ungeschoren davongekommen ist."

Hilde atmete tief durch. Isoldes Worte hatten sie ein wenig beruhigt. Der Gedanke, dass sie einen Fehler gemacht hatte, hatte sehr an ihr genagt.

„Ich weiß, es ist noch ein bisschen früh, dich danach zu fragen, aber hast du schon Pläne?", fragte Isolde.

Hilde seufzte. „Nein. Ganz im Gegensatz zu Mama. Die hat eine klare Vorstellung. Nachdem ich mir die kleinen Spinnereien in Weimar erlaubt habe, bin ich jetzt wieder vernünftig genug, dass ich in die Firma einsteigen und irgendwann einmal die Leitung übernehmen kann."

Isolde runzelte die Stirn. „Spinnerei? Hat sie das wirklich so gesagt?"

„Nein. Aber es war deutlich, dass sie das so meinte. Und ich kann es ja auch verstehen. Sie hat so sehr dafür gekämpft, die Firma zurückzugewinnen. Sie hat es geschafft, sie nach dem Tod ihres Schwiegervaters nicht nur zu halten, sondern ein Firmenimperium daraus zu erschaffen, das zu den umsatzstärksten in ganz München gehört. Sie ist eine der wichtigsten Unternehmerpersönlichkeiten der Stadt. Und natürlich will sie, dass ihr Erbe weitergeführt wird. Aber ich glaube nicht, dass ich dazu geschaffen bin, jemals die Leitung der Firma zu übernehmen."

„Warum nicht?"

„Weil ich nicht hart genug für die Geschäftswelt bin. Ich glaube nicht, dass ich mich streikenden Arbeitern entgegenstellen könnte. Und ich glaube auch nicht, dass ich gut darin wäre, mit Männern zu verhandeln. Ich habe gesehen, wie schnell mich das aus dem Tritt bringt. Wie rasch ich unsicher werde."

Isolde legte den Kopf schief. „Ich glaube aber, dass du das lernen könntest, vorausgesetzt, du willst es."

Hilde verzog das Gesicht. „Ja, da hast du wahrscheinlich den entscheidenden Punkt angesprochen. Ich bin mir nämlich gar nicht sicher, ob ich die Firma überhaupt leiten will. Ob mir die Tätigkeit selbst Freude bereiten könnte."

„Gibt es denn etwas anderes zu, das du willst? Etwas, das dir Spaß macht, etwas, wofür du brennst?"

Hilde schmunzelte. „Ich kann mich erinnern, dass wir diese Unterhaltung schon einmal geführt haben, damals, als ich kurz vor dem Abitur stand und nicht wusste, was ich danach mit meinem Leben anfangen sollte. Du hast mir dieses Praktikum im Krankenhaus verschafft. Immerhin wusste ich dann, dass ich ganz bestimmt nicht Medizin studieren will."

Isolde lachte. „Ja, das war wirklich nichts für dich. Aber um noch einmal auf meine Frage zurückzukommen. Gibt es denn etwas, das dir Freude bereitet?"

Anstelle zu antworten, erhob sich Hilde und trat in einen Nebenraum. Sie öffnete das Köfferchen und holte eine Tasse und eine Untertasse des Services hervor, das sie mitgebracht hatte. Sie ging in den Raum zurück und stellte es auf den Tisch.

Isoldes Augen weiteten sich. „Hast du das gemacht?", fragte sie.

Hilde nickte. „Ich bin anfangs überhaupt nicht mit der Drehscheibe zurechtgekommen. Aber dann habe ich die Zähne zusammengebissen und gelernt, wie es funktioniert. Und nun bin ich gut darin."

„Das ist eine gehörige Untertreibung. Du hast ein unglaubliches Talent. Das ist wunderschön."

Hilde nickte. „Und ich könnte mir vorstellen, dieses Talent weiter zu verfolgen."

Isolde sah sie ernst an. „Wenn das so ist, dann solltest du das auch tun."

***

Hermann atmete tief durch. Er war schon lange nicht mehr so außer Atem gewesen. Vier Stockwerke. Wie der alte Mann das nur schaffte? Er sah auf die Tür. Dunkles Eichenholz, darauf auf einem Messingschild der Name *Krötzinger*. Er drückte auf den Klingelknopf und hörte das Geräusch im Inneren der Wohnung. Gleich darauf kamen Schritte. Die Tür öffnete sich. Hermann hatte erwartet, sich einem Bediensteten oder einem Hausmädchen gegenüber zu sehen, doch es war der stellvertretende Bankvorstand, dessen Gesicht im Türrahmen erschien. Er wirkte überrascht.

„Herr von Lampeck", sagte er. „Mit Ihnen hätte ich nicht gerechnet."

„Es tut mir leid, dass ich Sie stören muss, aber es geht nicht anders. Die Umstände sind dringend. Ich muss mit Ihnen sprechen."

Krötzinger nickte. „Natürlich. Kommen Sie herein!"

Er öffnete die Tür und führte Hermann durch einen Flur in einen kleinen Salon. Dieser war gemütlich eingerichtet. Ein Feuer brannte im Kamin, an einem Tisch standen zwei Ohrensessel. Nachdem sie Platz genommen hatten, fragte dieser: „Darf ich Ihnen etwas zu trinken anbieten? Cognac vielleicht?"

„Nein, danke. Der Alkohol tut mir nicht gut. Davon lasse ich schon seit längerem die Finger."

„Das ist eine sehr gute Entscheidung." Er sah Hermann an. „Was bringt Sie zu mir?"

„Ich wollte mich bei Ihnen entschuldigen."

Krötzinger legte die Stirn in Falten. „Wofür?"

„Ich muss Sie vor den Kopf gestoßen haben, als ich damals scheinbar aus heiterem Himmel den Rücktritt erklärt und meinen Schwiegervater als Vorstand empfohlen habe."

„Nun, ich muss gestehen, dass es überraschend kam. Aber es liegt ja nicht an mir, Ihre Entscheidungen zu hinterfragen. Sie sind der Vorstandsvorsitzende. Natürlich haben wir als Vorstand eine beratende Funktion und ich hatte auch all die Jahre den Eindruck, dass Sie meine Ratschläge durchaus berücksichtigen. Aber letztendlich ist es Ihre Entscheidung."

Hermann schüttelte den Kopf. „Es war nicht meine Entscheidung. Ich kann nicht zu sehr ins Detail gehen, aber ich war nicht frei in dem, was ich beschlossen habe. Die Umstände haben mich dazu gezwungen, meinen Schwiegervater als Vorstandsvorsitzenden einsetzen zu lassen."

Krötzinger nickte. „Wie Sie schon sagen, es steht mir nicht zu, nach den Details zu fragen und ich will es auch nicht. Aber wenn Sie mir die Bemerkung erlauben, ich hatte bereits seit längerem den Eindruck, dass Sie nicht frei in Ihren Entscheidungen sind. Die Kredite, die Sie an diese Parteien vergeben haben. Gut, die

Teuerung verhindert, dass wir allzu viel Schaden damit anrichten. Aber damit haben Sie sich politisch sehr exponiert. Und die Frage ist, ob das in Zeiten wie diesen ratsam ist."

„Natürlich ist es nicht gut. Natürlich war es ein Fehler. Aber ich konnte nicht anders und nun haben wir den Salat. Hat mein Schwiegervater weitere Kredite vergeben?"

„Nein. Aber er hat uns beauftragt, zu prüfen, wie viel Devisen wir zur Verfügung stellen können. Ganz offenbar besteht ein hoher Bedarf. Ich habe das bislang eher zögerlich bearbeitet, aber Ihr Schwiegervater macht Druck. Ich weiß nicht, wie lange ich dem standhalten kann."

Hermann seufzte. „Die bayerische Regierung und die mit ihr verbündete konservative Kreise planen, die Regierung in Berlin zu stürzen. Um dieses Vorhaben zu bezahlen, brauchen sie Geld. Und das wollen sie aus unserer Bank abziehen."

Krötzinger wurde eine Schattierung bleicher. „Das wäre eine Katastrophe", sagte er.

Hermann nickte. „Ja. Und deshalb bin ich zu Ihnen gekommen. Ich bitte Sie darum, mir dabei zu helfen, zu verhindern, dass das eintritt."

„Das wird nicht so einfach werden. Wie gesagt, ich weiß nicht, wie lange ich die Anweisungen Ihres Schwiegervaters noch hintertreiben kann", erwiderte er stirnrunzelnd.

Hermann nickte. „Ich habe einen Plan. Aber der wird ein wenig Zeit benötigen. Und ich bitte Sie darum, dass Sie mir diese Zeit verschaffen. Tun Sie alles, damit mein Schwiegervater das Geld nicht in die Hände bekommt.

Ich weiß, wenn es jemanden gibt, der sich Vorwände einfallen lassen kann, dass etwas nicht möglich ist, dann sind Sie es. Tun Sie alles, was in Ihrer Macht steht. Und ich werde daran arbeiten, dass mein Schwiegervater seine Position wieder verliert."

Krötzinger sah ihn lange an, dann erschien ein schmales Lächeln auf seinen Lippen.

„Ich habe mich nicht in Ihnen getäuscht. Als Sie den Vorsitz abgegeben haben, dachte ich kurz, ich hätte Sie falsch eingeschätzt. Aber nun sehe ich, dass Sie der sind, der Sie all die Jahre waren. Natürlich werde ich Ihnen helfen. Ich werde alles tun, was in meiner Macht steht, um Ihnen die Zeit zu geben, Ihren Plan umzusetzen."

KAPITEL 34

München,
6. Oktober 1923

Hilde klopfte an Fannys Tür. Sie hörte ein „Herein!" und trat ein. Ihre Freundin saß an dem kleinen Schreibtisch, den Tante Isolde benutzt hatte, als sie hier gewohnt hatte, und starrte aus dem Fenster. Es war erneut ein trüber Herbsttag gewesen, der nun in den Abend überging. Und Fanny sah keineswegs glücklich aus.

„Ich wollte einmal nachsehen und fragen, wie es dir geht?", sagte Hilde.

Fanny zuckte mit den Achseln. „Wie soll es mir schon gehen? Ich habe meinen Traum begraben müssen. Und ich weiß nicht, ob ich die Kraft oder auch die finanziellen Mittel habe, mein Studium an einer anderen Kunsthochschule fortzusetzen."

Hilde atmete tief durch. „Deshalb komme ich jetzt zu dir."

Fanny verzog das Gesicht „Willst du mir ein Almosen anbieten? Hast du deine Mutter dazu überredet, mir ein Stipendium auszustellen, damit ich euer Haus schnell verlasse und irgendwo weiter studiere, wo es sicherer für Juden ist?"

„Nein, das habe ich nicht. Ich habe verstanden, dass du das nicht möchtest. Meine Mutter wäre zwar dazu bereit, da bin ich mir sicher. Aber ich kann durchaus verstehen, dass du kein Almosen von uns willst. Das ist in Ordnung. Ich vermute, dass es bei mir ähnlich wäre, wenn ich an deiner Stelle wäre."

„Das kannst du nur vermuten. Du wirst es nie wissen", erwiderte Fanny.

Hilde nickte. „Da hast du natürlich recht. Aber ich möchte mich mit dir nicht darüber streiten. Ich möchte dir stattdessen einen anderen Vorschlag machen."

Fanny legte den Kopf schief. „Nun gut, dann schieß mal los!"

Hilde holte noch einmal tief Luft. „Mein Urgroßvater hatte eine Sattlerwerkstatt in München. In der Altstadt. Sie ist schön gelegen. Zurzeit nutzt meine Mutter sie, um dort gelegentlich Sättel herzustellen. Aber sie kommt immer seltener dazu. Meistens steht die Werkstatt leer."

Ihre Freundin sah sie gespannt an, erwiderte aber nichts und so fuhr Hilde fort. „Meine Mutter würde mir die Werkstatt sicher überlassen, wenn ich sie darum bitten würde. Ich könnte mich dort als Töpferin niederlassen. Und ich wollte dir eine Partnerschaft vorschlagen. Eine gleichberechtigte Partnerschaft. Eine Töpferwerkstatt mit uns beiden als Geschäftsführerinnen und als Inhaberinnen. Wir teilen die Gewinne und arbeiten zusammen."

Fanny riss beide Augenbrauen nach oben. „Du schlägst mir vor, dass wir gemeinsam eine Werkstatt eröffnen?"

Hilde nickte. „Ich weiß, du wirst jetzt wieder sagen, dass dir das Startkapital fehlt und dass du nicht willst, dass ich oder in diesem Fall meine Mutter das Geld vorschießen. Aber darüber müssten wir noch einmal sprechen, das will ich nämlich auch nicht. Ich weiß aber, was ich will. Ich will mit dir zusammenarbeiten. Wir sind ein gutes Team, das haben wir im Bauhaus gesehen. Und ich denke, dass wir wunderbar harmonieren könnten. Zudem gibt es in München genügend zahlungskräftige Kunden, die exklusive, handgefertigte Keramik kaufen würden. Da könnten wir tatsächlich auf das Netzwerk meiner Mutter zurückgreifen. Sie kann die Werbetrommel für uns rühren. Ich glaube, wir hätten hier die besten Voraussetzungen, um mit unserer Leidenschaft beruflich erfolgreich zu sein."

Fannys Augen leuchteten. „Weißt du, was du mir gerade vorschlägst? Du stellst mir in Aussicht, dass du den größten Traum meines Lebens erfüllst. Dass ich mit dem, was mir am wichtigsten ist, mit dem, was ich am besten kann, mit dem, wofür ich brenne, dass ich mit der Töpferei meinen Lebensunterhalt verdiene."

Hilde nickte. „Bei mir ist es doch genauso. Nach Pauls Tod habe ich vor mich hinvegetiert. Mein Sohn war das einzige, was mich irgendwie am Leben erhalten hat. Und dann bin ich nach Weimar gekommen. Der Vorkurs war interessant. Aber erst, als ich in der Töpferei gelandet bin, war ich am richtigen Ort."

Fanny lachte. „Und dabei wolltest du erst gar nicht dahin. Und wie du dich angestellt hast, als es nicht gleich funktioniert hat mit der Töpferscheibe. Du bist ein verwöhntes kleines Stück, das kann man nicht anders sagen."

Hilde erwiderte das Lachen. „Ja, da magst du recht haben. Ich bin es eben nicht gewohnt, mich Widerständen entgegenstellen zu müssen. Aber dieses Mal weiß ich, was ich will. Deshalb werde ich dafür kämpfen. Ich werde die Werkstatt auf jeden Fall eröffnen. Aber es wäre schön, wenn ich dich dabei an meiner Seite wüsste."

Fanny nickte. „Das ist ein großzügiges und wunderbares Angebot. Aber verzeih mir, wenn ich erst einmal darüber nachdenken muss. Es ist eine große Entscheidung. Und dein Vorschlag kommt plötzlich. Ich hab den ganzen Tag schon darüber nachgegrübelt, wie es für mich weitergehen kann. Aber mir ist nichts eingefallen. Und nun kommst du mit so etwas daher. Das ist alles ein wenig viel für mich."

Hilde hob die Hände. „Natürlich verstehe ich das. Nimm dir Zeit, darüber nachzudenken. Wir müssen nichts übers Knie brechen. Ich werde mir ein wenig Gedanken darüber machen, wie wir die Werkstatt einrichten könnten. Und was wir alles dafür brauchen. Denk darüber nach, und wenn du soweit bist, gib mir Bescheid. Aber ich will dir nicht verhehlen, dass ich mich sehr darüber freuen würde, wenn du mir schnell zusagen würdest. Denn ich brenne darauf, anzufangen."

Fanny lachte. „Das kann ich mir vorstellen. Ich melde mich bei dir."

Hilde nickte ihr zu und ging aus dem Zimmer. Als sie die Treppe hinabstieg, war ihr so froh ums Herz wie schon lange nicht mehr.

***

Der Diener führte Hermann durch die Galerie der Wohnung von Johann von Linden. Er war zum letzten Mal vor etwa drei Jahren hier gewesen und seitdem waren neue Kunstgegenstände dazugekommen. Fremdländisch aussehende Statuen, aber auch zwei moderne Gemälde, auf denen nur Kreise und andere geometrische Figuren zu erkennen waren, die in bunten Farben wild durcheinandergewürfelt waren.

Sein Trauzeuge saß im Salon und als Hermann eintrat, erhob er sich. Sie schüttelten sich die Hände.

„Wie war dein Treffen mit dem Vertreter der Reichsregierung?", begann von Linden das Gespräch.

„Es war kein sehr ergiebiges Gespräch. Ich hatte gehofft, dass Ilya mir konkret hätte sagen können, wie ich den Verschwörern schaden kann. Aber er ist leider sehr vage geblieben. Es steht auf der Kippe, die Situation ist äußerst kritisch."

Von Linden nickte. „Ja, das ist leider so. Es steht wirklich auf der Kippe. Und es wird nicht mehr lange dauern. Ich fürchte, dass es bald Gewalt geben wird, dass ein Bürgerkrieg ausbricht. Im besten Fall wird sich die Reichswehr dann heraushalten, im schlimmsten Fall verfügen die Verschwörer über genügend Geldmittel, um die Kommandeure zu bestechen. Die werden sich ohne zu zögern auf Ludendorffs Seite schlagen. Und dann haben wir den Salat."

Hermann schlug sich mit der flachen Hand gegen die Stirn. „Und ich habe den Verschwörern durch meine Dummheit eine sprudelnde Geldquelle eröffnet."

„Sei nicht zu hart zu dir. Du konntest nicht wissen, dass die Gefahr so unmittelbar bevorsteht. Und dass deine Frau derart ruchlos ist, war nicht abzusehen."

Hermann verzog das Gesicht. „Nun, letzteres war leider keine Überraschung für mich. Ich kenne sie schon eine Weile. Ich weiß, wozu sie fähig ist. Nein, ich habe mich ausmanövrieren lassen. Es ist meine Dummheit, die dazu geführt hat. Das ist meine Schuld."

Von Linden legte den Kopf schief. „Es ehrt dich, dass du das so klar benennst. Aber ich höre aus deinen Worten auch heraus, dass du das so doch nicht stehen lassen willst, oder?"

Hermann nickte. „Ich glaube, dass es noch nicht zu spät ist. Ich glaube, dass es eine Möglichkeit gibt, wie ich meinem Schwiegervater die Kontrolle über die Bank entziehen kann und wie ich die Position meiner Frau entscheidend schwächen kann."

„Sei mir nicht böse, aber Glauben allein hilft uns hier nicht weiter. Es ehrt dich, dass du dir Gedanken gemacht hast. Aber gleichzeitig befürchte ich, dass hier zu viele Unwägbarkeiten vorliegen. Nichtsdestotrotz, willst du mir einmal deinen Plan unterbreiten?"

Hermann holte tief Luft. Dann schilderte er seinem Trauzeugen, was er vorhatte. Er rechnete es Johann von Linden hoch an, dass dieser seine Ideen nicht gleich als unausgegoren oder gar verrückt verwarf. Stattdessen lehnte er sich zurück und sah Hermann konzentriert an.

„Nun, ich verstehe die Logik hinter deinem Plan. Aber du musst dir bewusst sein, wie viel für dich auf dem Spiel steht. Wie viel du zu verlieren hast."

Hermann winkte ab. „Wenn ich nicht handle, werde ich Erika verlieren. Und das letzte bisschen Selbstachtung. Nein, ich kann nicht anders. Ich werde mich nicht mehr verstecken, ich werde nicht mehr weichen. Ich will kämpfen."

Johann nickte. „Gut, wenn das so ist, dann lass uns über die Details sprechen. Wir müssen rasch handeln. Und darin sehe ich das größte Problem. Es wird Zeit benötigen, alles vorzubereiten. Ich hoffe, dann ist es noch nicht zu spät."

Hermann sah ihn mit großen Augen an. „Du willst dich mir wirklich anschließen?"

Von Linden zuckte mit den Achseln. „Ich sehe keine andere Möglichkeit, Bayern vor diesen Verschwörern zu retten. Ich habe mich lange genug in der Münchner Gesellschaft bewegt, ohne irgendwo anzuecken. Das hat dazu geführt, dass mich jeder kennt, dass ich beliebt bin. Gleichzeitig habe ich es auch immer vermeiden können, eine klare Stellung zu beziehen. Ich musste nie etwas Unangenehmes tun, musste mich nie in die Nesseln setzen. Und ich musste nie etwas entscheiden oder für etwas eintreten, was mir am Herzen liegt. Aber in den letzten Jahren habe ich erkannt, was mir wichtig ist. Es ist diese Demokratie, die wir uns erkämpft haben. Das mag für dich seltsam klingen. Ich bin von altem Adel. Ich habe große Reichtümer geerbt, habe in meinem Leben noch keine Minute gearbeitet. Ich habe die Welt bereist. Und ich habe Vieles gesehen. Und gerade deshalb glaube ich, dass die Demokratie das Beste ist, was unserem Land zustoßen konnte. Die Umstände sind ungünstig. Die Alliierten werfen uns immer größere Steine in den Weg. Und auch in Deutschland gibt es genügend Gegner der Demokratie. Aber wir dürfen uns nicht entmutigen lassen. Jetzt gilt es. Und ehrlich gesagt: Allzu viel habe ich nicht zu verlieren. Wenn dein Plan gelingt, werde ich einen ansehnlichen Gewinn einstreichen. Ganz im Gegensatz zu dir."

„Das ist mir gleichgültig."

Von Linden erhob sich. Er streckte die Hand aus. „Dann gilt es."

Hermann schlug ein. „Es gilt."

„Gut, ich werde alles in die Wege leiten."

„Und ich werde Herrn Krötzinger bitten, meinem Schwiegervater so lange Hindernisse in den Weg zu legen, bis wir zuschlagen können."

KAPITEL 35

**München,
8. November 1923**

Hilde beugte sich über den Tisch. Durch das Fenster fiel trübes Licht, aber es reichte, um den Plan zu beleuchten, der auf dem alten Schreibtisch von Tante Isolde lag. Fanny zeigte mit dem Finger auf einen Punkt.

„Da muss der Brennofen hin. Dort können wir ihn direkt an den Kamin anschließen."

Hilde nickte. „Ja, und daneben können wir Regale aufstellen, um die gebrannten Waren zu trocknen."

Sie zeigte auf eine Stelle neben der Eingangstür. „Vielleicht können wir an einem großen Fenster, das auf die Straße hinausgeht, einen Arbeitsplatz einrichten. Dann können die Passanten uns beim Arbeiten zusehen. Das macht noch neugieriger auf unsere Produkte, als wenn wir nur ein Schaufenster einrichten."

Fanny verzog das Gesicht. „Du willst mich als eine Art Zootier halten, das die Leute begaffen, wenn sie vorübergehen?"

Hilde schluckte. „Nein, natürlich nicht, ich wollte –"

Fanny winkte ab und lachte. „Das war doch nur ein Scherz. Ich finde die Idee großartig. An diesem Fenster richten wir einen Arbeitsplatz für mich ein, an dem ich vor aller Augen töpfere, an dem anderen Fenster ein Schaufenster mit unseren Arbeiten. Dann brauchen wir eine Kasse und einen Platz, an dem wir unser Werkzeug, das Wasser und den Ton lagern können. Aber vielleicht sollten wir uns das mal vor Ort anschauen, meinst du nicht?"

Hilde lachte. „Natürlich. Gleich morgen früh gehen wir zur Werkstatt meines Großvaters. Da kann ich dir alles zeigen, das ist sicher besser, als wenn wir nur den Übersichtsplan anschauen."

Es klopfte an die Tür und gleich darauf trat Elsa ein.

„Tante Isolde und Lotte sind gekommen", sagte sie. Sie war ein wenig bleich.

„Was ist los?", fragte Hilde, von der besorgten Miene ihrer Mutter selbst beunruhigt.

„Die beiden bringen ungünstige Nachrichten. Aber das wollen sie dir vielleicht selber sagen", sagte Elsa.

Hilde folgte ihrer Mutter. Sie war nun noch mehr beunruhigt. Was sollte das? Was für ungünstige Neuigkeiten brachten die beiden?

Sie betraten den Salon. Isolde und Lotte saßen vor dampfenden Kaffeetassen, jede hatte ein Stück Kuchen vor sich, aber keine hatte ihren angerührt.

„Was ist los?", fragte Hilde, als sie selbst Platz nahm.

„Ich fürchte, dass es bald wieder Bürgerkrieg geben wird", sagte Lotte.

Hilde riss die Augen auf. „Bürgerkrieg? Aber warum?"

„Du weißt, dass ich in der kommunistischen Partei gut vernetzt bin. Wir haben Nachrichten bekommen. Die Truppen, die an den Grenzen von Sachsen und Thüringen zusammengezogen werden, sollen bald auf Berlin marschieren. Die bayerische Staatsregierung will sich an die Spitze setzen. Sie will die Berliner Regierung stürzen. Und dann wollen sie eine rechtsgerichtete Diktatur einrichten. Das werden die Linken nicht auf sich sitzen lassen. Und das Ergebnis kannst du dir dann ausmalen."

Hilde schlug eine Hand vors Gesicht. Das konnte doch nicht wahr sein.

Die Tür öffnete sich. Hermann trat ein. Er war bleich.

„Du scheinst die Gerüchte auch schon gehört zu haben", sagte Elsa zu ihrem Sohn.

Hermann nahm Platz. „Wenn ihr damit meint, dass die bayerische Regierung nun doch kurz davor steht, einen Marsch auf Berlin anzuordnen, dann, ja, habe ich diese Gerüchte schon gehört."

Hilde sank der Mut. Das konnte doch nicht wahr sein.

„Wir müssen etwas dagegen tun", sagte Lotte.

Elsa sah sie irritiert an. „Was willst du dagegen tun? Dem Ritter von Kahr ein Bein stellen?"

„Ich stehe kurz vor der Umsetzung eines Plans, der den Verschwörern schaden kann", erwiderte Hermann. „Aber ich fürchte, dass uns die Zeit davonläuft. Von Kahr hat für heute Abend eine Rede im Bürgerbräukeller angekündigt. Die werde ich mir anhören. Vielleicht gibt er die Pläne der Staatsregierung preis. Ich bitte euch nur, bringt euch nicht in Gefahr. Wir wissen, wo das enden kann."

Er erhob sich, nickte ihnen zu und ging hinaus. Und Hilde sah ihm mit einem bangen Gefühl nach.

***

Der Bürgerbräukeller war gut gefüllt. Hermann sah sich um. Es handelte sich um ein Gewölbe, in dem lange

Reihe von Tischen standen, an denen vor allem Männer saßen; Maßkrüge vor sich. Viele hatten Pfeifen im Mund oder rauchten Zigarren oder Zigaretten. Die Luft hätte man schneiden können. Hermann suchte sich einen Platz an der hinteren Ecke, in der Nähe des Ausgangs. Als eine Kellnerin kam, bestellte er sich ein Glas Wasser, was diese mit einem seltsamen Blick quittierte. Nun gut, in einen Bierkeller kam man wohl vor allem, um Bier zu trinken. Doch er musste nüchtern bleiben. Morgen war ein wichtiger Tag. Er durfte keine Kopfschmerzen haben. Und er durfte auch seine Sinne nicht vernebeln. Er musste ganz bei sich sein.

Die Kellnerin brachte ihm das Wasser und er nippte daran. „Was glauben Sie, wird von Kahr heute verkünden?", hörte er eine Stimme sagen.

Er wandte sich seinem Sitznachbarn zu, einem jungen Mann, der einen Bierkrug vor sich stehen hatte, der größer war als sein Kopf.

„Nun, ich hoffe einmal, dass er klarstellen wird, wer hier in Bayern das Sagen hat", sagte Hermann, um eine einigermaßen diplomatische Antwort bemüht. Er wusste nicht, ob der junge Mann ein berlintreuer Demokrat, ein Anhänger der bayerischen Regierung oder gar ein Jünger des Propheten Hitler war. Hermann wollte sich nicht in die Nesseln setzen, vor allem, weil sein Nachbar mit dem Bierkrug über eine wirkungsvolle Waffe zur Verteidigung seiner Meinung verfügte.

Der junge Mann nickte. „Ja, ich hoffe, von Kahr wird heute verkünden, dass er Hitler die Macht übergibt. Das ist der einzige Weg, wie wir wieder Frieden finden können. Wie wir die Kontrolle über unser Land zurückgewinnen können. Wir brauchen einen starken Mann, der diesen ganzen Kommunisten und Juden zeigt, wo es lang geht."

Hermann atmete innerlich tief durch. Es war richtig gewesen, dass er sich nicht zu weit aus dem Fenster gelehnt hatte. Der Mann wollte noch etwas sagen, doch in diesem Moment lief ein Raunen durch den Raum. Drei Gestalten betraten die Bühne. Gustav, Ritter von Kahr, den Generalstaatskommissar kannte Hermann, die anderen beiden waren ihm unbekannt.

„Wer ist das?", fragte er.

„Das sind Generalleutnant Otto von Lossow, der Kommandant der bayerischen Reichswehrkontingente, und Hans Ritter von Seißer, der Chef der bayerischen Polizei", sagte sein Nachbar. „Nun sind alle wichtigen Entscheidungsträger versammelt. Ich hoffe, der Generalstaatskommissar wird das Richtige sagen."

Von Kahr fing an zu sprechen. Er hatte eine sonore Stimme, die weit trug. Man verstand ihn gut. Leider war er kein guter Redner. Er stellte den Marxismus als die größte Gefahr für die Einheit der Nation und den Wiederaufstieg des Deutschen Reiches hin. Hermann spürte, wie ihm nach wenigen Minuten die Müdigkeit in die Knochen kroch. Es war ein anstrengender Tag gewesen.

„Die Diktatur bietet die einzige Möglichkeit, die Grundlage des Geschlechts freier Deutscher zu schaffen", rief von Kahr und Hermann zuckte zusammen. Würde der Generalstaatskommissar nun endlich seine Pläne offenbaren.

Ein Knall hallte durch den Raum. Die nächstgelegene Tür war aufgestoßen worden. Hermann wandte den Kopf und sah, dass mehrere Männer an ihm vorbei in

Richtung Bühne eilten. Einer davon war mittelgroß, er hatte die Haare zur Seite gescheitelt und trug einen Mantel. An seiner linken Brust prangte das Eiserne Kreuz. Das Gesicht war kantig, auf der Oberlippe hing ein kleines Bärtchen. Hermann schluckte. Das war Hitler. Sein Mund trocknete aus, als er sah, was der Mann in der Hand hielt. Es war eine Pistole. Hitler schritt durch den Raum, umringt von seinen Getreuen. Von Kahr verstummte. Laute Rufe waren im Raum zu vernehmen. Ein paar der Anwesenden versuchten, Hitler den Weg zu verstellen, doch seine Leute drängten sie beiseite. Das Raunen schwoll an, ein Lärm wie in einem Bienenstock erfüllte den Raum. Hitler steckte nun in einem Knäuel von Leibern direkt vor der Bühne fest. Der junge Mann neben Hermann rief: „Heil dem Führer!"

Hermann nahm einen Schluck von seinem Wasserglas. Das hier lief gar nicht günstig. Was wollte Hitler denn hier? Und dann ertönte ein Schuss. Er sah, dass die Leute um ihn herum zusammenzuckten. Auch der junge Mann setzte sich wieder hin und verbarg sein Gesicht hinter dem Bierglas. Hermanns sah zur Bühne. Hitler stand dort, die Hand mit der Pistole erhoben. Er musste einen Schuss in die Decke abgegeben haben. Über der Pistolenmündung schwebte noch etwas Rauch. Hitler erklomm die Bühne und rief: „Die nationale Revolution hat begonnen. Der Saal ist von 600 Schwerbewaffneten umstellt. Wenn nicht sofort Ruhe eintritt, lasse ich ein Maschinengewehr auf die Galerie bringen."

Nun verstummten die letzten Unmutsäußerungen.

„Reichswehr und Landespolizei rücken unter der Hakenkreuzfahne heran. Die bayerische Regierung ist abgesetzt, eine provisorische Reichsregierung wird gebildet. Ich bitte die Herren von Kahr, von Lossow und von Seißer, mir in den Nebenraum zu folgen. Für Ihre Sicherheit wird garantiert."

Gespannt sah Hermann zum Generalstaatssekretär. Wie würde der auf die Ankündigung reagieren? Schließlich hatte Hitler ihn gerade für abgesetzt erklärt.

Der Politiker tuschelte mit dem Putschisten und auch die beiden anderen waren in das Gespräch vertieft. Dann umringten Hitlers Getreue die drei Männer und sie gingen mit Hitler aus dem Saal.

„Hoffentlich stellt er sie draußen an die Wand und lässt sie füsilieren", sagte Hermanns Nachbar, dessen durch den Schuss zunächst abgekühlte Begeisterung wieder aufgeblüht zu sein schien. Seine Wangen glühten rot. „Jetzt kehren Zucht und Ordnung in Deutschland ein. Endlich ist es so weit. Es hat lange genug gedauert. Fünf Jahre sind es seit der Schande, die uns die Kommunisten und Juden eingebrockt haben. Denen geht es jetzt an den Kragen. Es wird herrliche Zeiten geben."

Er setzte seinen Bierkrug an und nahm einen tiefen Schluck. Hermann ließ das Wasserglas stehen und erhob sich. Er hatte genug gesehen. Er musste handeln. Und zwar dringend. Aber wie konnte er aus dem Saal gelangen?

KAPITEL 36

München,
9. November 1923

Hermann knetete nervös seine Finger. Als er den Raum betrat, sahen ihn die versammelten Herren erstaunt an. Krötzinger erhob sich.

„Herr von Lampeck. Das sind Sie ja. Nach den furchtbaren Nachrichten hatten wir schon befürchtet, Sie wären unter denen, die die Putschisten festgesetzt haben."

Hermann schüttelte den Kopf. „Ich hatte Glück. Zwar wurde ich gestern Abend im Bürgerbräukeller festgehalten und musste dabei zusehen, wie Hitler die Menge auf seine Seite gezogen hat, aber als er dann aufgebrochen ist, um die Macht in München zu übernehmen, konnte ich mich davonstehlen."

„Wie ist die Lage?", fragte eines der Vorstandsmitglieder.

„Unübersichtlich. Die Herren von Kahr, von Lossow und von Seißer konnten wohl entkommen und organisieren nun den Widerstand gegen Hitler und seine Getreuen. Es sind kritische Stunden. Umso wichtiger ist es, dass wir nun rasch handeln."

Er nahm Platz. „Wo ist mein Schwiegervater?", fragte er.

„Hier bin ich", ertönte eine Stimme in seinem Rücken.

Hermann atmete tief durch, dann drehte er sich um. Der General trug Uniform. An seiner Brust glänzten die Orden. Sein Gesicht war gerötet, die Stirn lag in tiefen Falten.

„Ich habe keine Zeit für eine weitere Analyse der Fehler der Reichsbank", herrschte er Krötzinger an. „Sie werden heute endlich beschließen, die Gelder für die Herbstaktion freizugeben. Oder ich zwinge Sie mit Waffengewalt dazu."

„Haben Sie sich das bei Hitler abgeschaut?", fragte Hermann.

Sein Schwiegervater funkelte ihn wütend an. „Was willst du hier. Du hast hier nicht mehr das Sagen."

„Ich habe das Recht, an Vorstandssitzungen teilzunehmen. Schließlich bin ich Miteigentümer der Bank."

Der General zog eine Augenbraue nach oben. Offenbar war er wie beabsichtigt über das Wort *Miteigentümer* gestolpert. Aber er unterließ es, nachzufragen.

„Ich habe keine Zeit für Wortklaubereien. Man erwartet mich in der Innenstadt. Wir müssen einen weiteren Dolchstoß durch die bayerische Staatsregierung verhindern", sagte er stattdessen und nahm auf dem Stuhl an der Stirnseite Platz. Er musterte Krötzinger mit geringschätziger Miene. „Haben Sie die Auszahlung vorbereitet, so wie ich es angeordnet hatte?"

Krötzinger räusperte sich. „Ich wollte noch einmal zu bedenken geben, dass es nicht klug ist, in diesen wechselhaften Zeiten eine so hohe Kreditsumme an eine Partei zu vergeben."

Der General winkte ab. „Sie haben keine Ahnung von wechselhaften Zeiten. Jetzt ist genau der richtige Zeitpunkt. Die fragliche Partei übernimmt die Macht.

Wenn wir jetzt Geld zuschießen, sitzen wir an den Honigtöpfen."

Hermann fragte sich, ob sein Schwiegervater in den wenigen Tagen, die er schon Vorstandschef war, bereits betriebswirtschaftliches Denken gelernt hatte, oder ob das nur eine Phrase war, derer er sich bediente, um den Vorstand zu beeindrucken. Es war gleichgültig.

„Bevor Sie irgendwelche Geschäfte abschließen, habe ich etwas zu verkünden", sagte Hermann.

Alle Augen richteten sich auf ihn. Sein Schwiegervater starrte ihn entgeistert an. „Du hast hier nichts zu melden. Als Anteilseigner der Bank hast du das Recht, an Sitzungen des Vorstands teilzunehmen. Aber du hast keine Stimme. Und wer hier redet, entscheide ich."

Hermann ließ seinen Blick schweifen, doch die anderen Vorstandsmitglieder sahen betreten auf den Tisch. Er konnte es ihnen nicht verdenken. Er erinnerte sich an den Vorabend, als er neben dem jungen Mann gesessen hatte. Da hatte er auch nicht gewusst, wie weit er sich aus dem Fenster lehnen, wie selbstbewusst er Stellung beziehen konnte und ob er dafür Prügel erhalten würde.

„In diesem Fall muss ich Ihnen widersprechen", sagte er. „Ich würde das Wort *leider* hinzufügen, aber mir ist nicht danach. Ich habe etwas Wichtiges zu verkünden."

Nun richteten sich wieder alle Augenpaare auf ihn. Hermann holte tief Luft. „Wie Sie wissen, hält meine Familie, genauer gesagt ich, einen Anteil von 64 Prozent an der Bank."

Der General winkte ab. „Das ist allen hier bekannt. Das brauchst du nicht zu wiederholen."

„Es ist aber wichtig, dass ich dem Vorstand mitteile, wenn sich etwas an diesen Besitzverhältnissen ändert."

Die Augen des Generals wurden klein. „Was soll das heißen?"

„Das soll heißen, dass ich heute Morgen beim Notar war und 51 Prozent der Anteile verkauft habe. Ich halte also nur noch 13 Prozent an der Bank."

Die Nachricht schlug ein wie eine Bombe. Alle Anwesenden, Krötzinger einmal ausgenommen, auf dessen Lippen ein feines Lächeln erschien, starrten Hermann fassungslos an.

„Was soll das bedeuten?", fragte der General und Hermann erkannte, dass er doch keinen betriebswirtschaftlichen Sachverstand entwickelt hatte.

„Das bedeutet, dass es einen neuen Besitzer der Bank gibt. Dieser hält 51 Prozent, er hat also die Entscheidungsgewalt. Und er kann auch über die Zusammensetzung des Vorstands und insbesondere über den Vorstandsvorsitzenden bestimmen."

Nun klappte dem General der Unterkiefer nach unten. „Wer ist es?"

In diesem Augenblick öffnete sich die Tür und Johann von Linden trat ein. Er grüßte die anwesenden Herren und sagte: „Guten Tag. Schön haben Sie es hier. Ich habe die Mehrheit der Anteile an dieser Bank erworben und wollte mich Ihnen vorstellen. Mein Name ist Johann von Linden. Ich bin Privatier und dachte mir, es wäre eine gute Zeit, ins Bankgeschäft einzusteigen."

Hermann sah, dass Krötzinger ihm kaum merklich zunickte. Sein Schwiegervater dagegen war bleich geworden.

„Ich verstehe immer noch nicht", sagte er.

„Das ist auch vollkommen gleichgültig", sagte Hermann. „Ihre Dienste werden nun nicht mehr benötigt. Ich denke, dass Herr von Linden einen neuen Vorstandsvorsitzenden ernennen will."

Er sah zu seinem Trauzeugen hin. Von Linden nickte. „Herr Krötzinger. Sie wurden mir wärmstens empfohlen. Ich werde dem Vorstand vorschlagen, dass Sie ihn ab jetzt führen."

Das Gesicht des Generals lief dunkelrot an. Er schlug mit der Faust auf den Tisch. „Das ist ein Skandal. Aber das wird nicht lange währen. Ich schließe mich Ludendorff und seiner gerechten Sache an. Wir werden das Blatt wenden und danach mit eisernem Besen durchkehren. Und dann mache ich kurzen Prozess mit euch allen." Er stand auf und stürmte aus dem Raum.

Johann von Linden sah ihm nach und sagte: „Ich glaube, keiner von Ihnen wird diesem Herrn nachtrauern."

***

„Schau, das sind die Werkbänke, an denen ich schon als kleines Kind das Leder bearbeitet habe", sagte Hilde. Sie strich mit dem Finger über das spröde Holz und sofort fühlte sie sich an ihre Kindheit erinnert. Sie sah sich, wie sie neben ihrer Mutter gesessen hatte, einen kleinen Punziermeisel in der Hand und Ranken und Blüten in das Leder geschnitten hatte. Auf dem Tisch lagen zwei unbearbeitete Lederbögen. Sie musste gegen den Drang ankämpfen, sich Werkzeug von der Wand zu nehmen, sich hinzusetzen und sich in der Arbeit mit dem Leder zu verlieren.

„Das ist ein schönes, großes Werkstattgebäude", sagte Fanny. „Auf jeden Fall ist genügend Platz, um einen Brennofen einzubauen."

Hilde nickte. „Ich habe mich bereits erkundigt. Meine Mutter ist mit einem Architekten bekannt, der hier früher schon einmal Umbauarbeiten durchgeführt hat. Es wäre durchaus möglich, einen Brennofen einzubauen und ihn an den bestehenden Kamin anzuschließen. Das wäre auch nicht teuer. Und dann müssten wir Drehscheiben besorgen. Und natürlich Lehm und Ton."

Fanny verschränkte die Arme über der Brust und sah sich um. „Und du meinst wirklich, deine Mutter würde uns diese Werkstatt überlassen?"

Hilde lachte. „Meine Mutter wünscht sich zwar, dass ich ihre Firma übernehme. Aber was sie sich noch viel sehnlicher wünscht, ist, dass ich und Paulchen in ihrer Nähe bleiben. Und wenn ich die Familientradition fortsetze, die Werkstatt meines Großvaters und meines Urgroßvaters weiter betreibe, wenngleich mit einem anderen Gewerbe, wird sie ebenfalls ihren Frieden damit schließen."

Fanny schien nicht überzeugt. „Und das Geld für den Brennofen? Und die Werkzeuge?"

„Auch da habe ich schon einen guten Plan. Ich habe einen Weg gefunden, wie wir beide das finanzieren können. Ich bräuchte dich da mit im Boot. Das wird nur funktionieren, wenn es mit unserer Zusammenarbeit klappt."

Fanny nickte. „Das ist äußerst verlockend. Und ich muss ehrlich sein, ich kann mir das sehr gut vorstellen. Wir haben hier viel Platz. Die Werkstatt liegt sehr zentral, da wird eine Menge Laufkundschaft zusammenkommen. Und wir könnten eine breite Produktpalette anbieten. Nicht nur hochklassige Keramik zu teuren Preisen, sondern vielleicht zusätzlich kleinere Einheiten, die sich jedermann leisten kann. Das würde mir zumindest entgegenkommen. Ich will nicht nur für die Schönen und Reichen produzieren. Ich möchte, dass meine Produkte in jedem Haus zu finden sein können."

Hilde hob die Hände. „Wie du willst."

Sie gingen auf die Straße hinaus und Hilde schloss die Tür der Werkstatt hinter sich. Dann schlenderten sie in Richtung Marienplatz. Überall waren Menschen auf den Straßen, das war Hilde gar nicht mehr gewöhnt. In Dornburg war es kein gutes Zeichen gewesen, wenn viele Leute sich zusammengerottet hatten. Aber hier in München war es keine Seltenheit. Doch an diesem Morgen herrschte eine gewaltige Unruhe. Das mochte wohl mit dem Putschversuch zusammenhängen, den Hitler und seine Getreuen am Vorabend unternommen hatten. Die Lage schien weiterhin unsicher zu sein. Auf dem Kopfsteinpflaster vor der Werkstatt lag ein Flugblatt. Hilde las es auf.

„Proklamation an das deutsche Volk! Die Regierung der Novemberverbrecher in Berlin ist heute für abgesetzt erklärt worden. Eine provisorische deutsche National-Regierung ist gebildet worden. Diese besteht aus General Ludendorff, Adolf Hitler, General von Lossow, Oberst von Seißer."

„Ich glaube, wir sollten uns beeilen, dass wir nach Hause kommen", sagte Fanny. Sie war eine Spur bleicher geworden. Hilde konnte es ihr nicht verdenken. Wahrscheinlich erinnerte sie sich an die Vorfälle in

Thüringen. Sie wandten sich in Richtung Marienplatz. An der Spitze des Rathausturmes wehte eine schwarz-weiß-rote Flagge des Kaiserreichs und darunter konnte sie eine weitere Fahne mit einem schwarzen Hakenkreuz darauf erkennen. Hatten die Putschisten nun doch die Macht übernehmen können?

Der Platz war voller Menschen. Zwei Straßenbahnen ragten aus der Masse hervor, sie konnten nicht weiterfahren, weil die Menge die Gleise blockierte. Ein glatzköpfiger Mann stand im offenen Verdeck eines Autos und brüllte Parolen, von denen Hilde nur Wortfetzen verstehen konnte. „Juden." „Verbrecher." „Rache."

Plötzlich teilte sich die Menge. Hilde sah zu dem alten Rathausbogen hin. Ein einzelnes Automobil fuhr hindurch. Zwei Soldaten mit Gewehren saßen darin. Dann folgte ein Zug von bewaffneten Männern, dessen Spitze zwei ungleiche Gestalten bildeten. Ein hochgewachsener, beinahe kahlköpfiger Mann mit einem schlohweißen Schnurrbart und ein kleinerer dunkelhaariger, auf dessen Oberlippe ein schmales Bärtchen prangte.

„Das sind Ludendorff und dieser Hitler", flüsterte Fanny ihr ins Ohr. Ihre Stimme zitterte und ihr Gesicht war bleich.

„Wir müssen hier weg", sagte Hilde und zog ihre Freundin mit sich. Sie mussten zurück nach Bogenhausen und dafür mussten sie zur Residenz gelangen, um die Maximiliansstraße und eine der Isarbrücken zu erreichen. Hilde nahm ihre Freundin an der Hand und zog sie mit sich. Sie bahnte sich einen Weg durch die Menge, die die Weinstraße blockierte. Erst vor der Theatinerkirche standen die Leute weniger dicht. Hier hatten sich dafür größere Polizeikräfte versammelt. Hilde und Fanny versuchten, zum Max-Joseph-Platz zu gelangen, doch aus dieser Richtung kam nun der Demonstrationszug mit Ludendorff und Hitler direkt auf sie zu.

„Was haben die vor?", fragte Fanny.

Hilde wandte sich um. Die Polizisten begannen, die Straße abzuriegeln. Die beiden Freundinnen konnten gerade noch zwischen den Beamten hindurchschlüpfen, ehe sie zwischen den Fronten gefangen gewesen wären. Sie erreichten das Café Tambosi und hielten kurz an, um sich auszuruhen.

„Die werden doch nicht versuchen, durchzubrechen?", sagte Fanny.

Hilde schluckte. Sie erinnerte sich sehr gut an eine ähnliche Situation. Es war der Abend gewesen, an dem die Revolution ausgebrochen war. Auch sie war Teil eines Demonstrationszugs gewesen. Auch sie waren an eine Stelle gekommen, an der sich Polizisten ihnen in den Weg gestellt hatten. Doch die hatten sich dann mit ihnen verbrüdert. Wahrscheinlich hofften Hitler und seine Kumpane ebenfalls darauf.

„Sie halten nicht an. Sie gehen einfach weiter", sagte Fanny und hielt eine Hand vor den Mund. Ein Mann neben ihnen rief: „Da kommen's. Heil!"

Und dann geschah alles sehr schnell. Ein Schuss knallte. Die Kugel zischte am Kopf eines der Polizisten an der Barrikade vorbei und bohrte sich in die Wand der Residenz. Die Beamten erwiderten das Feuer. In der ersten Reihe der Putschisten sackte eine Person zusammen. Es war der Mann neben Hitler. Er riss den Rädelsführer mit zu Boden.

Und nun setzte ein ohrenbetäubender Schusswechsel zwischen den beiden Seiten ein.

Hilde duckte sich. Im Getümmel meinte sie, den General von Steinbeiß erkannt zu haben. War Hermanns Schwiegervater auch Teil der Verschwörer? Im selben Augenblick wurde der Kopf des Generals nach hinten gerissen, Blut spritze und dann verschwand er im Knäuel der Kämpfenden.

„Wir müssen hier weg", sagte Fanny. Sie hatte Hildes Hand ergriffen und zog sie mit sich. „Ich halte das nicht mehr aus. Ist man denn hier nirgendwo mehr sicher?"

Hilde schluckte. Sie sah noch einmal hin. Auf dem Odeonsplatz tobte eine Schlacht. Immer mehr Menschen lagen tot oder schwer verwundet auf dem Pflaster. Sie wandte sich um und folgte Fanny, die bereits davon rannte.

KAPITEL 37

München,
9. November 1923

Hermann stieg die Treppe zum Palais nach oben. Heute war da kein SA-Mann, der ihn daran hätte hindern können. Wahrscheinlich waren sie bei ihrem Führer in der Innenstadt gewesen, um ihn auf seinem Weg in den Untergang zu begleiten.

„Der Putsch ist gescheitert. So ein Glück", hatte Johann von Linden gerufen, als die Nachrichten von dem Schusswechsel auf dem Odeonsplatz in der Bank eingetroffen waren. Hermann war weniger euphorisch gewesen. „Dann ist Hitler gescheitert. Aber ich befürchte, dass es nicht der letzte Versuch sein wird, die Ordnung umzuwerfen."

Hermann trat durch die Tür das Palais. Der Leibdiener sah ihn mit großen Augen an, dann erschien ein schmales Lächeln auf dem Gesicht des Mannes. Hermann nickte ihm zu. „Wo ist meine Frau?"

„Im Salon", sagte der Leibdiener. Friederike saß in einem Ohrensessel. Als sie ihn eintreten sah, funkelte sie ihn wütend an.

„Was willst du hier?"

„Ich wohne hier", sagte Hermann.

„Heißt das, dass du die Bedingungen annimmst, die deine Schwester dir überbracht hat?", fragte sie.

„Die Bedingungen gelten nicht mehr", erwiderte er.

Friederike sah ihn irritiert an. „Was soll das heißen? Natürlich gelten sie noch. Ein Wort von mir und du sitzt im Gefängnis."

„Das würde ich mir gut überlegen", sagte Hermann. „Denn wovon willst du leben, wenn ich im Gefängnis sitze?"

Sie runzelte die Stirn. „Von dem Vermögen, das dann mir zusteht, natürlich."

„Nun, vielleicht setze ich dir sogar eine kleine Leibrente aus. Aber nur, wenn du meinen Forderungen zustimmst."

Friederike runzelte die Stirn. „Was soll das denn für ein Schmierentheater sein? Du hast keine Forderungen zu stellen. Ich habe die Macht über dich."

„Nein. Die Dinge haben sich grundsätzlich geändert."

Friederike wollte etwas erwidern, doch in diesem Augenblick klopfte es fest an die Tür. Sie öffnete sich und einer der beiden SA-Männer stürmte herein. Er war blutüberströmt und sein rechter Arm hingen in einem seltsamen Winkel herab.

„Sie haben auf uns geschossen. Auf dem Odeonsplatz. So viele Tote."

Hermann sah, dass Friederike erbleichte.

„Mein Vater?"

Der Mann schüttelte den Kopf. „Es war schrecklich. Er hat eine Kugel in den Kopf bekommen. Das überlebt man nicht."

Friederikes Miene blieb ausdruckslos. „Und was ist mit dem Führer? Lebt er?"

„Ich weiß es nicht. Aber Ludendorff wurde festgenommen. Es ist aus. Es ist vorbei."

Friederike schickte den Mann fort. Dann ließ sie sich auf den Ohrensessel sinken. „Hoffentlich lebt der Führer."

Hermann war fassungslos. „Das ist alles, woran du denken kannst?"

„Er ist unsere Zukunft. Aber das verstehst du nicht. Nun müssen wir die Mittel der Bank dazu nutzen, ihm zu helfen. Sie werden ihm den Prozess machen. Er benötigt die besten Strafverteidiger."

„Ich weiß nicht, wie du das Geld dafür auftreiben willst. Auf die Bank kannst du nicht mehr zugreifen. Die habe ich verkauft. Zumindest den größten Teil davon."

Friederike sah ihn fassungslos an. „Du hast was?"

Hermann nickte. „Sie gehört jetzt Johann von Linden. Der wird ganz bestimmt keine Mark an Herrn Hitler auszahlen. Und vom Verkaufserlös habe ich eine Stiftung eingerichtet, die das Vermögen verwaltet, bis Erika 21 Jahre alt ist und darüber verfügen kann."

„Du hast die Bank, das Lebenswerk deines Großvaters an diesen Taugenichts verkauft, nur, um mir zu schaden?"

„Nein, ich habe sie verkauft, um mich aus deinem Griff zu befreien. Und das ist mir gelungen."

Friederike war bleich geworden. So bestürzt hatte er sie noch nie erlebt. „Aber was soll nun aus mir werden?", fragte sie mit leiser Stimme.

„Deshalb bin ich hier. Ich habe einen Vorschlag. Wir lassen uns scheiden. Ich halte weiterhin 13 Prozent an der Bank, die jährliche Dividende wird ausreichen, um dir eine angemessene Rente zu zahlen. Vom Rest werde ich mir eine neue Existenz aufbauen. Ich denke darüber nach, nach Berlin zu gehen. Und Erika werde ich mitnehmen."

Friederike starrte ihn an. „Nein, das werde ich nicht zulassen. Du bleibst hier in München. Als mein Ehemann."

„Nein. Ich bleibe nicht hier. Und wenn du mir jetzt damit drohst, dass du meine Beziehung zu Gordon offenlegst, ist mir das gleichgültig. Dann gehe ich eben ins Gefängnis. Aber in diesem Fall wirst du gar nichts erhalten. Dann wird Johann von Linden Erikas Vormund und du kannst schauen, wo du bleibst."

Friederike warf ihm einen hasserfüllten Blick zu. „Gib es zu, das war seit der Hochzeit dein Plan. Du wolltest es mir heimzahlen?"

„Nein, so war es nicht. Ich habe Erikas und meine Freiheit teuer erkauft. Und ich habe einen kleinen Teil dazu beigetragen, zu verhindern, dass Deutschland einer rechten Verschwörung zum Opfer fällt. Ich hoffe, dein Hitler kommt auf der Flucht um. Und wenn nicht, dann hoffe ich, dass man ihn jahrzehntelang wegsperrt."

Er wandte sich um und ging hinaus.

***

Hilde hatte Fanny in ihrem Zimmer aufsuchen wollen, doch dort war sie nicht gewesen. Eines der Dienstmädchen verriet ihr, dass ihre Freundin sich im Garten aufhielt. Fanny saß auf der Bank des persischen Pavillons, den Kopf in den Händen vergraben. Als sie Hilde kommen hörte, blickte sie auf. Diese erkannte auf den ersten Blick, dass ihre Freundin geweint hatte. Ihre Augen waren gerötet, ihre Wangen ebenso.

„Es ist so furchtbar", sagte Fanny. „Warum gibt es solche Menschen?"

Hilde schluckte. Die Ereignisse am Vormittag hatten auch sie mitgenommen. Zum einen hatten sie sie natürlich an die Revolution erinnert, insbesondere an deren Niederschlagung. Obwohl es dieses Mal die Gegenseite getroffen hatte, waren doch Menschen dabei zu Schaden gekommen. Es hatte Tote gegeben, sowohl aufseiten der Polizei, weit mehr aber auf den Seiten der Putschisten. Dieser Hitler war geflohen, aber es war hoffentlich nur eine Frage der Zeit, bis man ihn festnahm.

„Ich weiß es auch nicht. Aber ich glaube, dass es gerade noch einmal gut gegangen ist. Der Putsch ist gescheitert. Hoffentlich haben wir die Krise bald überstanden."

Auf dem Gesicht ihrer Freundin erschien ein bitteres Lächeln. „Ja, das mag sein. Ihr habt dann die Krise überstanden. Aber wir nicht."

Hilde runzelte die Stirn. „Wen meinst du mit ‚wir' und wen mit ‚ihr'?"

„Du hast recht, ich könnte mehreres damit bezeichnen. Ich könnte die Reichen und die Armen meinen, die Bayern die Nicht-Bayern. Aber in dem konkreten Fall meine ich die Juden und die Nichtjuden. Natürlich habt ihr es überstanden. Aber mir hat der gestrige Tag nur eins gezeigt. Als Jüdin in Deutschland bin ich nicht sicher. Das habe ich in Thüringen erfahren, als du mir knapp das Leben gerettet hast. Ich dachte, in München, in einer großen Stadt, könnte ich vielleicht eher in der Menge untertauchen. Aber das ist eine Illusion. Die

Leute hier sind sogar feindseliger als die in Thüringen. Ich kann hier nicht bleiben, Hilde."

Hilde spürte, wie eine eiserne Faust sich um ihre Kehle legte. „Aber was ist mit unserem Laden? Unserer Werkstatt?"

Fanny seufzte. „Ich hätte nichts lieber getan, als mit dir ein Geschäft zu eröffnen. Glaube mir, dass mir das nicht einfach fällt. Das ist mein Lebenstraum, der da erneut zerplatzt. Aber ich kann nicht hierbleiben. Es wird nur eine Frage der Zeit sein, bis die Antisemiten wieder aus ihren Löchern kriechen. Und stell dir mal vor, ich sitze an meiner Scheibe vor dem Fenster, arbeite fröhlich vor mich hin und irgendwelche Gassenjungen werfen Steine nach mir. Nein, das will ich mir nicht antun. Und dir auch nicht. Öffne dein Geschäft, eröffne eine Werkstatt. Ich wünsche dir alles Gute dabei. Aber ich kann hier nicht bleiben."

Hilde spürte, wie ihr die Tränen in die Augenwinkel traten. „Das ist so schlimm. Das ist so ungerecht. Was wollen die denn nur von dir? Ich verstehe das nicht."

Fanny nickte. „Das kannst du nicht verstehen. Du warst nie in der Lage, dass jemand dich gehasst hat, nur weil du existierst. Ich kann nichts dafür, dass ich Jüdin bin. Allein dieser Satz ist schon absurd. Was soll schlimm daran sein, dass ich Jüdin bin? Meine Mutter war Jüdin, also bin ich ebenfalls Jüdin. Ich wurde in diese Welt geboren. Ich habe mir das nicht ausgesucht. Und selbst wenn ich diese Wahl getroffen hätte. Es ist nichts Schlechtes dabei. Du bist als Christin geboren. Das hinterfragt keiner, oder?"

Hilde schluckte. Sie wusste nicht, was sie sagen sollte. Aber Fanny schien keine Antwort zu erwarten. Sie schüttelte den Kopf. „Ich weiß nicht, wo das noch enden soll."

„Was hast du vor? Wo willst du hingehen?", fragte Hilde.

„Ich denke, wenn es einen Ort gibt, an dem ich in Deutschland einigermaßen sicher sein kann, dann ist es Berlin. Dort gibt es viele Kommunisten und die Rechten haben nicht so viel Einfluss wie hier. Und durch die vielen Flüchtlinge aus der Sowjetunion ist die Stadt viel bunter, offener und internationaler als München. München ist eine schöne Stadt, eine alte Stadt, eine ehrwürdige Stadt. Aber München liegt im Sterben. Und ich will leben."

Jedes ihrer Worte war ein Hammerschlag für Hilde. „Ja, da hast du recht", sagte sie. „München ist nicht das, was es einmal gewesen ist."

Fanny erhob sich und trat auf sie zu. „Ich wünsche dir nur das Beste, Hilde. Und ich wünsche dir, dass du es einmal schaffst, München hinter dir zu lassen. Die Stadt tut dir nicht gut. Es steht mir nicht an, mich einzumischen, aber ich glaube, dass hier hinter jeder Ecke schlimme Erinnerungen lauern. Die solltest du hinter dir lassen. Ich hoffe, dass dir das gelingt, ich wünsche es dir. Und wer weiß, vielleicht treffen wir uns dann eines Tages in Berlin wieder."

KAPITEL 38

München,
11. November 1923

Hilde atmete tief durch. Dann betrat sie das Büro ihrer Mutter. Elsa saß hinter einem Schreibtisch bescheidener Größe. Sie liebte es nicht so protzig. Aber sie war ja auch kein Mann. Sie musste niemandem etwas beweisen.

„Hilde, schön dich zu sehen. Ich hätte nicht gedacht, dass ich dich jemals wieder in der Firma antreffen würde. Nachdem du doch so einen Widerwillen dagegen hast."

Hilde unterdrückte ein Seufzen. Ihre Mutter machte keine Umwege. Sie kam direkt auf das Thema zu sprechen. Aber vielleicht war das ganz gut so.

„Genau darüber wollte ich mit dir reden", sagte sie.

Ihre Mutter sah sie aufmerksam an. Hilde konnte sich vorstellen, was in ihrem Inneren ablief. Sie wartete sehnlichst darauf, dass ihre Tochter ihr eine Antwort gab auf die Frage, die sie am meisten interessierte – ob sie in die Firma einsteigen wollte oder nicht.

„Ich werde die Firma nicht übernehmen", sagte Hilde. „Ich bin weder für eine Leitungsposition qualifiziert, noch habe ich ein Interesse daran."

Sie bemerkte, dass ihre Mutter eine Spur bleicher geworden war und sich am Tisch festhielt. „Das hatte ich schon befürchtet", sagte sie mit leiser Stimme. „Aber es ist deine Entscheidung. Und dann ist es in Ordnung so."

Hilde schluckte. Diese Reaktion hatte sie nicht erwartet. Sie hatte sich auf eine weitere Diskussion vorbereitet, hatte sich dagegen gewappnet, dass ihre Mutter versuchen würde, sie umzustimmen. Doch nichts geschah. Elsa blickte sie nur an. Ihre Augen glänzten, aber sie schaffte es wohl, ihre Tränen zurückzuhalten. Hilde trat auf sie zu und umarmte sie. „Ich weiß, wie viel es dir bedeutet hätte, wenn ich die Firma übernommen hätte. Aber ich kann das nicht. Es liegt nicht in meiner Natur. Ich wäre keine gute Firmenchefin. Erinnerst du dich daran, was du mir immer erzählt hast über die Hartmänner? Ich glaube, du ähnelst viel eher meinem Urgroßvater. Er war eine starke Persönlichkeit, er hat seine Sattlerei aus kleinen Anfängen zum Hoflieferanten aufgebaut. Und dann hat dein Vater sie übernommen. Zwar hat er sie erweitert, ein Unternehmen daraus gemacht, doch er hatte kein Geschick, keinen Weitblick und letztendlich auch kein Durchsetzungsvermögen. Und das hat ihn seine Firma und letztendlich sein Leben gekostet. War es nicht so?"

Elsa seufzte. „Ja, so war es. Aber du bist nicht mein Vater. Du kommst nach mir."

„Nein, ich komme nicht nur nach dir. Ich bin ein eigenständiger Mensch. Und, dass ich mich nicht dazu in der Lage fühle, die Firma zu übernehmen, ist ja auch nur ein Aspekt des Problems. Der andere Teil besteht darin, dass ich große Freude gefunden habe an der Töpferei. Ich hätte nie gedacht, dass ich darin gut sein könnte. Aber schau, was ich geschaffen habe."

Sie nahm vorsichtig die Tasse und die Untertasse aus der Box, die sie mitgebracht hatte, und stellte sie auf den Tisch. Hilde trat ein wenig zurück und beobachtete ihre Mutter dabei, wie diese das Objekt von allen Seiten begutachtete. Elsa streckte sogar vorsichtig eine Hand aus und strich mit dem Finger über die Oberfläche, ganz zärtlich, so als ob sie befürchtete, sie könnte sie zerbrechen.

„Die hast du gemacht?", fragte sie.

Hilde nickte. „Ich habe ein ganzes Service davon hergestellt. Das wirst du beizeiten noch zu Gesicht bekommen. Und ich habe Feuer gefangen. Ich liebe es, an der Töpferscheibe zu sitzen. Und ich liebe es, Sachen aus Ton zu erschaffen. Das ist meine Zukunft. Ich kann keinen Betrieb leiten. Ich kann nicht hinter einem Schreibtisch sitzen. Ich gehöre in eine Werkstatt."

Ihre Mutter sah sie an. Dann nickte sie. „Ich verstehe, was du meinst. Ich konnte beides. Ich konnte an meiner Werkbank stehen und Sättel herstellen, genauso macht es mir aber auch Freude, hinter dem Schreibtisch zu sitzen. Ich könnte nicht für das eine auf das andere verzichten. Aber ich ahne, dass dir das gelingen wird. In dieser Hinsicht schlägst du deinem Vater nach. Moritz sollte der Nachfolger des alten Berlitz werden. Doch er entdeckte die Liebe zu Sattlerei. Er arbeitete in der Werkstatt viel lieber als in der Firma seines Vaters. Du hast so viel von ihm."

Elsa Stimme zitterte und die Tränen brachen sich nun endlich ihre Bahn. Hilde nahm sie erneut in die Arme. So standen sie eine Weile da. Elsas Körper bebte, während sie weinte, wie sie wahrscheinlich schon lange nicht mehr geweint hatte. Und Hilde erkannte, dass ihre Mutter auch um ihren toten Geliebten trauerte, der ihr noch immer fehlte, so wie sie Paul vermisste. Nach einer Weile lösten sie sich wieder voneinander.

„Du könntest die Werkstatt deines Großvaters in eine Töpferei umwandeln", sagte ihre Mutter und lächelte sie zaghaft an.

Dieses hoffnungsvolle Lächeln brach Hilde beinahe das Herz. Sie schüttelte den Kopf. „Das war ursprünglich mein Plan. Ich wollte meine Freundin Fanny davon überzeugen, dort eine Töpferei einzurichten."

„Aber was spricht dagegen?", fragte Elsa.

„Fanny fühlt sich in München nicht sicher. Wir sind mitten in diesen Putschversuch geraten, der blutig niedergeschlagen wurde. Sie hat Angst. Sie hat so viel Schlimmes erlebt und alles nur, weil sie Jüdin ist. Sie möchte das hier nicht."

„Und du möchtest deine Töpferei nicht ohne Fanny eröffnen?", fragte Hilde mit weicher Stimme.

Hilde nickte. „Wir arbeiten so gut zusammen, wir möchten es einfach gemeinsam wagen."

„Wo wollt ihr es versuchen?", fragte Elsa mit noch leiserer Stimme.

„In Berlin. Ich hoffe, dass es jüdische Frauen dort leichter haben."

Elsas Augen glänzten wieder, doch sie nickte. „Ob nun Weimar oder Berlin, das ist gleich. Ich hatte mich gefreut, dass du wieder da bist. Aber das Wichtigste ist doch, dass du glücklich wirst. Wie viel brauchst du, um die Werkstatt zu eröffnen?"

Hilde schüttelte den Kopf. „Ich möchte mein Geschäft ganz alleine aufbauen. Gleich morgen habe ich einen

Termin bei Herrn Krötzinger, dem neuen Vorstandsvorsitzenden von Hermanns Bank. Oder besser, Hermanns ehemaliger Bank. Er hat sie an Johann von Linden verkauft."

„Er hat was?", fragte Elsa.

Hilde lachte. „Das soll er dir am besten selbst erzählen. Jedenfalls werde ich Krötzinger um einen Kredit bitten. Ich denke, dass wir ein solides Startkapital bekommen. Und in Berlin haben wir genügend Kundschaft."

Elsa breitete ihre Arme aus. „Ich wünsche dir nur das Beste, mein Kind. Aber du weißt, dass du immer willkommen bist. Und dass ich immer für dich da bin, wenn du etwas brauchst."

Hilde ließ sich in die Arme ihrer Mutter fallen. „Ich weiß, Mama. Ich weiß."

***

Hermann ließ seinen Blick an der Fassade empor wandern. Er war so oft hier gewesen, doch heute würde es das letzte Mal sein. Und doch war es keine Traurigkeit, die sein Herz erfüllte. Sondern so etwas wie Vorfreude. Er stieg die Stufen in den ersten Stock hinauf und klopft an die Tür. Als er eintrat, saß Gordon auf seinem Bett und packte gerade die letzten Kleidungsstücke in seinen Koffer. Sein Freund sah ihn an. Das Gesicht wies noch immer Spuren der Misshandlung auf, doch die meisten Wunden waren verheilt. Er konnte inzwischen sogar wieder Klarinette spielen, denn die gebrochenen Rippen schmerzten nicht mehr so sehr beim Atemholen.

„Bist du gekommen, um dich von mir zu verabschieden?", fragte er.

Hermann schüttelte den Kopf. „Ich bin gekommen, um dir eine gute Reise nach Berlin zu wünschen. Und ich wollte dich nach deiner Adresse fragen."

Gordon legte den Kopf schief. „Du wolltest mich nach meiner Adresse fragen? Warum das denn? Willst du mir schreiben?"

„Nicht nur das. Ich will dich besuchen, wenn ich nach Berlin komme."

Gordon zog eine Augenbraue nach oben. „Das sind ja schöne Neuigkeiten. Wann kommst du denn nach Berlin?"

„Nun, mein Zug geht übermorgen."

Gordon runzelte die Stirn. „Übermorgen schon? Was führt dich nach Berlin? Hast du dort geschäftlich zu tun?"

„Nein, ich werde mir dort eine Wohnung suchen."

„Eine Wohnung? Aber du lebst doch hier. Deine Tochter lebt hier."

Hermann lachte. „Hier ist die Vergangenheit. Berlin ist die Zukunft. Ich werde nach Berlin ziehen, Gordon. Ich werde meine Tochter mitnehmen. Wir werden dort wohnen. Ich werde mir dort ein neues Leben aufbauen. Und ich möchte, dass du dieses Leben mit mir teilst."

Gordons Augen weiteten sich. „Aber wie stellst du dir das denn vor? Liebe zwischen Männern ist verboten. Du warst immer so darauf bedacht, dass niemand von unserer Beziehung erfährt. Gerade wegen deiner Tochter."

Hermann zuckte mit den Achseln. „Natürlich müssen wir vorsichtig sein. Das ist mir schon klar. Aber Berlin ist in dieser Hinsicht viel freier als München. Zumindest habe ich das gehört. Wir werden dort Gleichgesinnte finden, die unseren Lebensstil nicht verdammen, sondern ihn teilen. Und ich möchte, dass die beiden Menschen, die ich am meisten in meinem Leben liebe, bei mir sind. Meine Tochter und du."

Gordons Augen weiteten sich. „Du ... Du liebst mich?"

Hermann nickte. „Ich liebe dich, wie ich noch nie einen Menschen geliebt habe. Einmal abgesehen von Erika. Aber das ist eine andere Art von Liebe. Wie wir beiden zusammen musiziert haben, wie wir harmonieren. Es ist, als ob ich in dir meine verlorene Hälfte gefunden hätte. Ich will jetzt nicht mit meiner klassischen Bildung angeben, aber es gibt diesen alten Mythos, den Platon in einem seiner Werke aufgreift ... und zwar, dass die Menschen ursprünglich eine Zweigestalt gewesen wären, die aus vier Armen und vier Beinen bestanden hätte und dass diese Zweigestalt irgendwann getrennt worden wäre, woraufhin jede Hälfte nun versucht, das passende Gegenstück zu finden. Und ich glaube, mein passendes Gegenstück, das bist du."

Hermann spürte, wie sein Mund trocken wurde, wie sein Herz bis an seinen Hals klopfte. Diese Worte auszusprechen, sie nicht nur zu denken, hatte ihn viel Überwindung gekostet. Denn in ihm schlummerte eine Angst, die er nicht zu benennen wagte. Was wäre, wenn Gordon diese Liebe gar nicht erwiderte? Sie hatten so viele schöne Stunden miteinander verbracht, aber sie hatten nie über ihre Gefühle füreinander gesprochen. Sie hatten sie nur gezeigt, hatten sie nur gelebt. Nun hatte er etwas ausgesprochen und er wusste nicht, ob er Gordons Antwort hören wollte.

Gordon erhob sich. Er ging auf Hermann zu, breitete die Arme aus und drückte ihn fest an sich. Hermann erwiderte die Umarmung vorsichtig, denn er befürchtete, dass die gebrochenen Rippen noch immer schmerzten.

„Und ich liebe dich, Hermann", flüsterte Gordon ihm ins Ohr. „Dieser Mythos von diesen getrennten Zweigestalten, er ist schön. Und ich bin froh, dass ich dich getroffen habe. Ich weiß nicht, wie es werden wird. Aber es klingt nach einem Abenteuer. Ich weiß auch nicht, wie ich mit deiner Tochter zurechtkommen werde. Und sie mit mir. Ich werde mich darauf einlassen. Und ich freue mich darauf, dich in Berlin wieder zu sehen."

Sie küssten sich lange und innig. Dann lösten sie sich voneinander.

„Ich habe eine Pension in der Nähe des Berliner Tiergartens gefunden. Und ein Engagement einem Jazzkeller", sagte Gordon. Mit einem Bleistift schrieb er den Namen der Kneipe auf ein Blatt Papier. Er reichte es Hermann.

„Garten Eden", las er und lachte. „München war unser Fegefeuer, nun wartet in Berlin das Paradies auf uns."

Gordon grinste. „Komm doch einfach dort vorbei. Und dann besprechen wir alles weitere. Ich muss los, mein Zug wartet."

Sie küssten sich ein letztes Mal, dann trug Hermann den schweren Koffer die Treppe hinab und begleitete Gordon zum Bahnhof. Als er dem Zug nachblickte, war nur eine leichte Wehmut in seinem Herzen. Denn er freute sich auf das, was vor ihm lag, wie er sich noch nie auf etwas anderes gefreut hatte.

KAPITEL 39

München,
24. Dezember 1923

Elsa zündete den letzten Docht an, trat zurück und kämpfte mit den Tränen. Es war ein schönes Bild. Sie hatte es tatsächlich geschafft, über hundert Kerzen aufzutreiben. Gut, dafür hatte sie die Kerzenzieherei in der Wanningerstraße kaufen müssen. Aber auf die hatte sie schon lange ein Auge geworfen gehabt und da die Besitzer in akute Geldnot gekommen waren, war sie gerne eingesprungen, hatte den Laden übernommen und die bisherigen Inhaber angestellt, damit diese den Betrieb fortführten. Es war ein weiterer Schritt gewesen, ihr Firmenimperium zu vergrößern. In dieser Hinsicht lief es perfekt. Sie war beruflich erfolgreicher denn je. Ihre Firma war ohne größere Schwierigkeiten aus der Krise hervorgegangen, stärker als zuvor, kräftiger als zuvor, gesünder als zuvor. Sie war eine der einflussreichsten Unternehmerinnen in München. Sie war geachtet, die Industrie- und Handelskammer plante sogar, ihr eine Ehrenmedaille zu verleihen. Und doch, in ihrem Inneren fühlte sie sich wund und leer. Sie spürte, wie sich eine Hand auf ihren Arm legte.

„So schön", sagte Hilde. Eine Träne lief über Elsas Wange. Sie wischte sie davon.

„Ja, ich dachte mir, wenn wir schon ein letztes Mal hier an Weihnachten zusammensitzen, dann wollen wir es uns doch schön machen, oder?"

Hilde runzelte die Stirn. „Was redest du denn da? *Ein letztes Mal an Weihnachten zusammensitzen* ... Wir sind doch nicht aus der Welt. Natürlich kommen wir an Weihnachten nach München. Wozu gibt es denn eine Expresszugverbindung von Berlin hierher?"

„Ja", hörte sie Hermann sagen, der zu ihnen getreten war. „Natürlich werden Erika und ich an Weihnachten auch nach Hause kommen. Weihnachten ist das Fest der Familie. Und das wollen wir doch hier feiern."

Er legte einen Arm um Elsas Schultern und sie spürte, wie Hilde sie an der Taille umfasste. Ihre Kinder hatten sie eingerahmt, sich eng an sie geschmiegt. Mit einem Mal brach sich die Verzweiflung ihre Bahn. Sie schluchzte, weinte, doch ihre Kinder hielten sie fest.

„Es wird zu leer und einsam ohne euch", flüsterte sie.

„Wir sind nur einen Telefonanruf entfernt", sagte Hilde. „Und wir kommen, so oft es geht."

Elsa wischte sich eine Träne aus dem Augenwinkel und sah auf den Baum. Darunter lagen so viele Geschenke wie noch nie zuvor.

„Die Rentenmark scheint ein Erfolg zu werden", sagte sie. „Die Preise sind stabil geblieben. Und plötzlich sind wieder Waren in den Geschäften."

Hermann nickte. „Die Krise ist vorbei. Es ist schon ironisch. Letztendlich hat genau dieser Putsch, den Hitler so dilettantisch versucht hat, die bayerische Regierung davon abgehalten, selbst gegen die Reichsregierung vorzugehen. Hitler hat die Republik gerettet. Auch wenn ihm das wahrscheinlich nicht bewusst ist."

„Von einer Rettung können wir leider noch nicht wirklich sprechen", hörte sie Lotte sagen, die mit Isolde zu ihnen getreten war. „Dafür müsste der Prozess gegen Hitler erst einmal ein Erfolg werden. Aber ich befürchte, dass er die Popularität der Rechten stattdessen weiter steigern wird."

Hermann nickte. „Wir müssen wachsam sein", sagte er.

Isolde klatscht in die Hände. „Ja, das müssen wir. Aber heute Abend können wir einmal eine Ausnahme machen. Wir sind hier, um Weihnachten feiern. Da draußen warten zwei Kinder aufgeregt darauf, dass das Christkind endlich kommt."

Elsa grinste. „Das war bereits da, schau mal."

Sie deutete auf die Geschenke. Hilde kniete sich hin, nahm die Glocke auf und reichte sie Elsa.

„Nun, dann gib doch das Zeichen für die Bescherung."

Elsa strahlte, nahm die Glocke aus der Hand ihrer Tochter und läutete.

KAPITEL 40

München,
2. Januar 1924

Hermann nahm behutsam seine Klarinette vom Ständer, baute sie auseinander und verstaute sie in dem Köfferchen. Er griff nach dem Ständer, klappt ihn zusammen und klemmte ihn sich unter den Arm. Unwillkürlich fiel sein Blick auf das Schränkchen in der Ecke. Auf seine Lippen breitete sich ein Lächeln aus. Das würde er hier lassen. Den Inhalt würde er ganz sicher nicht vermissen. Er wandte sich um und wollte zu Tür gehen, als diese sich öffnete. Friederike erschien. Hermann unterdrückte ein Seufzen. Er hatte gehofft, die Konfrontation vermeiden zu können, aber natürlich war das eine Illusion gewesen.

„Dann ist es also so weit?", fragte seine Frau.

Hermann nickte. „Ja, die Koffer sind im Auto und wir werden gleich zum Bahnhof aufbrechen", sagte er.

„Richte meiner Tochter einen Gruß von mir aus", sagte Friederike.

Hermann runzelte die Stirn. „Du willst dich nicht von ihr verabschieden?"

„Ich wüsste nicht, warum. Sie ist eine undankbare kleine Göre. Die ganze Zeit redet sie nur davon, wie toll es in Berlin wird, ich habe kein einziges Mal von ihr gehört, dass sie mich vermissen wird. Warum sollte ich mich dann von ihr verabschieden?"

Hermann schüttelte den Kopf. „Mir wird immer klarer, dass es der einzig richtige Weg ist, sie mitzunehmen. Sie deinen Fängen zu entreißen."

Friederike lachte. „Meinen Fängen. Bei mir hätte sie Zucht und Ordnung gelernt. Und sie hätte gelernt, wo ihr Platz in dieser Gesellschaft ist. Bei dir bekommt sie noch Flausen in den Kopf gesetzt und wird verdorben. Wahrscheinlich wird sie früh schwanger, rauschgiftsüchtig und eines Tages an der Syphilis sterben."

„Oder sie wird der wunderbare Mensch, der bereits in ihr angelegt ist. Und dafür werde ich alles tun. Mir ist klar, dass du nichts mit Erika anfangen kannst. Sie ist nicht wie du. Und das ist auch gut so."

Friederike winkte ab. „Das Thema hatten wir schon so oft. Dazu sage ich jetzt nichts mehr."

„Ja. Krötzinger ist dein Ansprechpartner bei der Bank. Wenn im Haus etwas renoviert werden muss, wird er sich darum kümmern. Und er wird dafür sorgen, dass dir jeden Monat deine Rente ausgezahlt wird. Aber sollte ich mitbekommen, dass du irgendetwas von der Einrichtung verkaufst oder auf andere Art und Weise versucht, aus meinem Vermögen Geld zu schlagen, um diesen Hitler oder irgendeinen anderen Scharlatan zu unterstützen, werde ich dir umgehend jede Unterstützung entziehen, ist das klar?"

Sie sog die Unterlippe ein und kaute darauf. Es war eine Geste der Unsicherheit, die er so noch nie bei ihr gesehen hatte.

„Hast du mich verstanden? Ist das klar?", wiederholte er seine Frage.

Sie nickte. „Aber das wird dir eines Tages leidtun. Wenn wir an der Macht sind, werden wir uns rächen. Und dann wirst du zu Kreuze kriechen. Und du wirst dir wünschen, dass du uns niemals in den Weg getreten wärst."

„Und ich werde alles in meiner Macht Stehende tun, dass es nicht dazu kommt. Wir werden sehen, was die Zukunft bringt." Er wandte sich um und trat aus dem Salon. Die Gouvernante führte eben Erika her. Er kniete sich zu seiner Tochter. „Ich soll dir einen Gruß von der Mama sagen. Sie wünscht uns eine gute Reise."

Erika sah ihn an. „Kann sie das nicht selber sagen?"

„Nein, das kann sie nicht."

Erika zuckte mit den Achseln. „Gut."

Hermann schluckte. Diese Reaktion hatte er nicht erwartet. Er hatte befürchtet, dass seine Tochter weinen würde. Dass sie das fehlende Mitgefühl ihrer Mutter so klaglos hinnahm, erschütterte ihn beinahe noch mehr. Ihre kleine Hand suchte die seine.

„Gehts jetzt los?", fragte sie. Ihr Lächeln vertrieb alle dunklen Gedanken. Er nickte.

„Ja, jetzt gehts los."

***

„Habt ihr auch alles?", fragte Elsa. Hilde verdrehte die Augen.

„Ich bin mir sicher, dass wir in Berlin alles kaufen können was wir hier vergessen haben sollten. Oder du könntest es uns nachschicken", sagte sie. Sie trat zur

Seite, denn der Butler trug einen der schweren Koffer zum Auto hinaus.

„Ich hoffe, ihr habt eine gute Fahrt", sagte Elsa. Ihre Augen glänzten, als sie Paulchen über den Lockenkopf strich. „Du schickst ein Telegramm, wenn ihr gut angekommen seid?"

Hilde nickte. „Und Berlin ist ja nicht aus der Welt. Mit dem Schnellzug bist du in neun Stunden dort."

„Oder ihr hier. An Ostern kommt ihr doch, oder?"

„Ja, so wie wir es versprochen haben. Und Hermann will an Ostern auch wieder da sein. Wir feiern alle bei dir. Es wird ein schönes Fest. Das verspreche ich dir."

Sie drückten sich noch einmal, dann wandte Hilde sich rasch um. Sie hörte, wie Fanny sich bei ihrer Mutter für die freundliche Aufnahme bedankte. Die Antwort ihrer Mutter war wie immer liebenswert, nicht nur höflich. Wahrscheinlich drückte sie Fanny nun ebenfalls an sich. Und das war schön. Dann ging es hinaus zum Auto.

„Oh, es schneit", sagte Paulchen.

Eine Schneeflocke landete auf Hilde Nase. Es schneite nicht stark. Nur einzelne weiße Flocken fielen geradewegs vom Himmel. Es war Anfang Januar. Sie fragte sich, ob es richtig gewesen war, jetzt schon aufzubrechen. Vielleicht wäre es schöner gewesen, im Frühling neu zu beginnen. Aber Fanny drängte es nach Berlin. Sie wollte nicht mehr in München sein. Der Putsch war zwar niedergeschlagen worden, doch die Stimmung war seltsam. Hitler hatten sie festgenommen. Er wartete auf seinen Prozess. Aber niemand ging davon aus, dass die Strafe hoch ausfallen würde. Dafür hatte er zu viele Fürsprecher. Und allein das war bereits ein Skandal.

Sie stiegen ins Auto und der Chauffeur fuhr los. Es war relativ früh am Morgen und die Stadt erwachte gerade. Es war seltsam, wieder einmal verließen sie München. Es war ihre Heimatstadt, auch wenn sie die ersten Jahre ihres Lebens nicht dort verbracht hatte. Sie war sechs gewesen, als sie hier ankam, und dann hatte sie 17 Jahre hier gelebt, ehe sie nach Weimar aufgebrochen war. 17 entscheidende Jahre, in denen sie sich zuerst sehr wohl gefühlt hatte. Doch dann, nach Pauls Tod, war München ihr wie eine einzige große Grabkammer vorgekommen. Weimar und Dornburg waren erste Befreiungsschläge gewesen und nun nach Berlin umzuziehen, fühlte sich richtig an. Zum ersten Mal in ihrem Leben freute sie sich darauf, einen Neuanfang zu starten.

„Is Belin so sön wie Münsen?", fragte Paulchen.

„Ich weiß es nicht, ich war noch nie dort", sagte Hilde.

„Ich schon", sagte Fanny. „Es ist eine sehr schöne Stadt. Aber auch sehr laut und bunt und es gibt total viel zu entdecken. Ich bin mir sicher, dass es dir dort gefällt."

Paulchen klatschte in die Hände. „Oh, bunt is toll. Is freu mis."

Hilde atmete tief durch und tauscht einen Blick mit Fanny. Sie war erleichtert. Es war ihr schwer gefallen, Paulchen einen weiteren Umzug zuzumuten. Doch er hatte es relativ leicht genommen. Er konnte sich in vielen Umgebungen zurechtfinden, ganz offenbar hing er nicht so sehr an München. Und ihre Mutter hatte darauf bestanden, dass Frau Gerwig sie als Paulchens

Gouvernante nach Berlin begleiten sollte. Sie war ihrem Sohn ans Herz gewachsen und würde ihm ein Stück Vertrautheit in der Fremde schenken können.

Sie kamen am Hauptbahnhof an. Hermann und Erika warteten am Eingangsportal. Die Gouvernante organisierte einen Gepäckträger, der die Koffer zum Zug brachte. Hermann nickte seiner Schwester und Fanny zu und Paulchen stürmte sofort auf seine Cousine zu, um ihr zu sagen, dass sein Hase *viel söner* sei als ihrer.

„So, nun ist es so weit", sagte Hermann.

Hilde nickte. „Auf nach Berlin!"